Diogenes Taschenbuch 20411

de
te
be

JULES VERNE
DOCTEUR
OX
COLLECTION HETZEL

Jules Verne

Der ewige Adam

und fünf andere seltsame Erzählungen

Übersetzt von Erich Fivian

Mit siebenundvierzig Illustrationen von Emile Bayard, L. Benett, Froelich, George Roux und Théophile Schuler

Diogenes

Die vorliegenden Erzählungen wurden aus
folgenden Bänden ausgewählt:
›Hier et Demain‹, ›Billet de Loterie‹,
›Le Docteur Ox‹ (J. Hetzel, Paris 1910, 1886 und 1874)
Die Illustrationen sind den französischen
Erstausgaben entnommen
Die Erstausgabe dieser Neuübersetzung
erschien 1967 im Diogenes Verlag

Veröffentlicht als Diogenes Taschenbuch, 1977

40/83/29/3
ISBN 3 257 20411 6

Inhalt

IM XXIX. JAHRHUNDERT

Ein Tag aus dem Leben eines amerikanischen Journalisten im Jahre 2889

Diese Zukunftserzählung erschien erstmals im Februar 1889 in englischer Sprache in der amerikanischen Zeitschrift *The Forum*; später wurde sie mit einigen Änderungen in französischer Sprache abgedruckt. Die vorliegende Version richtet sich im allgemeinen nach dem englischen Urtext.

M. J. V.

Die Menschen des XXIX. Jahrhunderts leben unausgesetzt mitten in einem Märchenland, ohne sich den Anschein zu geben, daß sie sich darüber im klaren sind. Wundern gegenüber sind sie blasiert, besonders angesichts jener, die ihnen der tägliche Fortschritt bringt. Alles scheint ihnen natürlich. Wenn sie ihre Zivilisation mit der Vergangenheit vergleichen würden, wüßten sie die unsrige besser zu schätzen und würden sich klar darüber, welch ein enormer Weg seither zurückgelegt wurde. Um wieviel bewundernswerter würden ihnen unsre modernen Städte vorkommen: unsre Städte mit hundert Meter breiten Fahrstraßen, mit dreihundert Meter hohen Häusern mit ihrer stets gleichbleibenden Temperatur, mit einem von Tausenden von Lufttaxis und Luftbussen durchfurchten Himmel! Neben diesen unsern modernen Städten, deren Bevölkerung oft bis zu zehn Millionen Einwohner zählt, waren jene früheren Städte – die vor tausend Jahren Paris, London, Berlin und New York hießen – bloß Dörfer und Weiler, Dreckstädtchen, die schlecht gelüftet und kotig sein mußten, in denen rumpelnde Kastenwagen, von Pferden – jawohl, von Pferden! – gezogen wurden; es scheint kaum glaublich! Wenn sich unsere Zeitgenossen den mangelhaften Betrieb vorstellen würden, der damals durch Dampfschiffe und Eisenbahnen versehen wurde, mit häufigen Kollisionen und unerträglicher Langsamkeit – wie würden dann unsere Reisenden die modernen Aerotrains und vor allem die pneumatische Untergrundbeförderung hochschätzen, die die transozeanische Verbindung herstellt und die Reisenden mit einer Geschwindigkeit von fünfzehnhundert Kilometern in der Stunde zu befördern vermag! Und würden sie nicht das Fernsehtelephon bedeutend mehr schätzen, wenn sie daran dächten, wie unsere Vorfahren sich mit dem vorsintflutlichen Apparat ›Telegraph‹ genannt, zufriedengeben mußten.

Wie sonderbar! Unsere überraschenden Transformationen beruhen auf Prinzipien, die unseren Vorfahren sehr wohl bekannt sein mußten, aus denen sie aber absolut keinen Nutzen zu ziehen verstanden. Tatsächlich sind ja Wärme, Dampf und Elektrizität so alt wie die Menschheit. Bekräftigten denn nicht bereits Ende des neunzehnten Jahrhunderts die Gelehrten, der einzige Unterschied zwischen physikalischen und chemischen Kräften bestehe in ihrer Art der Vibration, die beiden Kräften eigentümlich ist, den ätherischen Teilchen also?

Da sie damals also bereits diesen gewaltigen Schritt getan hatten, die Verwandtschaft aller Kräfte zu erkennen, ist es einfach unvorstellbar, daß es so lange gebraucht hat, bis es gelang, jede dieser Vibrationsarten zu bestimmen. Es ist außerordentlich, daß die Möglichkeit, einerseits direkt von einer Kraft zur andern überzugehen und sie anderseits einzeln zu produzieren, erst ganz kürzlich entdeckt wurde.

Trotzdem haben sich diese Dinge so zugetragen, und erst im Jahre 2790, vor hundert Jahren also, ist der berühmte Oswald Nyer daraufgekommen.

Ein großer Mann, ein wahrer Wohltäter der Menschheit! Seine geniale Entdeckung sollte die Mutter aller folgenden sein! Eine ganze Plejade von Erfindern entsproß ihr und fand ihre Krönung in unserem außerordentlichen James Jackson. Diesem letzteren verdanken wir die neuen Akkumulatoren, von denen die einen die Sonnenenergie, die andern die in unserer Erdkugel enthaltenen elektrischen Kräfte zu speichern vermögen; dann die dritte Gruppe von Akkumulatoren, die die Energie aus irgendeiner anderen Quelle ziehen, aus Wasserfällen, Winden, Flüssen und Strömen und dergleichen. Von ihm stammt auch jener Transformator, der auf einen einfachen Handgriff hin die elektrische Kraft aus den Akkumulatoren herausholt und sie in den Weltraum in Form von Wärme, Licht, Elektrizität und mechanischer Kraft abgibt, nachdem die von ihr erwartete Arbeit geleistet wurde.

Wahrlich, an jenem Tage, da diese zwei Apparate erfunden wurden, begann der eigentliche Erfolg. Sie haben dem Menschen beinahe uneingeschränkte Macht verliehen. Ihre Anwendungsmöglichkeiten sind nicht zu zählen. Sie haben die Landwirtschaft völlig revolutioniert, indem sie die Härten des Winterklimas durch den Einsatz sommerlichen Wärmeüberschusses ausgeglichen haben.

Sie liefern den Luftfahrzeugen die fortbewegende Kraft und haben dadurch dem Handel zu einem hervorragenden Aufschwung verholfen. Ihnen verdanken wir die nie abbrechende Produktion von Elektrizität ohne galvanische Säulen oder Maschinen, das Licht ohne Verbrennung oder Weißglühen und endlich die unversiegbare Quelle der Energie, die die industrielle Produktion verhundertfacht hat.

Nun, diese gesamte Wunderwelt werden wir in einem unvergleichlichen Hotel – dem Hotel des *Earth Herald*, das gerade eben in der 16'823. Straße eingeweiht wurde – zu sehen bekommen.

Lebte der Gründer des *New York Herald*, Gordon Benett, plötzlich wieder unter uns, was würde er wohl sagen, wenn er diesen Palast aus Marmor und Gold erblickte, der seinem gefeierten Enkel, Francis Benett, gehört? Dreißig Generationen sind aufeinander gefolgt, doch der *New York Herald* blieb in der Familie der Benetts. Als vor zweihundert Jahren die Regierung der Union von Washington nach Centropolis verlegt wurde, folgte die Zeitung der Regierung – falls es nicht etwa gar umgekehrt war: daß die Regierung der Zeitung folgte – und gab sich den Namen *Earth Herald*.

Und man darf nicht etwa meinen, daß die Zeitung unter Francis Benetts Verwaltung Risiken gelaufen wäre. O nein! Ihr neuer Direktor sollte ihr sogar unvergleichliche Macht und Vitalität verleihen, indem er den telephonischen Journalismus einführte.

Das System, das durch das unerhört große Übermittlungsnetz des Telephons möglich geworden ist, dürfte ja bekannt sein: jeden Morgen wird der *Earth Herald*, anstatt gedruckt zu werden – wie das in den Jahren der Antike üblich war –, ›gesprochen‹. In raschem Gespräch mit einem Reporter, einem Politiker oder einem Wissenschaftler erfährt der Abonnent, was er wissen wollte. Was nun den Straßenverkauf betrifft, so nehmen die Zeitungskäufer vom Inhalt der Tagesausgabe in ungezählten Telephonkabinen Kenntnis, wo ihnen auf phonographischem Wege über alles Mitteilung gemacht wird.

Diese Erfindung von Francis Benett hauchte dem überlieferten Zeitungswesen neues Leben ein. Innerhalb von ein paar Monaten steigerte sich die Zahl der Abonnenten auf fünfundachtzig Millionen, das Vermögen des Verlegers vergrößerte sich entsprechend auf dreißig Milliarden, und heute beträgt es gar ein Vielfaches dieser Summe. Dank diesem Vermögen ist es Francis Benett möglich geworden, das von ihm geplante moderne Hotel zu bauen – ein Monumentalgebäude mit vier Fronten von je drei Kilometern Länge, dessen Dach sich mit der prächtigen Fahne des Bundes – sie weist heute fünfundsiebzig Sterne auf – geschmückt hat.

Zur Stunde wäre der Zeitungskönig Francis Benett auch König beider amerikanischer Kontinente – wenn die Amerikaner jemals einen Souverän dieser Art anerkennen könnten. Sie zweifeln an meinen Worten? So sehen Sie doch nur, wie die Machthaber sämtlicher Nationen, und auch unsere eigenen Minister, sich vor seiner Türe drängeln, seinen Rat einholen, um sein Einverständnis buhlen, um Unterstützung durch sein allmächtiges Organ flehen! Unzählig sind die Wissenschaftler, deren Projekte er finanziert, die Künstler, die er unterstützt, die Erfinder, die er subventioniert! Ermüdend ist ein solches Königtum; es bedeutet tägliche pausenlose Arbeit, die in früheren Zeiten ein Mensch nicht hätte bewältigen können. Glücklicherweise sind die Menschen von heute robuster, dank dem Fortschritt der Hygiene und der körperlichen Ertüchtigung durch das Turnen, die das Durchschnittsalter der Menschen von 37 auf 68 Jahre hinaufgeschraubt haben – und dank der aseptischen Zubereitung der Lebensmittel, was natürlich nur ein Zwischenglied in der Entwicklung bedeutet, bis nämlich entdeckt ist, wie man sich von Luft ernährt ... indem man einfach einatmet.

Und jetzt möchte ich Sie mit der täglichen Arbeit eines Direktors des *Earth Herald* bekanntmachen. Nehmen Sie sich die Mühe und begleiten Sie ihn bei seinen vielseitigen Aufgaben – heute, am 25. Juli des laufenden Jahres 2889.

Francis Benett ist an diesem Morgen recht verdrießlich erwacht. Jetzt weilt seine Frau schon seit acht Tagen in Frankreich, und er fühlt sich ein bißchen einsam. Ist es zu glauben? Zehn Jahre sind sie nun verheiratet, doch ist es das erstemal, daß Frau Edith Benett, eine *professional beauty*, so lange von ihm getrennt bleibt. Gewöhnlich genügen ihr zwei bis drei Tage für ihre häufigen Reisen nach Europa, genauer gesagt nach Paris, wo sie ihre Hüte einkauft.

Seit er erwacht ist, hat darum Francis Benett sein Fernsehtelephon eingeschaltet, dessen Drähte ihn mit dem Hotel, das er in den Champs-Elysées besitzt, verbinden.

Das durch einen Fernsehapparat ergänzte Telephon ist eine weitere Errungenschaft unserer Epoche! Obgleich die Übermittlung der menschlichen Stimme durch den elektrischen Strom schon sehr alt ist, wurde die Bildübertragung doch erst vor relativ kurzer Zeit möglich. Eine köstliche Entdekkung ist es schon, und Francis Benett ist nicht der letzte, der den Erfinder dafür segnet, wie er nun seine Frau sehen kann, die vor ihm in einem Telephotospiegel sichtbar wird, und zwar – trotz der enormen Distanz, die sie trennt – sehr deutlich.

Welch süße Vision! Frau Benett liegt noch im Bett, offenbar ein wenig müde von dem Ball- oder Theaterbesuch des vergangenen Abends. Es muß zwar schon bald Mittag sein, dort drüben, doch sie schläft immer noch und hat ihr reizendes Gesichtchen in die Spitzen des Kopfkissens vergraben.

Doch jetzt bewegt sie sich ... ihre Lippen zittern

... Träumt sie wohl? ... Ja, sie träumt! ... Und jetzt: ein Wort, von ihren Lippen geflüstert: »Francis ... mein lieber Francis! ...«

Und wie sein Name von dieser sanften Stimme *derartig* ausgesprochen wird, hebt sich die Laune unseres Francis Benett sogleich ganz erstaunlich. Weil er die schöne Schläferin nicht zu wecken begehrt, springt er rasch aus seinem Bett und in den mechanischen Ankleideapparat.

Zwei Minuten darauf setzt ihn die Maschine gewaschen, frisiert, vom Kopf bis zu den Füßen völlig angezogen vor der Tür zu seinen Arbeitszimmern ab. Gleich kann er seine Tagesarbeit beginnen.

Erst begibt er sich einmal in die Feuilleton-Redaktion. Das ist ein immenser Saal, der von einer riesigen Glaskuppel überdacht wird. In der einen Ecke stehen viele Telephonapparate, über die einhundert Literaten des *Earth Herald* hundert fiebernden Zuhörern hundert Kapitel aus hundert Romanen vorlesen.

Er nähert sich einem der gerade für fünf Minuten pausierenden Feuilletonisten und sagt zu ihm:

»Sehr gut, sehr gut, Ihr letztes Kapitel! Jene Szene, in der die junge Dorfschöne mit ihrem Verehrer gewisse Probleme der transzendenten Philosophie anschneidet, zeugt von differenzierter Beobachtung. Noch selten sind die ländlichen Sitten besser gezeichnet worden! Fahren Sie so fort, mein lieber Archibald, und gutes Gelingen! Dank Ihnen

haben wir seit gestern zehntausend neue Abonnenten!«

»Mr. John Last«, wendet er sich dann an einen andern Mitarbeiter, »mit Ihnen bin ich schon weniger zufrieden! Ihr Roman ist nicht erlebt! Sie rennen zu rasch aufs Ziel los! Wo bleiben denn die dokumentarischen Geschehnisse? Zergliedern muß man, zergliedern! Man schreibt heute nicht mehr mit einer Feder. Mit einem Schnitzmesser müssen Sie schreiben! Im wirklichen Leben beruht eine jede Handlung auf flüchtigen, aufeinanderfolgenden Gedanken, die ihrerseits sorgfältig und der Reihe nach aufgezählt sein wollen, wenn wir ein lebendes Wesen schaffen möchten! Was ist denn einfacher, als sich zu diesem Zweck des elektrischen Hypnotismus zu bedienen, der das menschliche Wesen aufspaltet und in seine beiden Persönlichkeiten trennt! Schauen Sie sich zu, wie Sie leben, mein lieber John Last! Machen Sie es Ihrem Kollegen nach, den ich gerade eben so gelobt habe! Lassen Sie sich hypnotisieren ... Wie? ... Sie tun das bereits? ... Dann aber nicht gründlich genug, nicht gründlich genug!«

Nach dieser kleinen Rüge fährt Francis Benett mit seiner Inspektion weiter und begibt sich in den Reportersaal. Seine fünfzehnhundert Reporter sitzen soeben vor derselben Anzahl Telephone und geben den Abonnenten die Nachrichten bekannt, die während der Nacht aus allen Teilen der Welt eingelaufen sind. Die Organisation dieses unvergleichlichen Dienstes ist schon wiederholt beschrieben worden. Außer dem Telephon hat jeder Reporter vor sich eine Anzahl von Übermittlungsgeräten, die ihm gestatten, sich in ganz bestimmte

Fernsehkanäle einzuschalten. So können die Abonnenten den Verlauf der Ereignisse nicht nur hören, sie können ihn auch mit den Augen verfolgen. Geht es um die Spalte ›Verschiedenes‹ – wo meistens die Angelegenheit im Moment der Berichterstattung bereits der Vergangenheit angehört –, dann werden die wichtigsten Phasen in einer Aufzeichnung wiedergegeben, die durch Photographie an Ort und Stelle festgehalten wurde.

Francis Benett spricht einen der zehn Reporter an, die das Ressort Astronomie unter sich haben.

»Na und, Cash? Was haben Sie empfangen?«

»Phototelegramm von Merkur, Venus und Mars, Chef.«

»Interessant, dieses letztere?«

»Ja! Eine Revolution im Zentralreich zugunsten der liberalen Reaktionäre und gegen die konservativen Republikaner.«

»Aha! Wie bei uns! – Und von Jupiter? . . .«

»Noch nichts, bis jetzt! Wir verstehen einfach die Signale der Jupiterbewohner noch nicht so recht. Vielleicht erhalten sie unsere Nachrichten nicht?«

»Das ist Ihre Sache, und ich mache Sie dafür verantwortlich, Cash!« gibt Francis Benett verstimmt zurück. Er sucht den Saal der Redaktion für wissenschaftliche Angelegenheiten auf.

Dort sitzen über ihre Rechnungsmaschinen gebeugt dreißig Wissenschaftler und beschäftigen sich mit Gleichungen fünfundneunzigsten Grades. Einige spielen mit Formeln für die Unendlichkeit in der Algebra und mit solchen des Weltraumes mit vierundzwanzig Dimensionen herum, wie ein Primarschüler sich mit den vier Funktionen der Arithmetik beschäftigen würde.

Francis Benett platzt in ihre Mitte wie eine Bombe:

»So, meine Herren, was habt ihr zu melden? Keine Antwort von Jupiter? ... Ist doch immer die gleiche Geschichte! Also wirklich, Corley, jetzt beackern Sie seit zwanzig Jahren diesen Planeten, scheint mir ...«

»Was wollen Sie, Chef«, erwidert der Angeredete, »unsere Optik läßt eben noch viel zu wünschen übrig, und sogar mit unseren Dreikilometerteleskopen ...«

»Haben Sie das gehört, Peer!« fährt Francis Benett dazwischen, und dabei dreht er sich dem Nachbarn des ›Corley‹ Genannten zu, »die Optik läßt zu wünschen übrig! ... Das ist *Ihre* Sparte, mein Lieber! So zieht euch doch Brillen an, verdammt nochmal! Zieht euch Brillen an!«

Dann, wieder zu Corley: »Nun, wenn's mit Jupiter nichts ist, bekommen wir wenigstens vom Mond eine Antwort? ...«

»Auch nicht, Herr Benett!«

»Ha! Diesmal könnt ihr aber nicht der Optik schuld geben! Der Mond liegt uns sechshundertmal näher als Mars, mit dem wir immerhin eine regelmäßige Korrespondenz unterhalten. An den Teleskopen kann es also nicht liegen ...«

»Nein! An den Bewohnern muß es liegen«, bemerkte Corley mit dem feinen Lächeln des mit allen Wassern gewaschenen Wissenschaftlers.

»Sie wagen es, zu behaupten, der Mond sei unbewohnt?«

»Auf der uns zugekehrten Seite wenigstens, Herr Benett. Wer weiß, vielleicht auf der andern ...«

»Also gut, Corley, es gibt ein sehr einfaches Mittel, das sicher festzustellen ...«

»Welches Mittel? ...«

»Wir drehen den Mond um!«

Und noch am selben Tag erarbeiteten die Gelehrten der Benett-Betriebe die mechanischen Mittel, welche die Umdrehung unseres Satelliten ermöglichen werden.

Im übrigen hat Francis Benett Grund zur Zufriedenheit. Einer der Astronomen des *Earth Herald* hat soeben die Daten des neuentdeckten Planeten Gandini zu bestimmen vermocht. Dieser Planet kreist in einem Abstand von zwölf Trillionen, achthunderteinundvierzig Billionen, dreihundertachtundvierzig Millionen, zweihundertvierundachtzigtausendsechshundertunddreiundzwanzig Metern und sieben Dezimetern um die Sonne. Er tut das innert fünfhundertzweiundsiebzig Jahren, einhundertundvierundneunzig Tagen, zwölf Stunden, dreiundvierzig Minuten und neun und vierfünftel Sekunden ...

Francis Benett ist begeistert von solcher Präzision.

»Gut!« ruft er, »nun aber rasch den Reportersaal benachrichtigen! Ihr wißt doch alle, mit welcher Leidenschaft die Öffentlichkeit all diese astronomischen Probleme verfolgt. Mir liegt daran, daß diese Neuigkeit noch in der heutigen Nummer erscheint!«

Ehe er den Saal der Redaktoren für wissenschaftliche Angelegenheiten verläßt, geht er rasch zur Spezialgruppe der Interviewer hinüber und wendet sich rasch an den, der das Ressort ›Berühmte Persönlichkeiten‹ unter sich hat:

»Haben Sie Präsident Wilcox schon interviewt?«

»Jawohl, Herr Benett, und ich schreibe in der Informationsspalte, er leide ganz entschieden an einer Magenerweiterung und er lasse sich gewissenhaft immer wieder den Verdauungstrakt ausspülen.«

»Ausgezeichnet. Und die Sache mit dem Mörder Chapmann? ... Haben Sie die Geschworenen, die zu Gericht sitzen werden, bereits interviewt? ...«

»Ja. Alle sind von seiner Schuld dermaßen überzeugt, daß sie die Affäre nicht einmal werden besprechen müssen. Der Angeklagte wird hingerichtet sein, ehe sie ihn haben verurteilen können.«

»Ausgezeichnet! Sehr gut!«

Der angrenzende Saal ist der Werbung gewidmet. Er mißt gut und gern einen halben Kilometer.

Man kann sich ja denken, welche Rolle die Werbung für eine Zeitung wie den *Earth Herald* spielt, die im Durchschnitt drei Millionen Dollar pro Tag einträgt. Dank einem genialen System geschieht übrigens diese Werbung in absolut neuer Form.

Das Patent dazu wurde einem armen Teufel, der kurz darauf Hungers starb, für drei Dollar abgeluchst. Es handelt sich um gigantische Plakate, die auf die Wolken projiziert werden. Deren Ausmaße werden dadurch so ungeheuer, daß die Bevölkerung eines ganzen Landes sie zur gleichen Zeit zu sehen vermag. Auf dieser Galerie sind eintausend Projektionsapparate andauernd damit beschäftigt, die Plakate auf die Wolken zu werfen, von denen sie dann in Farben reflektiert werden.

Doch heute, wie Francis Benett die Galerie betritt, bemerkt er, daß die Mechaniker mit verschränkten Armen vor ihren stillgelegten Projektionsapparaten stehen. Er fragt warum, und sie zeigen anstelle jeder Antwort auf den klarblauen Himmel.

»Ach ja, schönes Wetter«, murmelt er, »keine Himmelswerbung möglich! Was tun? Wenn es nur eine Frage des Regens wäre! Den könnte man herstellen. Aber wir brauchen nicht Regen, wir brauchen Wolken! . . .«

»Jawohl«, meint der Chefmechaniker, »schöne weiße Wolken müssen es sein!«

»Also gut! Herr Samuel Mark, Sie wenden sich sofort an die wissenschaftliche Redaktion, Abteilung Meteorologie! Richten Sie von mir aus, sie soll sich einmal intensiv mit dem Problem der künstlichen Wolkenbildung befassen! Wir können doch nicht ständig von der Gnade des schönen Wetters abhängig sein!«

Nach der Inspektion der verschiedenen Zeitungsressorts schreitet Francis Benett in den Empfangsraum, wo ihn die Botschafter und bevollmächtigten Minister, die bei der amerikanischen Regierung akkreditiert sind, bereits erwarten. Diese Herren sind gekommen, um beim allgewaltigen Direktor Rat zu holen. Benett betritt den Salon, wo schon eifrig diskutiert wird:

»Exzellenz mögen mir verzeihen«, sagt eben der Botschafter Frankreichs zum Botschafter der Russen, »ich sehe nicht ein, was an der Europakarte geändert werden müßte. Der Norden den Slawen, meinetwegen! Doch der Süden den Romanen! Unsre gemeinschaftliche Grenze, der Rhein, scheint mir ausgezeichnet! Im übrigen möchte ich, daß Ihnen folgendes klar ist: Meine Regierung wird sich jedem Unternehmen, das sich gegen Rom, Madrid oder Wien richtet, energisch widersetzen!«

»Brav gesprochen!« meint Francis Benett dazu, wie er nun mitten unter sie tritt und sich in die Debatte einschaltet.

»Wie denn, Herr Botschafter von Rußland, ist es möglich, daß Sie an Ihrem riesigen Reich noch nicht genug haben, das sich vom Rhein bis zu Chinas Grenzen erstreckt und dessen Küsten von dem Eismeer, dem Atlantik, dem Schwarzen Meer, dem Bosporus und dem Indischen Ozean umspült werden? Und was sollen denn die Drohungen? Ist denn überhaupt ein Krieg noch möglich bei diesen modernen Erfindungen, diesen erstickungbringenden Geschossen, die man auf eine Distanz von hundert Kilometern abschießen kann; diesen zwanzig Meilen langen elektrischen Entladungen, die mit einem einzigen Schlag ein ganzes Armeekorps zu vernichten vermögen; diesen Projektilen, die, mit Mikroben angefüllt, Pest, Cholera und Gelbes Fieber verbreiten und die innerhalb weniger Stunden eine ganze Nation zu zerstören vermöchten?«

»Das wissen wir, Herr Benett«, antwortet der russische Botschafter. »Doch kann man immer, wie man möchte?... An unserer Ostgrenze werden wir selber vom Chinesen bedrängt; also müssen wir, koste es was es wolle, gewisse Anstrengungen gegen Westen unternehmen...«

»Ist das alles, Herr Botschafter?« Francis Benett schlägt einen gönnerhaften Ton an: »Nun gut! Da also die Fruchtbarkeit des Chinesen für die Welt eine Gefahr bedeutet, wollen wir den Sohn des Himmels ein bißchen drücken! Er wird seinen Untertanen eine maximale Geburtenzahl vorschreiben, die sie unter Androhung der Todesstrafe nicht überschreiten dürfen! Ein Kind zuviel?... Ein Vater weniger! Das dürfte die Sache kompensieren. – Und Sie, Herr Konsul?« wendet sich der Direktor des *Earth Herald* nun an den britischen Konsul, »was kann ich für Sie tun?«

»Viel, Herr Benett! Es dürfte genügen, wenn Ihre Zeitung zu unsern Gunsten einen Feldzug einleiten würde...«

»Zu welchem Zwecke?...«

»Ganz einfach: um gegen die Einverleibung Englands in die Vereinigten Staaten zu protestieren ...«

»Ganz einfach!?« meint Francis Benett darauf achselzuckend. »Eine Annexion, die vor hundertfünfzig Jahren geschah! Aber eben: die Herren Engländer können sich nie in diese Sache fügen, die durch eine gerechte Vergeltung hienieden ihr Land zu einer amerikanischen Kolonie gemacht hat! Völliger Irrsinn! Wie ist denn Ihre Regierung auf die hirnverbrannte Idee gekommen, ich würde jemals eine derart antipatriotische Kampagne für sie ...«

»Herr Benett, nach der Monroe-Doktrin gehört ganz Amerika den Amerikanern, Sie wissen es. Aber eben nur Amerika, und nicht ...«

»England, mein Herr, ist heute nichts als eine unserer Kolonien, immerhin eine der schönsten. Rechnen Sie ja nicht damit, daß wir sie jemals wieder abtreten werden!«

»Sie weigern sich also?«

»Ich weigere mich, und wenn Sie auf Ihrer Forderung beharren sollten, werden wir daraus einen *casus belli* konstruieren, und zwar einzig auf das Interview eines unserer Reporter hin!«

»Das ist das Ende!« murmelt der zerknirschte Konsul vor sich hin. »Das Vereinigte Königreich, Kanada und Neu-Britannien gehören den Amerikanern, Indien den Russen, Australien und Neuseeland gehören sich selbst! Was bleibt uns noch von all dem, was einst Großbritannien hieß? ... Nichts mehr!«

»Nichts mehr, Herr Konsul! Und was ist mit Gibraltar?« fragt Francis Benett zurück.

Gerade da schlägt es zwölf Uhr mittags. Der Direktor des *Earth Herald* deutet mit einer Handbewegung das Ende der Audienz an und verläßt den Salon. Er setzt sich in einen Rollsessel, und in wenigen Minuten hat er sein Speisezimmer erreicht, das sich einen Kilometer entfernt am andern Ende des Hotels befindet.

Der Tisch ist gedeckt. Francis Benett nimmt Platz. In Reichweite befinden sich eine ganze Menge von Hahnen. Und direkt vor ihm wölbt sich die Scheibe des Fernsehers, auf der soeben das Eßzimmer seines Hotels in Paris erscheint. Ungeachtet des Zeitunterschieds sind Herr und Frau Benett übereingekommen, zur selben Zeit ihr Mittagsmahl einzunehmen. Es gibt ja nichts Schöneres als sich so gegenüberzusitzen und, der großen trennenden Distanz zum Trotz, durch das Mittel des Fernsprechers miteinander zu plaudern.

Doch jetzt eben ist das Eßzimmer in Paris völlig leer ...

›Edith wird sich wieder mal verspätet haben!‹ denkt Francis Benett. ›Oh, die Pünktlichkeit der Frauen! Alle Dinge verbessern sich ständig, dieses eine aber nicht! ...‹

Und während er diese leider nur allzu berechtigte Feststellung macht, dreht er an einem der Hahnen.

Wie alle wohlhabenden Menschen unserer Epoche verzichtet Francis Benett auf eine häusliche Küche. Er ist einer der vielen Abonnenten einer großen *Traiteur-Gesellschaft*. Sie liefert über ein ganzes Rohrpostnetz Mahlzeiten von tausenderlei Sorten. Das System ist kostspielig, das versteht sich, aber die Speisen schmecken besser, und es hat außerdem den Vorteil, daß es die haarsträubende Rasse der Blauband-Köche beiderlei Geschlechts abgeschafft hat.

Francis Benett speist also allein – zu seinem leisen Bedauern. Wie er seinen Kaffee austrinkt, erscheint nun doch noch Frau Benett auf dem Bildschirm.

»Wo kommst denn du her?« erkundigt sich ihr Gatte.

»Da schau her!« läßt Frau Benetts Stimme sich vernehmen, »bist du schon fast fertig? ... Komme ich zu spät? ... Wo ich herkomme? ... Natürlich vom Hutmacher! ... Du, dieses Jahr gibt es aber phantastische Hüte! Entzückend! Eigentlich sind es gar nicht mehr richtige Hüte ... eher so eine Art Kirchenkuppeln! ... Ich habe mich wohl etwas lange dabei verweilt! ...«

»Etwas schon, meine Liebe, so lange, daß ich jetzt mit meiner Mahlzeit schon am Ende bin ...«

»Na schön, dann geh halt wieder ... geh an deine Arbeit«, gibt Frau Benett zur Antwort. »Ich

habe noch eine Besorgung zu machen. Ich möchte meinen Schneider und Modelleur aufsuchen.«

Dieser Schneider aber ist niemand anderes als der berühmte Wormspire, der Mann, der einmal gesagt haben soll: ›Eine Frau ist nichts weiter als ein Formproblem.‹

Francis Benett gibt seiner Frau einen Kuß auf die Wange – das heißt: auf den Bildschirm – und macht ein paar Schritte bis zum Fenster, wo sein Aerotaxi bereits wartet.

»Wohin möchten Sie, Herr Benett?« erkundigt sich der Pilot.

»Warten Sie mal ... ja, ich habe Zeit ... Fliegen Sie mich zu meinen Akkumulatorenfabriken am Niagara!«

Das Aerotaxi, eine erstaunliche Maschine, deren Konstruktion auf dem Prinzip des unterschiedlichen spezifischen Gewichts beruht, fliegt mit einer Geschwindigkeit von sechshundert Kilometern in der Stunde durch die Luft. Unter ihm tauchen Städte auf und bleiben weit zurück – Städte mit rollenden Bürgersteigen, die die Passanten die Straßen entlang befördern; dann wieder Landschaften, die mit ihren unzähligen elektrischen Leitungen einem Spinnennetz gleichen.

In einer knappen halben Stunde setzt das Lufttaxi Francis Benett auf seiner Fabrik am Niagara ab. Den Strom, der dort aus den Wasserfällen gewonnen wird, verkauft oder vermietet Benett an die Verbraucher. Sobald er seinen Besuch beendet hat, fliegt er über Philadelphia, New York und Boston nach Centropolis zurück. Um fünf Uhr etwa ist er wieder ›daheim‹.

Im Vorraum des *Earth Herald* wartet eine große Menge auf die Rückkehr von Francis Benett. Es sind diesmal Vertreter, denen er jeden Tag eine Audienz gewährt. Es befinden sich darunter Erfinder, die sich um Kapital bewerben möchten, Vermittler mit allerlei Vorschlägen, alles hervorragende Geschäfte – wenn man sie darüber reden hört ... Unter den vielen Projekten muß nun die Wahl getroffen werden; die schlechten müssen abgelehnt, die zweifelhaften untersucht, die guten angenommen werden.

Innert kürzester Zeit hat Francis Benett all die Leute hinausgewiesen, die bloß nutzlose oder undurchführbare Ideen vorbrachten. Da kommt doch tatsächlich der eine und will die Malerei wiederaufleben lassen, die vergessene Kunst, die im Laufe der Zeit derart in Verruf geriet, daß der *Angelus* von Millet schließlich noch ganze fünfzehn Franken erzielte. Das konnte natürlich nur geschehen, weil die Farbenphotographie ihren Siegeszug gegen Ende des zwanzigsten Jahrhunderts antrat. Erfunden hat sie der Japaner Aruziswa-Riochi-Nichome-Sanjukamboz-Kio-Baski-Ku, dessen Name dadurch allen Leuten geläufig geworden ist. Ein anderer Besucher will doch tatsächlich den Bioogen-Bazillus gefunden haben, der den Menschen unsterblich machen soll, sobald der sagenhafte Bazillus in den Organismus eingespritzt wird ... Wieder ein anderer, ein Chemiker, hat ein neues Element, das Nihilium, entdeckt, von dem das Gramm bloß drei Millionen Dollar kosten soll... Und schließlich der Arzt, der kühn behauptet, er habe ein todsicheres Rezept gegen Schnupfen...

All diese Phantasten werden natürlich prompt vor die Tür gesetzt. Einige wenige aber werden besser empfangen, vorerst ein junger Mann, dessen hohe Stirn überragende Intelligenz verrät.

»Herr Benett«, beginnt er, »früher gab es fünfundsiebzig Elemente, heute ist diese Anzahl auf drei beschränkt. Das wissen Sie doch, nicht wahr?«

»Klar!«

»Gut also, Herr Benett. Und ich bin drauf und dran, diese drei auf ein einziges Element zurückzuführen. Ich brauche nur etwas Geld, und in ein paar Wochen ist der Erfolg da.«

»Und was weiter?«

»Was weiter? Ich werde ganz einfach das Absolute erforscht und gefunden haben.«

»Ja, aber die Folge dieser Entdeckung?«

»Die Folge wird die simple Herstellungsmöglichkeit sämtlicher Stoffe sein: Stein, Holz, Metall, Kunststoff...«

»Wollen Sie damit behaupten, Sie könnten auch ein menschliches Wesen herstellen?...«

»Fix und fertig, sogar... Es wird ihm bloß die Seele fehlen!«

»Bloß!« meint dazu ironisch Francis Benett. Doch er weist dem jungen Mann einen Platz in der wissenschaftlichen Abteilung der Redaktion an.

Ein zweiter Erfinder hat seine Forschertätigkeit auf alte, aus dem 19. Jahrhundert stammende Erfahrungen gestützt, die seither immer wieder auftauchten, nämlich die Idee, eine ganze Stadt durch einen riesigen Wohnblock zu ersetzen. Es handelt sich um die Stadt Saaf, die fünfzehn Meilen vom Meer entfernt liegt und die nun in einen Badeort verwandelt werden soll, indem sie auf Schienen bis zur Küste transportiert wird. Daraus würde sich ein enormer Mehrwert für den schon bebauten und noch zu bebauenden Boden ergeben.

Francis Benett ist von diesem Projekt bestrickt. Er ist bereit, sich mit fünfzig Prozent daran zu beteiligen.

»Sie wissen ja, Herr Benett«, meldet sich ein dritter, »daß es uns dank unseren Akkumulatoren und Transformern gelungen ist, die Jahreszeiten auszugleichen. Nun, ich behaupte, daß ich noch mehr erreichen kann: Warum verwandeln wir nicht einen Teil der gewonnenen Energie in Wärme und leiten dann diese Wärme in die Polarregionen, wo sie das Eis schmelzen ...«

»Lassen Sie mir Ihre Pläne da«, beschließt Francis Benett, »und kommen Sie in acht Tagen wieder!«

Und dann kommt der vierte Wissenschaftler mit der Nachricht, daß eines der größten Probleme, das die Menschheit beschäftige, noch an diesem Abend seine Lösung finden werde:

Wir erinnern uns noch, daß vor etwa einem

Jahrhundert Dr. Nathaniel Faithburn die Aufmerksamkeit der ganzen Welt durch ein äußerst kühnes Experiment auf sich zog. Er war ein überzeugter Verfechter des menschlichen Winterschlafs – der Möglichkeit also, die lebenswichtigen Funktionen ›einzufrieren‹ und sie dann nach längerer Zeit wiederzubeleben. Diese Methode wollte er nun an sich selbst ausprobieren. Nachdem er durch ein eigenhändig verfaßtes Testament die Operationen vorgeschrieben hatte, die ihn hundert Jahre später, auf den Tag genau, wieder zum Leben erwecken sollten, hatte er sich bei einer Kälte von 172 Grad einfrieren lassen; er war dann, zur Mumie erstarrt, in eine Gruft eingeschlossen worden – für hundert Jahre ...

Und nun, heute, am 25. Juli 2889, ist diese Frist abgelaufen! Francis Benett wird gebeten, in einen bestimmten Saal des *Earth Herald* zu kommen, wo die so ungeduldig erwartete Auferstehung des kühnen Arztes vor sich gehen soll. Die Öffentlichkeit werde über den Verlauf der Sensation von Sekunde zu Sekunde auf dem laufenden gehalten werden.

Der Vorschlag wird angenommen, und da die Operation nicht vor zehn Uhr abends beginnen soll, legt sich Francis Benett im Hörsaal auf ein Ruhebett. Er dreht an einem Knopf – und ist schon mit dem Zentralkonzert verbunden.

Nach einem derart lebhaften Tag findet er köstliche Entspannung beim Anhören unserer besten

Dirigenten, die – wir wissen es ja – ihre Werke nach den glänzenden, algebraisch errechneten Harmonien komponiert haben ...

Es ist dämmerig geworden, und Francis Benett liegt in einem halb-ekstatischen Dämmerschlaf. Doch da geht plötzlich eine Türe auf:

»Wer ist da?« Er berührt einen in Reichweite angebrachten Schalter, der die Luft im Saal zum Vibrieren und darum zum Leuchten bringt.

»Ach, Sie sind es, Herr Doktor!« Francis Benett richtet sich auf.

»In Person«, sagt Dr. Sam. Er kommt zur täglichen Arztvisite – Jahresabonnement! »Wie geht's?«

»Gut!«

»Um so besser. Mal die Zunge herzeigen!« Und er nimmt sie unter die Lupe. »Gut. Und jetzt den Puls!«

Er tastet ihn mit einem Pulsographen ab, ähnlich dem Instrument, das die Erdbeben registriert. »Ausgezeichnet! Wie steht's mit dem Appetit?«

»Puh!«

»Eben ... der Magen! ... Er arbeitet nicht mehr gut, der Magen! ... Wird alt! Sie müssen unbedingt dieser Tage einen neuen einsetzen lassen! ...«

»Ist schon recht«, meint Francis Benett dazu. »Inzwischen, Doktor, speisen Sie erst mal mit mir!«

Während des Essens hat er die Verbindung mit Paris wieder hergestellt. Diesmal sitzt Frau Benett am Tisch. Das Abendessen verläuft harmonisch, es ist gewürzt mit den Witzchen des Arztes. Kaum sind sie mit Essen fertig, als Francis Benett seine Frau fragt:

»Wann, meinst du, bist du wieder da, liebe Edith?«

»Ich reise jetzt gleich ab.«

»Mit der Untergrund oder mit dem Aerotrain?«

»Untergrund.«

»Dann bist du wann hier?«

»Elf Uhr neunundfünfzig nachts.«

»Pariser Zeit?«

»Nein doch! Centropolis-Zeit.«

»Auf bald denn, und verpaß mir nicht die Untergrundbahn!«

Diese unter dem Ozean fahrenden Züge, mit denen man heute in zweihundertfünfundneunzig Minuten von Europa her in Centropolis ist, sind eigentlich den Aerotrains unbedingt vorzuziehen, die ja kaum tausend Kilometer in der Stunde schaffen.

Der Arzt hat sich zurückgezogen, nachdem er versprochen hat, bei der Auferstehung seines Kollegen Nathaniel Faithburn zugegen zu sein. Francis Benett aber begibt sich in sein Bureau, wo er die Tageseinnahmen kontrollieren will. Das ist an sich eine gewaltige Rechenoperation, wenn man bedenkt, daß die täglichen Unkosten allein sich auf achthunderttausend Dollar belaufen. Doch glücklicherweise erleichtern die fortschrittlichen modernen Methoden diese Art von Bureauarbeit ganz enorm. Mit Hilfe des elektronischen Rechenapparates hat Francis Benett seine Arbeit im Nu erledigt.

Es wird Zeit. Kaum hat er die letzte Addition getippt, wird er schon in den Hörsaal gebeten. Er eilt hin, und eine zahlreiche Menge von Wissenschaftlern begrüßt ihn, unter ihnen auch Dr. Sam.

Auf einem Gestell mitten im Saal steht der Sarg mit dem eingefrorenen Dr. Nathaniel Faithburn. Die Fernsehkamera wird betätigt. Die ganze Welt will den verschiedenen Operationen zur Wiedererweckung beiwohnen.

Der Sarg wird aufgemacht ... Nathaniel Faithburn wird herausgehoben ... sieht immer noch aus wie eine Mumie, gelb, steinhart, ausgetrocknet ... Beim Beklopfen gibt es einen Ton, als klopfe man auf Holz ... Er wird der Hitze ausgesetzt ... der Elektrizität ... Nichts! ... Er wird hypnotisiert ... suggeriert ... Nichts scheint diesen ultrastarren Zustand verändern zu können ...

»Und, wie steht's, Dr. Sam?« fragt Francis Benett gespannt.

Der Arzt beugt sich über den leblosen Körper, untersucht ihn mit lebhafter Aufmerksamkeit ... Er verabreicht ihm mit einer hypodermischen Nadel eine Spritze. Was er spritzt, ist das auch heute noch vielgebrauchte berühmte Elixier Brown-Séquard ... Die Mumie ist und bleibt eine Mumie.

»Nun ja«, gibt Sam endlich bedauernd zur Antwort, »ich fürchte, der Winterschlaf war zu lang...«

»Aha!«

»... und Nathaniel Faithburn ist tot!«

»Tot?«

»So tot, wie eine Leiche nur sein kann!«

»Seit wann, meinen Sie, ist er...?«

»Seit wann?... Aber natürlich seit genau hundert Jahren, das heißt, seit er die dumme Idee hatte, sich im Interesse der Wissenschaft einfrieren zu lassen!...«

»Na also«, meint Francis Benett dazu, »da hätten wir ja einmal eine Methode, die der Vervollkommnung bedarf!«

»Vervollkommnung dürfte das Wort dafür sein«, grinst Dr. Sam. Und die *Wissenschaftliche Kommission für Menschlichen Winterschlaf* zieht mit ihrem unheimlichen Paket kopfhängend ab.

Francis Benett sucht in Begleitung von Dr. Sam seine Privaträume auf. Da er sehr müde aussieht – kein Wunder, nach einem dermaßen ausgefüllten Tag! –, rät ihm sein Arzt, vor dem Zubettgehen ein Bad zu nehmen.

»Recht haben Sie, Doktor, das wird mich beruhigen...«

»Ganz bestimmt, Herr Benett, und falls Sie das wünschen, werde ich draußen gleich Bescheid...«

»Nicht nötig, lieber Doktor. Hier im Hotel steht immer ein Bad bereit. Ich brauche dazu nicht einmal mein Zimmer zu verlassen. Sehen Sie mal her: ich drücke jetzt auf diesen Knopf – die Badewanne hat sich schon in Bewegung gesetzt und wird gleich erscheinen ... das Wasser wird genau siebenunddreißig Grad warm sein!«

Francis Benett hat auf den Knopf gedrückt. Ein dumpfes Rollen ist zu vernehmen, wird stärker, deutlicher ... dann geht eine der Türen auf – die Badewanne rollt auf Rädern über fast unsichtbare Schienen herein ...

Du lieber Himmel! Dr. Sam hält rasch die Hände vor die Augen. Verschämte kleine Schreie sind aus der Wanne zu hören ...

Frau Benett liegt darin. Sie ist vor einer halben Stunde mit der transozeanischen Untergrund im Hotel eingetroffen ...

Tags darauf – es war der 26. Juli 2889 – begann Direktor Francis Benett vom *Earth Herald* sein neues Tagewerk mit einem Gang durch die zwanzig Kilometer seiner Arbeitsräume. Am Abend ergab sich nach einer Kontrolle der Rechenautomaten eine Tageseinnahme von zweihundertfünfzigtausend Dollar – fünfzigtausend mehr als am Tage vorher.

Ein einträglicher Beruf, der Beruf des Journalisten im neunundzwanzigsten Jahrhundert!

MEISTER ZACHARIUS

I

EINE WINTERNACHT

Die Stadt Genf liegt am westlichen Ende des Sees, dem sie ihren Namen gegeben hat – oder dem sie den ihren verdankt. Dort fließt die Rhone aus dem See und teilt die Stadt in zwei deutlich zu unterscheidende Teile. Der Fluß selber wird mitten in der Stadt ebenfalls geteilt: durch eine Insel. Diese topographische Eigenheit läßt sich bei großen Handels- und Industriezentren recht oft feststellen. Zweifellos haben sich die ersten Siedler für derartige Plätze entschieden, weil sie ihnen das Transportproblem erleichterten. Die rasch dahinfließenden Wasserläufe waren gewissermaßen ›Transportwege, auf denen es von selbst geht‹, wie Pascal zu sagen pflegte. Und bei der Rhone handelt es sich also auch um einen ›von selbst fahrenden Transportweg‹.

Zu jenen Zeiten, als die neuen, regelmäßigen Bauten noch nicht auf der Insel standen, die wie ein schwerer holländischer Kahn mitten im Strom vor Anker zu liegen scheint, boten die kunterbunt durcheinander aufgestellten Häuser dort einen für das Auge ganz besonderen Reiz. Der beschränkte Raum auf der Insel hatte für etliche der Gebäude eine Konstruktion auf Pfählen erfordert, welche denn auch in fröhlichem Durcheinander in der wilden Rhone standen. Die groben Bohlen, die vom

Fluß ausgewaschen und von der Zeit schwarz geworden waren, glichen irgendwie den Beinen von riesigen Krabben – ein phantastischer Anblick! Ein paar vergilbte Netze hingen ständig in diesem Balkengewirr und schienen dazuzugehören wie die Blätter zum Baum, ein Eindruck, der durch das dauernde Halbdunkel dort unten noch vertieft wurde. Und der Strom, der durch dieses Gewirr von Eichenbalken floß, erzeugte ein unaufhörliches, fast unheimliches Brausen.

Eine der Behausungen auf der Insel fiel durch ihr seltsam vermodertes Aussehen ganz besonders auf. Sie gehörte dem Meister Zacharius, einem alten Uhrmacher. Ferner wohnten darin seine Tochter Gérande, sein Lehrling Aubert Thun und die alte Magd Scholastique.

Ein eigenartiger Mensch, dieser Zacharius! Sein Alter zu schätzen war ein Ding der Unmöglichkeit. Auch der älteste Genfer hätte nicht zu sagen vermocht, wann er ihn und seinen mageren, spitzen Kopf – der auf seinen Schultern hin und her wackelte – zum erstenmal hatte durch die Straßen der Stadt marschieren sehen, wobei die schlohweiße Mähne im Winde flatterte. Der Mann lebte gar nicht eigentlich – er schwang eher hin und her, so etwa wie die Pendel seiner Uhren. Sein ausgetrocknetes, leichenhaftes Gesicht hatte eine dunkle Tönung angenommen. Wie die Gemälde von Leonardo da Vinci war es immer dunkler geworden.

Gérande bewohnte das schönste Zimmer des alten Hauses, von dem aus sie durch ein schmales Fenster ihren Blick melancholisch bis zu den schneebedeckten Jurahöhen schweifen lassen konnte; das Schlafzimmer jedoch sowie die Werkstatt des Greises befanden sich in einer Art Keller, beinahe auf Flußniveau. Die Bretter des Bodens ruhten ohne Zwischenbau direkt auf den Pfählen. Seit undenklichen Zeiten kam Meister Zacharius außer für die Mahlzeiten nicht mehr aus seiner Werkstatt – es sei denn, um die verschiedenen Turmuhren in der Stadt zu regulieren. Die übrige Zeit verbrachte er an einer Werkbank, die mit zahlreichen Uhrmacherinstrumenten belegt war – er hatte die meisten davon selbst erfunden.

Denn er war ein geschickter Mann. Seine Werke wurden in ganz Frankreich und Deutschland sehr geschätzt. Die fleißigsten Uhrenarbeiter Genfs priesen seine Überlegenheit in hohen Tönen, und er war für die Stadt selbst eine Ehre. Sie bewies das, indem sie zugab:

›Ihm gebührt der Ruhm, die Ankerhemmung erfunden zu haben!‹

Und tatsächlich ging aus dieser Erfindung – wie die Arbeiten Zacharius' in der Folge beweisen werden – die Geburt der eigentlichen Uhrmacherkunst hervor.

Nun, nachdem er jeweils lange Zeit und mit hervorragendem Geschick gearbeitet hatte, pflegte Meister Zacharius bedächtig seine Werkzeuge an

ihren Ort zurückzulegen; er deckte die feinen Uhrwerkteilchen, an denen er gearbeitet hatte, mit leichten Glasglocken zu und schaltete für sein eigenes rastloses Rad der Geschäftigkeit eine Ruhepause ein. Und dann hob er eine Falltüre, die in den Boden seiner Werkstatt eingelassen war – stand stundenlang gebückt da und verfolgte mit den Augen den Lauf der Rhone, die sich brausend unter seinen Füßen dahinwälzte. Er berauschte sich dabei regelrecht an den Gischtwolken, die bis zu ihm heraufdrangen.

An einem Winterabend trug die alte Scholastique das Abendessen auf, an dem sie und der junge Arbeiter nach altem Brauch teilzunehmen pflegten. Obschon ihm sorgfältig zubereitete Mahlzeiten in schönem blauweißem Porzellan angeboten wurden, aß Meister Zacharius nichts. Kaum daß er auf die sanften Worte seiner Gérande antwortete, die durch das noch finsterere Schweigen ihres Vaters an diesem Abend sichtlich beunruhigt war. Und das Geplapper von Scholastique drang ebenso wenig an sein Ohr wie das Rauschen des Stromes, auf das er heute gar nicht zu achten schien. Nach diesem schweigsamen Mahl verließ der alte Uhrmacher den Tisch, ohne seine Tochter zu küssen und ohne allen einen guten Abend zu wünschen, wie er das sonst tat. Darauf verschwand er durch die schmale Türe, die zu seiner Klause führte, und unter seinem schweren Tritt seufzte die Treppe klagend auf.

Gérande, Aubert und Scholastique verweilten noch einige Zeit, ohne ein Wort zu wechseln. An jenem Abend war das Wetter finster; schwere Wolken zogen den Alpen entlang und drohten ihre schweren Regensäcke auszuleeren; das strenge Schweizer Klima erfüllte die Seele mit Trauer, während der Südwind um die Häuser pfiff und von Zeit zu Zeit in ein dumpfes Heulen ausbrach.

»Wissen Sie, mein liebes Fräulein«, begann schließlich Scholastique, »daß unser Meister seit einigen Tagen ganz in sich gekehrt ist? Heilige Jungfrau! Ich begreife, daß er keinen Hunger hatte, denn die Worte sind ihm im Bauch stecken geblieben, und das müßte schon ein sehr geschickter Teufel sein, der ihm von dort eines hervorholen könnte!«

»Meinen Vater quält ein heimlicher Kummer, den nicht einmal ich zu erraten vermag«, gab Gérande zurück, während sich auf ihrem Gesicht schmerzliche Besorgnis abzeichnete.

»Fräulein, Sie dürfen darum in Ihrem Herzen nicht so traurig sein. Sie kennen ja die eigenartigen Gewohnheiten von Meister Zacharius. Wer vermöchte, hinter seiner Stirn seine geheimen Gedanken zu lesen? Er hat zweifellos irgendeinen Ärger gehabt, doch morgen weiß er vielleicht schon nichts mehr davon, und es wird ihm sicher leid tun, daß er seiner Tochter Sorgen bereitet hat.«

Diesmal hatte Aubert gesprochen und dabei seine Blicke auf die schönen Augen der Gérande geheftet. Aubert war der einzige Arbeiter, den Meister Zacharius jemals in seine geheimsten Arbeiten eingeweiht hatte, weil er dessen Intelligenz und Verschwiegenheit – und vor allem dessen große Herzensgüte schätzte. Und Aubert hatte sich seinerseits Gérande mit jener geheimnisvollen

Treue angeschlossen, die großer Hingebung fähig ist.

Gérande war achtzehn Jahre alt. Das vollkommene Oval ihres Gesichtchens erinnerte an dasjenige naiv dargestellter Madonnen, wie man sie heute noch an den Straßenecken alter bretonischer Ortschaften hangen sehen kann. Aus ihren Augen strahlte unendliche Unschuld. Man mußte sie liebgewinnen, denn sie verkörperte auf anmutigste Weise die Verwirklichung einer Dichtervision. Ihre Kleider waren stets in diskreten Farben gehalten, und die weiße Unterwäsche, die auf ihren Schultern hervorlugte, erinnerte in Farbe und Geruch an das Leinenzeug in einer Kirche. Sie lebte in jener Stadt Genf ein mystisches Leben, denn die Stadt war damals noch nicht der Verdorrung des Calvinismus anheimgefallen.

So wie sie abends und morgens aus ihrem Meßbuch mit den Eisenbeschlägen ihre lateinischen Gebete las, so hatte sie auch aus dem Herzen Auberts ein verstecktes Gefühl, eine tiefe Hingebung des jungen Arbeiters für sie herauszulesen vermocht. Und in der Tat konzentrierte sich seiner Überzeugung nach das Dasein auf dieses alte Haus des Uhrmachers, und er verbrachte seine ganze Freizeit in der Nähe des jungen Mädchens, sobald er die Werkstatt ihres Vaters verlassen hatte.

Die alte Scholastique sah das wohl, sagte aber kein Wort darüber. Ihre Geschwätzigkeit übte sie mit Vorliebe an den Übeln ihrer Zeit und an den kleinen Unannehmlichkeiten des Haushalts. Die andern gaben sich keine Mühe, ihr das abzugewöhnen. Es ging einem mit ihr wie mit jenen Tabaksdosen, in die eine Spieldose eingebaut ist, wie sie in Genf hergestellt werden: war sie einmal aufgezogen, dann hätte man sie zerschlagen müssen, damit sie nicht sämtliche eingebauten Melodien herunterleierte.

Als Scholastique das Fräulein Gérande in schmerzliches Schweigen versunken dasitzen sah, stand sie von ihrem alten hölzernen Stuhl auf, setzte eine Wachskerze auf den Kerzenhalter, zündete sie an und stellte sie in die steinerne Nische, wo eine kleine Madonna aus Wachs stand. Die Hausbewohner hatten die Gewohnheit, vor der Madonna hinzuknien – sie war eine Art Schutzgöttin des Hauses – und sie zu bitten, ihre Gnade wohlwollend den Flehenden für die kommende Nacht angedeihen zu lassen. Doch an diesem Abend blieb Gérande wortlos an ihrem Platze sitzen.

»Ja, aber ... mein liebes Fräulein!« Scholastique war wirklich erstaunt. »Wir sind mit dem Abendbrot fertig, es ist Zeit, daß wir uns gute Nacht wünschen. Sie machen sich noch Ihre Augen kaputt in der vorgeschrittenen Dämmerung! ... Du Heilige Jungfrau! Es ist Zeit, zu schlafen und in angenehmen Träumen wenigstens ein bißchen Freude zu finden! Wer kann schon auf einen glücklichen Tag hoffen in dieser verfluchten Zeit, in der wir leben?«

»Sollten wir nicht vielleicht für meinen Vater den Arzt holen?« fragte Gérande statt dessen.

»Den Arzt!« rief nun die alte Magd. »Hat Meister Zacharius je ihren Phantastereien und Phrasen auch nur sein Ohr geschenkt! Es mag ja Ärzte für die Uhren geben, aber bestimmt nicht für den Körper der Menschen!«

»Gérande«, mischte sich nun sanft Aubert ins Gespräch. »Meister Zacharius ist moralisch deprimiert, das ist alles.«

»Wissen Sie warum, Aubert?«

»Vielleicht, Gérande.«

»Das müssen Sie uns erzählen!« rief Scholastique neugierig, und sparsam löschte sie dabei ihre Kerze wieder aus.

»Seit mehreren Tagen geschieht etwas durchaus Unverständliches. Alle Uhren, die Ihr Vater in den letzten paar Jahren hergestellt und verkauft hat, sind plötzlich stehengeblieben. Es wurden ihm eine ganze Menge solcher Fälle gemeldet. Er hat die Uhren sorgfältig auseinandergenommen; die Werke waren alle in gutem Zustand, die einzelnen Räder tadellos eingesetzt. Er hat sie mit noch größerer Sorgfalt wieder zusammengesetzt; und trotz seiner Geschicklichkeit bringt er sie nicht wieder in Gang.«

»Da steckt der Teufel dahinter!« schrie Scholastique auf.

»Was willst du damit sagen?« verlangte Gérande zu wissen. »Die Sache erscheint mir ganz natürlich. Alles auf Erden hat seine Beschränkung, und das

Unendliche wird nie aus den Händen der Menschen kommen.«

»Es ist aber nicht weniger richtig, daß es da etwas Außerordentliches und Geheimnisvolles geben muß«, meinte Aubert; »ich habe selber Meister Zacharius geholfen, den Grund der Störungen dieser Uhren zu entdecken, und auch ich habe nichts gefunden. Mehr als einmal habe ich verzweifelt die Werkzeuge sinken lassen.«

»Und übrigens: warum sich für eine solch verdammte Arbeit aufopfern?« schimpfte Scholastique. »Ist es denn natürlich, daß ein kleines Instrument aus Kupfer von selber gehen kann und die Stunden anzeigt? Wir hätten uns schon immer an die Sonnenuhr halten sollen!«

»Sie würden wahrscheinlich nicht so daherreden, Scholastique«, gab Aubert zurück, »wenn Sie wüßten, daß die Sonnenuhr von Kain erfunden wurde.«

»Herr du mein! Was sagen Sie mir da!«

»Glauben Sie«, fragte naiv Gérande, »daß man Gott bitten könnte, den Uhren meines Vaters wieder Leben einzuhauchen?«

»Ganz zweifellos«, antwortete der junge Arbeiter.

»So weit kommt's! Das nenne ich zweckloses Beten«, brummte die Alte, »aber der Himmel wird wohl diese Absicht verzeihen.«

Die Wachskerze wurde wieder angezündet. Scholastique, Gérande und Aubert knieten sich gemeinsam auf den Fußboden hin, und das Mädchen

betete für die Seele ihrer Mutter, für eine gesegnete Nacht, für Reisende und Gefangene, für Gute und Schlechte, und vor allem betete sie, daß Gott ihren Vater von seiner ihr unbekannten Trauer erlösen möge.

Hierauf erhoben sich die drei Gläubigen mit neuem Vertrauen im Herzen. Hatten sie doch ihren Schmerz in Gottes Schoß gelegt!

Aubert zog sich in sein Zimmer zurück, und Gérande setzte sich gedankenverloren ans Fenster. Eben erloschen die letzten Lichter in der Stadt Genf. Scholastique aber, nachdem sie etwas Wasser auf das noch glimmende Kohlenfeuer gegossen hatte, schob die beiden großen Riegel der Eingangstüre vor. Dann warf sie sich auf ihr Bett, wo sie sogleich einschlief und träumte, sie sterbe vor Angst.

Inzwischen hatten die Schrecken dieser Winternacht sich vergrößert. Manchmal verfing sich ein heftiger Wind in den Stützbalken, und zusammen mit den Wasserwirbeln des Stromes brachten sie das ganze Haus zum Erbeben. Doch das junge Mädchen ließ sich völlig von ihrer Traurigkeit gefangennehmen und dachte unausgesetzt an ihren Vater. Seit den Worten von Aubert Thun hatte Meister Zacharius' Krankheit in ihren Augen phantastische Proportionen angenommen, und ihr schien, daß dieser ihr so liebe Mensch selber ein mechanisches Wesen geworden sei, das sich nur noch mit Mühe auf seinen morschen Pfosten vorwärtsbewege.

Plötzlich schlug der äußere Fensterladen – vom Sturmwind losgerissen – heftig gegen das Fenster. Gérande begann zu zittern und sprang auf, da sie nicht verstand, woher dieser Lärm, der sie aus ihrer

Betäubung gerissen, kam. Doch sobald sich ihre Aufregung etwas gelegt hatte, öffnete sie das Fenster. Die Wolken waren geborsten, und ein Platzregen trommelte auf die umliegenden Dächer. Das junge Mädchen beugte sich weit aus dem Fenster, um den im Winde schlagenden Fensterladen zu packen, doch es hatte zu große Angst. Ihm schien, der Regen und der Strom hätten ihre Wasser zusammengetan, um dieses zerbrechliche und nun in allen Fugen krachende Haus zu überschwemmen. Erst wollte Gérande aus dem Zimmer rennen; doch da sah sie unter ihrem Fenster einen Lichtschein, der aus ihres Vaters Werkstatt zu kommen schien. Und als nun das Tosen der Elemente einen Augenblick nachließ, vernahm sie von unten klagende Laute. Sie versuchte, das Fenster wieder zu schließen ... es gelang ihr nicht. Der Wind stieß sie mit Gewalt ins Zimmer zurück, als wäre er ein Bösewicht, der in eine fremde Wohnung eindringt.

Gérande glaubte vor Entsetzen irrsinnig zu werden! Was tat ihr Vater dort unten? Sie öffnete die Türe ... die ihr sogleich aus den Händen gerissen wurde, und der Sturm schlug sie augenblicklich wieder zu. Gérande stand nun im stockdunkeln Eßzimmer, erreichte dann tastend die Treppe, die zur Werkstatt führte, und ließ sich bleich und fast ohnmächtig hinuntergleiten.

Der alte Uhrmacher stand mitten im Raum, der vom Tosen der Wasser erfüllt war. Mit seinen zu Berge stehenden Haaren bot er einen unheimlichen

Anblick. Er redete, verwarf die Hände, ohne zu sehen, ohne zu hören! Gérande blieb auf der Schwelle wie erstarrt stehen.

»Das ist das Ende!« sprach Meister Zacharius mit dumpfer Stimme. »Das ist der Tod! ... Was ist schon von mir noch zum Leben übrig, jetzt, wo ich mein Wesen über die ganze Welt verstreut habe! Denn ich, der Meister Zacharius, bin ja der Schöpfer all der Uhren, die ich geschaffen habe! Und in jede habe ich ein Stück meiner Seele hineingegeben, in diese Gehäuse aus Eisen, aus Silber oder Gold! Jedesmal, wenn wieder eine dieser verfluchten Uhren stehenbleibt, spüre ich, wie mein Herz zu schlagen aufhört ... ich habe sie ja alle nach meinem Pulsschlag eingestellt!«

Und während er so seltsame Dinge sagte, ließ der Greis seine Augen über die Werkbank schweifen, wo alle Bestandteile einer Uhr herumlagen, die er gerade sorgfältig auseinandergenommen hatte. Er nahm eine Art Hohlzylinder zur Hand – Federhaus nennen es die Uhrmacher –, in welchem sich die Uhrfeder befindet, und zog die darinliegende Stahlspirale heraus, die, anstatt – nach dem Gesetz der Elastizität – schlaff zu werden, fest zusammengerollt blieb, als wäre es eine schlafende Viper. Sie schien sich verkrampft zu haben, wie ein gebrechlicher Greis, dessen Blut im Laufe der Zeit geronnen ist. Meister Zacharius versuchte umsonst, sie mit seinen abgemagerten Fingern aufzuziehen – und diese Finger warfen an der Wand phantastische

Schatten –, doch es gelang ihm einfach nicht. Und plötzlich stieß er einen schrecklichen Wutschrei aus und warf die Feder durch die Falltüre in die Wirbel der Rhone.

Gérande war wie angewurzelt auf der Schwelle stehengeblieben, konnte kaum atmen und bewegte sich nicht. Sie wollte auf ihren Vater zugehen – und konnte nicht. Sie wurde von Schwindelanfällen gepackt. Und da hörte sie auf einmal, dicht neben ihrem Ohr, eine Stimme flüstern:

»Gérande, meine liebe Gérande! Kommen Sie herauf, ich bitte Sie! Die Nacht ist kalt!«

»Aubert!« flüsterte das Mädchen zurück. »Sind Sie es?«

»Sollte mich nicht beunruhigen, was auch Sie beunruhigt?« fragte leise der junge Mann.

Diese sanften Worte brachten das Mädchen wieder zu sich. Sie stützte sich auf den Arm des Jünglings und sagte sorgenvoll:

»Mein Vater ist sehr krank, Aubert! Sie allein können ihn heilen, denn diese seelische Krankheit läßt sich nicht durch Trostesworte seiner Tochter heilen. Sein Geist ist durch ein völlig natürliches Vorkommnis umwölkt. Doch wenn Sie mit ihm zusammen an den Uhren arbeiten, werden Sie Gelegenheit haben, ihn wieder zur Vernunft zu bringen. Aubert«, fragte das Mädchen dann plötzlich noch, da das eben Erlebte sie noch ganz im Banne hielt, »es kann doch nicht wahr sein, daß er sein Leben mit demjenigen der Uhren verschmilzt?«

Aubert gab keine Antwort.

»Aber dann wäre das ja ein von Gott verdammter Beruf ... der Beruf meines Vaters? ...« fügte Gérande fröstelnd hinzu.

»Ich kann es nicht sagen«, tröstete der junge Arbeiter sie, während er die eiskalten Hände des Mädchens in den seinen wärmte, »bitte, gehen Sie jetzt in Ihr Zimmer zurück, arme kleine Gérande, und vielleicht schöpfen Sie durch die Rast wieder ein wenig Hoffnung!«

Langsam begab sich Gérande in ihr Zimmer zurück und blieb dort, bis der Tag anbrach, aber ohne daß der Schlaf sich auf ihre Lider gesenkt hätte. Und während dieser ganzen Zeit starrte Meister Zacharius stumm und bewegungslos in den lärmig dahinschießenden Strom zu seinen Füßen.

II

STOLZ UND WISSENSCHAFT

Der Ernst, mit dem der Genfer Geschäftsmann sein Gewerbe betreibt, ist sprichwörtlich. Er besteht geradezu aus steifer Rechtschaffenheit und übertriebener Redlichkeit. Wie groß mußte deshalb die Beschämung für Meister Zacharius sein, als er erleben mußte, daß alle die Uhren, die er mit solch unerhörtem Fleiß gebaut hatte, ihm von allen Seiten zurückgeschickt wurden!

Es war nicht zu bestreiten, daß diese Uhren einfach plötzlich und ohne jeden ersichtlichen Grund stehenblieben. Das Räderwerk war jedesmal in gutem Zustand und tadellos zusammengefügt, doch hatten die Federn jegliche Sprungkraft verloren. Der Uhrmacher versuchte umsonst, sie zu ersetzen: die Räder bewegten sich nicht mehr. Diese unerklärlichen Störungen setzten Meister Zacharius furchtbar zu. Seine großartigen Erfindungen hatten den Leuten immer wieder Grund zum Verdacht gegeben, er sei ein Zauberer. Diese Gerüchte fingen nun an sich zu verdichten, und schließlich kamen sie auch Gérande zu Ohren. Sie mußte sogar anfangen, um ihren Vater zu bangen, so oft ihn böse Blicke trafen.

Und doch schien Meister Zacharius nach jener Nacht wieder mit etwas mehr Vertrauen zu arbeiten. Die Morgensonne gab ihm neuen Mut. Aubert begab sich so rasch als möglich zu ihm in die Werkstatt, wo er mit einem liebenswürdigen »Guten Morgen!« empfangen wurde.

»Es geht mir wieder besser«, behauptete der alte Uhrmacher. »Ich weiß nicht, was das gestern für schreckliche Kopfschmerzen waren, die mich quälten. Doch die Morgensonne hat sie mit den Wolken verjagt.«

»Weiß Gott, Meister«, gab Aubert zurück, »die Nacht tut weder Ihnen noch mir gut!«

»Wie recht du hast, Aubert! Falls du jemals ein Mann in gehobener Stellung wirst, merkst du bestimmt, daß der Tag für dich so wichtig ist wie die Nahrungsaufnahme. Ein verdienter Gelehrter verdient auch die Verehrung aller übrigen Menschen.«

»Meister, jetzt packt Euch wieder die Todsünde des Stolzes!«

»Stolz, Aubert! Zerstöre meine Vergangenheit, vernichte meine Gegenwart, sprenge meine Zukunft – erst dann wird mir gestattet sein, im Dunkel zu leben! Armer Junge, du verstehst ja diese höchsten, letzten Dinge nicht, an die meine Kunst anknüpft! Bist du denn bloß ein Werkzeug in meiner Hand?«

»Da wollen wir aber immerhin feststellen, Meister Zacharius, daß ich mehr als einmal von Ihnen belobigt wurde für die Art, in welcher ich die feinsten Teilchen Eurer Uhren und Pendulen einsetzte!«

»Das ganz zweifellos, Aubert! Du bist ein guter Arbeiter, und ich habe dich gern; aber wenn du arbeitest, dann meinst du, du habest zwischen deinen Fingern bloß Kupfer, Gold oder Silber ... Du fühlst nicht, daß diese Metalle, die durch meine Genialität zum Leben erweckt werden, zu pulsieren beginnen wie lebendes Fleisch! Deshalb auch würde dich der Tod deiner Werke nicht umbringen, dich nicht!«

Meister Zacharius sagte nach diesen Worten lange nichts mehr; doch Aubert versuchte, den verlorenen Faden wieder anzuknüpfen:

»Meiner Treu, Meister, ich sehe Euch gern so

ohne Unterbruch arbeiten! Für das Fest unserer Innung werdet Ihr mit der angefangenen Arbeit fertig; ich sehe ja, wie Euch die Arbeit an dieser Kristalluhr so rasch von der Hand geht!«

»Ohne Zweifel, Aubert«, rief der alte Uhrmacher aus, »und das wird für mich keine kleine Ehre sein, dieses Material besiegt und zugeschnitten zu haben, das die Härte von Diamanten besitzt! Ha! Louis Berghem hat gut daran getan, die Kunst des Diamantschleifens zu vervollkommnen. Dadurch habe ich die Möglichkeit erhalten, die härtesten Steine zu polieren und zu durchbohren!«

Während er sprach, hielt Meister Zacharius kleine, aus Kristallen geschnittene Uhrteilchen, die hervorragende Arbeit verrieten, in der Hand. Rädchen, Zapfen und Gehäuse dieser Uhr waren aus demselben Material hergestellt. Er hatte für diese Arbeit ein unwahrscheinliches Talent entwickelt, denn es war von höchster Schwierigkeit gewesen.

Mit vor Aufregung roten Wangen fuhr Meister Zacharius weiter: »Nicht wahr, das wird einfach herrlich sein, diese Uhr durch ihre durchsichtige Hülle hindurch laufen zu sehen und ihren Herzschlag zählen zu können!«

»Ich möchte wetten«, fügte der junge Arbeiter hinzu, »daß sie nicht um eine Sekunde im Jahr vor- oder nachgehen wird!«

»Da wettest du aber auf eine todsichere Sache! Hab' ich denn nicht in diese Arbeit das Beste meiner Fähigkeiten hineingelegt? Geht mein Herz vielleicht nach?«

Aubert wagte nicht, seine Augen zum Meister zu erheben.

»Nun sprich einmal ganz offen zu mir!« verlangte plötzlich der Greis in melancholischem Tone. »Hast du mich noch nie für verrückt gehalten? Hast du nicht schon das Gefühl gehabt, ich lasse mich oft von verheerenden Verirrungen mit Beschlag belegen? Es ist doch so, oder nicht? In den Augen meiner Tochter und auch in den deinen habe ich verschiedentlich lesen können, daß ihr mich verurteilt! – Ach, wie schmerzlich es ist, nicht einmal von den Menschen verstanden zu werden, die man von allen auf der Welt am meisten liebt! Aber dir, Aubert, dir beweise ich noch unwiderlegbar, daß ich recht habe! Schüttle jetzt nicht den Kopf, denn du wirst nur so staunen! An dem Tage, an dem du mich anhörst, wirst du mich verstehen, und dann wirst du erkennen, daß ich hinter das Geheimnis des Lebens gekommen bin, hinter die geheimnisvolle Verbindung zwischen Seele und Körper!«

Bei diesen Worten warf sich Meister Zacharius stolz in die Brust. Seine Augen glühten von einem übernatürlichen Feuer; er bestand in diesem Augenblick nur noch aus Hochmut. Und wahrlich, wenn jemals Eitelkeit ihre Berechtigung hatte, dann sicherlich bei Meister Zacharius!

Denn vor ihm hatte die Uhrmacherkunst praktisch immer noch in den Kinderschuhen gesteckt.

Seit jenem Tag, vierhundert Jahre vor der christlichen Zeitrechnung, als Plato die Nachtuhr erfand – eine Art Wasseruhr, welche die Stunden durch Flötentöne bekanntgab –, war die Kunst der Uhrmacher auf beinahe demselben Fleck stehengeblieben. Die Meister arbeiteten mehr an der kunstvollen Ausführung als am Mechanischen; es war die Zeit der schönen Uhren aus Eisen, Kupfer, Holz und Silber, die alle so delikat geformt waren wie ein Wasserkrug von Cellini. Die Leute erhielten so ein Meisterwerk der Ziselierkunst, das zwar als Zeitmesser recht unvollkommen war – aber immerhin ein Meisterwerk ... Als dann die Phantasie des Künstlers sich nicht mehr auf plastische Vollkommenheit konzentrierte, wandte sie sich statt dessen der Schaffung von Uhren zu, auf denen sich Puppen im Kreise drehten und in denen sich Musikwalzen befanden, so daß die Aufmachung eine recht unterhaltende Erfindung ergab. Und übrigens, wen beschäftigte damals überhaupt das Problem der Zeitmessung? Juristische Fristen waren noch nicht erfunden; Physik und Astronomie stützten ihre Berechnungen nicht auf peinlich genaue Maßeinheiten; es gab damals weder zur haargenauen Zeit schließende Läden noch Züge, die auf die Sekunde genau abfahren mußten. Am Abend läutete die Feierabendglocke, und während der Nacht wurden die Stunden in die Stille hinausgerufen. Gewiß, die Menschen lebten weniger intensiv zu jener Zeit, wenn man das Leben nach der Menge der erledigten Geschäfte bemessen will, aber sie lebten besser. Ihr Geist wurde durch jene noblen Empfindungen bereichert, die aus der Vertiefung in Kunstwerke erwachsen, und die Kunst wurde noch nicht im Laufschritt ausgeübt. Eine

Kirche zu bauen nahm zwei Jahrhunderte in Anspruch; ein Kunstmaler schuf während seines ganzen Lebens nur wenige Bilder; ein Dichter pflegte nur ein einziges hervorragendes Werk zu schreiben, doch es waren im ganzen eben gerade so viele Kunstwerke, als ihr Jahrhundert zu würdigen vermochte.

Als dann die exakten Wissenschaften endlich Fortschritte machten, folgte ihrer raschen Entwicklung auch die Uhrmacherei, obgleich sie stets durch eine unüberwindliche Schwierigkeit behindert wurde: eine regelmäßige und fortgesetzte Zeitmessung.

Nun, gerade während dieses Stillstandes erfand Meister Zacharius die Hemmung, die ihm von da an eine mathematisch genaue Einstellung ermöglichte, indem sie die Bewegung des Pendels einer konstanten Kraft unterwarf. Die Erfindung aber hatte des alten Uhrmachers Kopf verdreht. Der Hochmut kroch ihm von seinem Herzen aufwärts wie das Quecksilber im Thermometer und hatte bereits die Temperatur transzendenter Verrücktheit erreicht. Infolgedessen hatte er sich materialistischen Erwägungen ergeben, und während er seine Uhren bastelte, bildete er sich immer mehr ein, er sei hinter das Geheimnis der Verbindung zwischen Seele und Körper gekommen.

Darum sagte er an diesem Tage zu Aubert – als er bemerkte, wie aufmerksam jener ihm zuhörte – mit einfachen und überzeugten Worten:

»Weißt du, mein Kind, was das Leben überhaupt ist? Hast du die Funktion jener Federn begriffen, die Leben hervorbringen? Hast du in dich hineingesehen? Du hast es nicht, denn sonst hättest du mit den Augen des Wissens den engen Zusammenhang entdeckt, der zwischen Gottes und meinem Werk besteht; denn ich habe das Zusammenspiel der Räder in meinen Uhren Gottes Geschöpfen nachgebildet.«

»Meister«, sagte da Aubert mit lebhaftem Interesse, »könnt ihr denn eine Maschine aus Holz und Stahl mit jenem Atem Gottes vergleichen, der ›Seele‹ genannt wird und der dem Körper Leben verleiht, wie der Wind die Pflanzen zu bewegen vermag? Sollte es denn unsichtbare Rädchen geben, die unsere Arme und Beine bewegen? Und wie fein müßten diese Teilchen eingestellt sein, daß sie sogar unsere Gedanken hervorzubringen vermöchten!«

»Das ist hier nicht die Frage«, gab Meister Zacharius sanft zurück, doch mit dem Starrsinn, mit dem ein Blinder auf einen Abgrund zuschreitet. »Damit du mich verstehen kannst, mußt du an den Zweck der Hemmung denken, die ich erfunden habe. Als ich die Unregelmäßigkeit im Lauf der Uhr erkannte, habe ich auch begriffen, daß das in sich geschlossene Werk nicht genügte und daß man es dem Gesetz einer weiteren, von ihm unabhängigen Kraft unterwerfen mußte. Dann bin ich auf den Gedanken gekommen, die Unruhe könnte mir diesen Dienst erweisen, falls es mir gelänge, die Schwingungen zu regeln. Ja, war denn das nicht eine wundervolle Idee, die ich hatte, ihr die verlorene Kraft durch eben jenen Teil der Uhr wiedergeben zu lassen, der das Werk regulieren sollte?«

Aubert nickte zustimmend.

»Und nun wirf einen Blick auf dich selbst, Aubert!« fuhr der alte Uhrmacher immer lebhafter weiter. »Verstehst du denn nicht, daß es zwei klar unterschiedene Kräfte in uns gibt: Seele und Körper, das heißt also: ein Uhrwerk und einen Regulator? Die Seele ist der Urquell des Lebens, das Werk also. Ob sie nun durch ein Gewicht, durch eine Feder oder durch einen unkörperlichen Einfluß bewegt wird, jedenfalls befindet sie sich im Herzen. Doch ohne den Körper wäre dieses Werk ungleich, unregelmäßig, unmöglich! Darum muß es so sein, daß der Körper die Seele reguliert, und wie die Unruhe ist er regelmäßigen Schwingungen unterworfen. Und das muß wahr sein, denn wir fühlen uns krank, wenn Trinken, Essen und Schlaf nicht einigermaßen geregelt sind! Genau wie bei meinen Uhren gibt die Seele durch ihre Schwingungen dem Körper die verlorene Kraft wieder! Nun denn: Was bewirkt also jene enge Verbindung zwischen Seele und Körper, wenn nicht eine wunderbare Hemmung, durch welche das Räderwerk der Seele und das Räderwerk des Körpers ineinanderzugreifen vermögen? Das also ist es, was ich erraten und ausgewertet habe, und deshalb gibt es

für mich keine Geheimnisse des Lebens mehr: denn das Leben ist letzten Endes nichts als eine geniale Mechanik!«

Meister Zacharius sah richtig erhaben aus während seiner Halluzination, die ihn bis zu den letzten Geheimnissen des Unendlichen entrückt hatte. Doch Gérande, seine Tochter, stand in der Türe. Sie hatte alles gehört. Nun stürzte sie ihrem Vater in die Arme, und er preßte sie krampfhaft an seine Brust.

»Was hast du denn, mein Kind?« fragte Meister Zacharius.

Sie legte die Hand auf ihr Herz und antwortete:

»Wenn hier drin nichts wäre als eine Uhrfeder, könnte ich euch nicht so sehr liebhaben, Vater!«

Meister Zacharius sah seine Tochter starr an und gab keine Antwort.

Plötzlich stieß er einen Schrei aus, fuhr mit der Hand an sein Herz und fiel besinnungslos auf seinen alten Ledersessel.

»Vater! Was ist euch?«

»Zu Hilfe! Scholastique!« schrie nun Aubert.

Doch Scholastique zeigte sich nicht sogleich. Jemand hatte soeben den Türklopfer an der Haustür betätigt. Sie war erst öffnen gegangen, und wie sie nun in die Werkstatt trat, kam sie gar nicht zu Worte, denn der alte Uhrmacher war inzwischen wieder zu sich gekommen und sagte:

»Ich kann mir denken, alte Scholastique, daß du mir schon wieder eine dieser verfluchten Uhren bringst, die stehenblieben?«

»Herrje! Es ist wirklich so!« rief die Alte erstaunt aus und übergab Aubert eine Uhr.

»Mein Herz kann sich nie irren!« bemerkte seufzend der Greis.

Unterdessen hatte Aubert die Uhr äußerst behutsam aufgezogen – doch sie ging nicht mehr.

III

EIN SELTSAMER BESUCH

Das Leben der armen Gérande wäre wohl mit dem ihres Vaters langsam erloschen, hätte nicht der Gedanke an Aubert sie an das Irdische gefesselt.

Der alte Uhrmacher ging stetig seinem Ende entgegen. Seine Kräfte ließen zusehends nach, und er schien sich bloß noch auf einen einzigen Gedanken konzentrieren zu können. Durch eine unheilvolle Gedankenassoziation kam er immer wieder auf seine Monomanie zurück, und das irdische Leben schien bei ihm einem Dasein zwischen dem natürlichen und dem jenseitigen Platz zu machen. Obendrein rührten ein paar böswillige Rivalen jene teuflischen Gerüchte über die Arbeit von Meister Zacharius wieder auf.

Das Bekanntwerden der unerklärlichen Störungen in seinen Uhren hatte unter den Uhrmachermeistern von Genf eine ungeheure Wirkung. Was hatte dieses plötzliche Erlahmen in den Werken zu bedeuten; woher kam diese phantastische Beziehung, die es zwischen den Uhren und dem Leben ihres Schöpfers zu geben schien? Das war nun eines jener unergründlichen Geheimnisse, die man sich nicht ohne ein heimliches Entsetzen auszumalen wagte. Unter der vielschichtigen Bevölkerung, vom Lehrling bis zum reichen Herrn, der Uhren des alten Meisters erworben hatte, gab es keinen, der sich nicht seine Meinung über die eigenartige Tatsache gebildet hätte. Wiederholt wurde versucht, bis zu Meister Zacharius vorzudringen – umsonst. Der Meister wurde sehr krank, was seiner Tochter ermöglichte, die nicht enden wollenden Besuche zu unterbinden, die ja doch jedesmal mit Vorwürfen und gegenseitigen Beschuldigungen endeten.

Arznei und Ärzte waren diesem organischen Zerfall gegenüber machtlos, denn man kannte ja seinen Ursprung nicht. Manchmal schien das Herz des Greises stillzustehen, dann aber setzten die Herzschläge mit beunruhigender Unregelmäßigkeit wieder ein.

Es wurde von da an üblich, die Werke der Meister der Begutachtung durch die Bevölkerung vorzulegen. Die Leiter der verschiedenen Kunstrichtungen versuchten sich gegenseitig durch die Neuheit oder Vollkommenheit ihrer Werke zu übertreffen. Und gerade unter ihnen fand der Zustand von Meister Zacharius das lautstärkste Mitleid – ein eher selbstsüchtiges Mitleid. Seine Rivalen bemitleideten ihn um so bereitwilliger, je weniger sie ihn zu fürchten hatten. Sie hatten die Erfolge des Alten noch immer nicht vergessen, als er noch seine hervorragenden Uhren mit den sich drehenden Puppen oder die Spieluhren ausgestellt hatte, die das allgemeine Entzücken der Beschauer erregten und sowohl in den Städten Frankreichs als auch der Schweiz und Deutschlands phantastische Preise erzielten.

Und doch schien dank der dauernden Pflege durch Gérande und Aubert die Genesung von Meister Zacharius langsam fortzuschreiten, und es gelang ihm in der Ruhe und Abgeschiedenheit seines Krankenlagers, sich nach und nach von jenen Gedanken zu befreien, die ihn so gefangengenommen hatten. Sobald er wieder gehen konnte, zerrte ihn seine Tochter ins Freie, wo ihn aber die unzufriedene Kundschaft andauernd belästigte. Aubert blieb in der Werkstatt und setzte immer wieder die rebellischen Uhren erfolglos zusammen, und der arme Kerl, der von allem nichts verstand, vergrub manchmal den Kopf in den Händen und befürchtete, er werde noch so verrückt wie sein Meister.

Gérande führte inzwischen den Vater den sonnigsten Spazierwegen der Stadt entlang. Sie hatte den Arm von Meister Zacharius untergefaßt und führte ihn in der Richtung von Saint-Antoine, von wo aus der Blick auf den Cologny-Hügel und auf den See besonders reizvoll ist; dann wiederum konnte man von dort an einem besonders klaren Morgen am Horizont die gigantischen Gipfel des Buet-Massivs erkennen. Gérande konnte die Namen all der zu sehenden Berge nennen, die ihr Vater schon fast völlig vergessen hatte, denn sein Gedächtnis schien sehr stark angegriffen zu sein.

Er hatte aber ein kindliches Vergnügen daran, alle diese Dinge neu zu lernen, an die er keine Erinnerung mehr hatte. Meister Zacharius stützte sich auf seine Tochter, und die beiden Köpfe, der eine blond, der andere weiß, zerflossen in eins in demselben Sonnenstrahl.

Und so erkannte der alte Uhrmacher wieder einmal, daß er nicht allein auf der Welt war. Er besah sich seine junge, hübsche Tochter, sah sich daneben als alten, zerbrechlichen Greis, und es kam ihm in den Sinn, daß sie nach seinem Tode allein und ohne Stütze zurückbleiben würde... Er fing an sich umzusehen, sah über sich und über sie hinaus. Viele junge Arbeiter hatten sich bereits um Gérande beworben: doch keinem war es noch gelungen, in die unzugängliche Abgeschiedenheit einzudringen, in der die Uhrmacherfamilie lebte. Da war es denn nur allzu natürlich, daß während dieser momentanen Erleuchtung des Gehirns von Meister Zacharius der Name von Aubert Thun sich darin festsetzte. Und sobald dieser Gedankengang bei ihm Fuß gefaßt hatte, fiel ihm auf, daß die beiden jungen Leute in derselben Weltanschauung und im gleichen Glauben auferzogen waren, so daß ihm die Schwingungen ihrer Herzen ›isochron‹ zu sein schienen, wie er irgendeinmal zu Scholastique gesagt hatte.

Die alte Magd war buchstäblich entzückt von diesem Ausdruck, obgleich sie ihn nicht verstand, und sie schwor, das müsse innert einer Viertelstunde die ganze Stadt wissen. Meister Zacharius hatte große Mühe, sie zu beruhigen, und brachte es endlich fertig, daß sie ihm versprach, über diese Mitteilung zu schweigen – ein Versprechen, das sie überhaupt nicht hielt.

Das besorgte sie in einer Weise, daß – ohne daß Gérande und Aubert etwas davon wußten – ganz Genf bereits von ihrer bevorstehenden Verbindung sprach. Es passierte aber auch, daß während solcher Gespräche sich des öfteren ein eigentümliches Gemecker vernehmen ließ, wobei man vernehmen konnte:

›Gérande wird Aubert nie heiraten.‹

Drehten sich die Schwätzer dann nach dem Gemecker um, sahen sie sich einem sonderbaren alten Männchen gegenüber, das sie noch nie gesehen hatten.

Wie alt mochte dieses eigenartige Männchen wohl sein? Das hätte keiner zu sagen vermocht. Es war offensichtlich, daß es seit einer Reihe von Jahrhunderten auf der Welt sein mußte, aber das war auch alles. Sein großer, breitgedrückter Kopf ruhte auf Schultern, deren Breite der Höhe des ganzen Körpers entsprach – und das ganze Männchen konnte kaum höher sein als drei Fuß. Dieses Persönchen hätte auf der Konsole einer Pendule ganz gut ausgesehen, denn das Zifferblatt hätte auf seinem Gesicht ohne weiteres Platz gehabt, und das Pendel hätte gemächlich auf seiner Brust hin und her zu schwingen vermocht. Seine Nase hätte man ohne weiteres als Zeiger einer Sonnenuhr ansehen können, so dünn und spitz war sie. Seine Zähne wiesen große Zwischenräume auf und glichen einem Zahnrad, das zwischen seinen Lippen knirschte. Und sein Herz schlug so hörbar wie eine Uhr. Dieses kleine Wesen, dessen Arme sich bewegten wie die Zeiger einer Uhr, ging ruckweise, ohne sich jemals umzudrehen. Folgte man ihm auf den Fersen, konnte man feststellen, daß es eine Meile in der Stunde zurücklegte und daß der von ihm zurückgelegte Weg einem Kreise entsprach.

Diese bizarre Figur ließ sich erst seit kurzer Zeit in der Stadt blicken, doch war es bereits aufgefallen, daß sie sich täglich genau dann, wenn die Sonne den Meridian überschritt, vor der Sankt-Peters-Kathedrale aufhielt und sich dann, sobald der zwölfte Schlag verklungen war, wieder auf den Weg machte. Mit Ausnahme dieses genauen Zeitpunktes schien das sonderbare Wesen überall da aufzutauchen, wo man sich gerade über den alten Uhrmacher unterhielt. Die Leute begannen sich darum bereits erschrocken zu fragen, was für eine Beziehung wohl zwischen ihm und Meister Zacharius bestehen mochte. Zudem wurde allenthalben vermerkt, daß der Kleine den Greis und dessen Tochter auf ihren Spaziergängen nicht aus den Augen ließ.

Eines Tages – es war auf der Treille – fiel Gérandes Auge auf diese Mißgeburt, die sie unverschämt angrinste. Mit einer unwillkürlichen Bewegung des Schreckens preßte sie sich an ihren Vater.

»Was hast du denn, meine kleine Gérande?« wollte Meister Zacharius wissen.

»Ich weiß nicht«, gab das Mädchen unsicher zurück.

»Du bist so anders, mein Kind! Solltest du nun selber krank werden? Nun ja«, fügte er mit einem traurigen Lächeln hinzu, »dann muß eben ich dich pflegen – und ich werde dich ausgezeichnet pflegen.«

»Ach Vater, es ist nichts! Mir ist kalt, und ich habe das Gefühl, es ist ...«

»Was ist, Gérande?«

»... es ist wegen des Mannes, der uns ständig verfolgt«, antwortete Gérande mit leiser Stimme.

Meister Zacharius drehte sich nach dem kleinen alten Mann um.

»Donnerwetter, der geht genau«, meinte er dann irgendwie befriedigt, »es ist genau vier. Fürchte dich nicht, Kind, das ist kein Mensch, das ist eine Uhr!«

Entsetzt schaute Gérande ihren Vater an. Wie konnte Meister Zacharius dem Mann die genaue Zeit am Gesicht ablesen?

»Übrigens«, fügte der alte Uhrmacher hinzu, »ich habe Aubert seit Tagen nicht mehr gesehen.«

»Aber, er ist doch ständig bei uns, Vater!« protestierte Gérande, deren Gedanken sogleich einen zärtlicheren Weg einschlugen.

»Was treibt er denn?«

»Er arbeitet, Vater!«

»Aha!« rief der alte Uhrmacher aus, »er arbeitet an meinen Uhren, nicht wahr? Aber er wird nie Erfolg damit haben. Die brauchen nämlich nicht eine Reparatur. Was denen fehlt, ist eine Auferstehung!«

Gérande blieb stumm vor Entsetzen.

»Ich muß unbedingt wissen«, fuhr der Greis weiter, »ob noch keine von den Uhren gemeldet wurde, die vom Teufel verseucht sind!«

Und nach diesen Worten verfiel er in ein hartnäckiges Schweigen, bis sie an ihrer Haustür standen. Zum erstenmal seit seiner Genesung stieg er in seine Werkstatt hinunter, indes Gérande traurig ihr Zimmer aufsuchte.

Gerade als er über die Schwelle trat, schlug eine der vielen Uhren in der Werkstatt fünf. Für gewöhnlich schlugen alle diese Uhren, da sie genau eingestellt waren, zur selben Zeit, und ihr Zusammenspiel erfreute dann das Herz des Alten. Aber heute ertönten sie alle nacheinander, und zwar so, daß einem während einer ganzen Viertelstunde die Ohren davon erfüllt wurden. Meister Zacharius litt unsäglich; er konnte sich nirgends mehr stillhalten, schritt von der einen Uhr zur nächsten und stellte sie richtig, und wie ein Dirigent brachte er ihnen den genauen Rhythmus bei, als wären sie alle aus dem Konzept gekommene Musiker.

Als endlich der letzte Schlag verklungen war,

ging die Türe zur Werkstatt auf – Meister Zacharius erzitterte vom Scheitel bis zur Sohle: vor ihm stand das winzige alte Männchen. Es sah ihm starr in die Augen und sagte:

»Meister, darf ich mich ein bißchen mit euch unterhalten?«

»Wer seid ihr?« fragte kurz angebunden der Uhrmacher.

»Ein Kollege. Es ist mein Amt, die Sonne zu regulieren.«

»Ach, soso? Ihr seid es, der die Sonne reguliert?« bemerkte dazu lebhaft Meister Zacharius, ohne mit der Wimper zu zucken. »Also schön. Aber ich kann euch dafür kein Lob spenden. Eure Sonne geht nicht gut. Denn wenn wir mit ihr übereinstimmen wollen, sind wir gezwungen, unsere Uhren mal vor-, mal zurückzustellen!«

»Bei des Teufels Bocksfuß, ihr habt recht!« rief da die kleine Mißgeburt aus, »ihr habt recht, Meister! Meine Sonne zeigt die Mittagsstunde nicht zur selben Zeit an wie eure Uhren; doch eines Tages werden wir erkennen, daß das von der Unregelmäßigkeit bei der Bewegungsübertragung auf die Erde herkommt, und wir werden eine durchschnittliche Mittagszeit erarbeiten, die diese Unregelmäßigkeiten beheben wird!«

»Werde ich dann noch am Leben sein?« wollte der alte Uhrmacher wissen, und seine Augen glitzerten vor Aufregung.

»Ganz zweifellos«, gab das kleine alte Männchen lächelnd zur Antwort. »Könnt ihr euch denken, daß ihr je sterben werdet?«

»Ach, leider bin ich sehr krank!«

»Gerade darüber wollen wir uns jetzt unterhalten. Bei Beelzebub! Das wird uns zum Thema bringen, über das ich mit euch reden möchte.«

Und mit diesen Worten hüpfte das seltsame Wesen ungeziert auf den alten Ledersessel, kreuzte seine Beine, so daß es aussah wie zwei gekreuzte Totenknochen, wie sie von Malern für die Darstellung von Begräbnisszenen unter die Totenschädel gemalt werden. Dann fuhr das Männlein ironisch fort:

»Saget einmal, Meister Zacharius, was tut sich so in der Stadt Genf, der guten? Es heißt allgemein, eure Gesundheit sei nicht die beste und eure Uhren bedürften eines Arztes!«

»Aha! Ihr glaubt also auch, es gebe eine enge Wechselbeziehung zwischen ihrer Existenz und der meinen!«

»Ich persönlich bin der Ansicht, diese Uhren haben Fehler, ja Laster sogar! Wenn diese Lausemädchen sich nicht geregelt benehmen können, dann ist es nur recht und billig, daß sie die Strafe für ihre Unregelmäßigkeiten bekommen. Ich habe vernommen, sie hätten es nötig, ein bißchen zur Ordnung angehalten zu werden!«

»Was nennt ihr Fehler?« brauste Meister Zacharius auf und wurde zornrot über den sarkastischen Ton, in dem die Worte gesagt worden waren. »Ha-

ben sie denn nicht das Recht, stolz auf ihre Herkunft zu sein?«

»Nicht so sehr, gar nicht so sehr!« gab das uralte Männlein zur Antwort. »Sie tragen einen berühmten Namen, und auf ihrem Zifferblatt ist ein berühmtes Zeichen eingraviert, das mag sein, deshalb ist es ihr Vorrecht, bei den nobelsten Familien Hausrecht zu bekommen; aber seit einiger Zeit kommen sie aus dem Takt, Meister Zacharius, und ihr könnt nichts dagegen tun, und der ungeschickteste Lehrling in Genf könnte es besser machen!«

»Besser als ich, als ich?« schrie nun der Meister auf. Er war zutiefst in seiner Berufsehre beleidigt.

»Jawohl, besser als ihr, Meister Zacharius! Ihr seid ja außerstande, euren Uhren das Leben wiederzugeben!«

»Aber, das ist doch, weil sie wie ich vom Fieber befallen sind!« Der kalte Schweiß brach Meister Zacharius aus allen Poren.

»Na also! Dann sterben sie eben mit euch zusammen! Denn ihr seid ja nicht imstande, ihren Federn die Sprungkraft wiederzugeben!«

»Sterben? Nein, das ist nicht möglich, was ihr da sagt! Ich, der beste Uhrmacher der Welt, kann unmöglich sterben! Ich, der ich aus Einzelteilchen und Räderwerk diese Uhren mit so absoluter Genauigkeit zusammengesetzt habe. Habe ich denn nicht die Zeit exakten Gesetzen unterworfen, bin ich denn nicht Herr über die Zeit? In was für eine Flutwelle war denn das menschliche Schicksal getaucht, bis ich als Feuergeist die nach allen Richtungen verstreuten Stunden gesammelt und geordnet habe? Wie war es vor mir möglich, die Lebensdaten auf eine bestimmte Stunde festzuhalten? Und ihr, möget ihr Mensch sein oder Teufel, ihr habt wohl nie über die Herrlichkeit meines Könnens nachgedacht, meines Könnens, das sämtliche Wissenschaften beigezogen hat? Nein, und nochmals nein! Meister Zacharius kann nicht sterben, denn weil ich die Zeit eingeteilt habe, müßte die Zeit auch mit mir sterben! Sie müßte in die Unendlichkeit zurück, aus der meine Genialität sie herauszureißen vermochte, und sie würde unwiederbringlich im Abgrund des Nichts verlorengehen. Nein! Ich bin darum ebenso unsterblich wie der Schöpfer dieses Universums, das seinen Gesetzen gehorcht! Ich bin Gott ebenbürtig geworden und teile mich mit ihm in die Macht! Hat Gott die Ewigkeit geschaffen, so habe ich, Meister Zacharius, die Zeit erschaffen!«

Der alte Uhrmacher glich in diesem Moment dem gefallenen Engel, der sich gegen Gott auflehnt. Das uralte Männlein sah ihn dabei liebevoll an und schien ihm diese gotteslästerliche Aufwallung eingegeben zu haben.

»Gut gesagt, Meister!« grinste er. »Beelzebub hatte weniger Berechtigung, sich mit Gott zu vergleichen, als ihr! Euer Ruhm darf nicht verblassen! Und euer Diener hier will euch das Mittel in die Hand geben, die rebellischen Uhren zu bezähmen.«

»Welches Mittel? Wie heißt es?« rief Meister Zacharius aufgeregt.

»Ich verrate es euch am Tage, nach welchem ihr mir die Hand eurer Tochter gegeben habt.«

»Meiner Gérande?«

»Eurer Gérande!«

»Das Herz meiner Tochter ist nicht mehr frei«, erklärte Meister Zacharius, und er schien weder entsetzt noch erstaunt über das Ansinnen.

»Bah! Sie ist nicht das häßlichste Werk eurer Hände! ... aber auch sie wird eines Tages stehen bleiben ...«

»Was? Meine Tochter? Meine Gérande? ... Niemals!«

»Nun, dann wendet ihr euch eben wieder euren Uhren zu! Setzt sie zusammen, nehmt sie auseinander, Meister Zacharius! Rüstet euch für die Hochzeit eurer Tochter und eures Arbeiters! Härtet eure Federn, macht sie aus dem allerbesten Stahl! Segnet Aubert und die schöne Gérande! Doch denkt an meine Worte: Eure Uhren werden nie wieder laufen – und Gérande wird niemals diesen Aubert heiraten!«

Und nach diesen Worten verschwand das uralte Männlein durch die Türe – in dem Augenblick, als Meister Zacharius es in seiner Brust sechs Uhr schlagen hörte ...

IV

DIE SANKT-PETERS-KIRCHE

Geist und Körper von Meister Zacharius verloren immer mehr an Kraft. Nur eine außerordentliche Erregung konnte ihn jetzt noch zu intensiver Uhrmacherarbeit anspornen, von der ihn seine Tochter dann nicht mehr wegzulocken vermochte.

Sein Hochmut war nach der Krise, in die ihn sein Besucher so hinterlistig gestoßen hatte, noch größer geworden. Er war entschlossen, mit seinen genialen Geistesgaben jenen verfluchten Einfluß, der sein Werk und ihn zugleich zu erdrücken drohte, zu besiegen. Erst einmal inspizierte er alle Uhren der Stadt, die seiner Aufsicht unterstanden. Er versicherte sich dabei mit größter Sorgfalt, daß die Räderwerke gut funktionierten, die Zapfen solide und die Gegengewichte genau im Gleichgewicht waren. Und sogar die Glocken eines jeden Glockenspiels horchte er mit der Konzentration eines Arztes ab, der die Brust eines Kranken untersucht. Nicht das geringste Anzeichen schien es zu geben, daß diese Turmuhren kurz vor dem Stillstand waren.

Auf diesen Inspektionsreisen begleiteten Gérande und Aubert den alten Uhrmacher recht oft. Das hätte ihn eigentlich freuen müssen, und bestimmt wäre er nicht so besorgt gewesen um sein bevorstehendes Ende, wenn er daran gedacht hätte, daß sein Leben in diesen beiden geliebten Wesen weitergehen würde; wenn er begriffen hätte, daß in den Kindern immer ein Rest des Vaters weiterlebt!

Sobald der alte Uhrmacher wieder zuhause war, nahm er seine Arbeit mit fieberhaftem Fleiß wieder auf. Obgleich er überzeugt war, daß er ohne

Erfolg arbeitete, schien ihm eben diese Erkenntnis wiederum eine Unmöglichkeit zu sein, darum setzte er seine Uhren immer wieder zusammen, und dann nahm er sie von neuem auseinander.

Aubert, der an seiner Seite arbeitete, strengte all seine Gaben umsonst an, um hinter den Grund des Übels zu kommen.

»Meister«, sagte er endlich, »die ganze Schwierigkeit kann doch nur von der Abnutzung der Zapfen und der Zahnrädchen kommen.«

»Ach, es macht dir wohl großes Vergnügen, mich langsam zu Tode zu martern, wie?« brüllte ihn Meister Zacharius daraufhin an; »sind denn diese Uhren das Werk eines Kindes? Habe ich denn aus Angst, mir auf die Finger zu hauen, diese Zifferblätter aus Kupfer gar nicht erst am Turm angebracht? Habe ich sie denn nicht selbst im Feuer gehärtet, damit sie dauerhafter werden? Sind denn diese Federn nicht ebenfalls mit größtem Können gehärtet worden? Du gibst ja selber zu, es sei zwar unmöglich, und dann mußt du schließlich doch gestehen, daß der Teufel selbst dahinter steckt!«

Und immer mehr unzufriedene Kunden strömten daher, gelangten sogar bis zum alten Uhrmacher selber, der fast nicht mehr wußte, wo ihm der Kopf stand:

»Die Uhr da geht nach, und ich kann sie nicht mehr regulieren!«

»Die da ist so starrköpfig! Sie steht wie Josuas Sonne!«

»Wenn es wahr ist, Meister Zacharius, daß eure Gesundheit einen Einfluß auf eure Uhren hat, dann sorget bitte sofort dafür, daß ihr wieder gesund werdet!«

Mit stierem Blick besah sich Meister Zacharius

alle diese Leute und konnte bloß auf ihre Vorwürfe hin mit dem Kopfe nicken oder traurig sagen:

»Wartet bis zu den nächsten schönen Tagen, Freunde! Denn im Frühling erwachen die müden Körper alle wieder zum Leben! Die Sonne wird uns alle erwärmen!«

»Eine schöne Aussicht, wenn unsere Uhren den ganzen Winter lang krank sein sollen!« beschwerte sich einer der Zornigsten. »Sie wissen doch, Meister Zacharius, daß euer Name auf allen Zifferblättern eingraviert ist? Heilige Jungfrau! Ihr macht aber eurem Namen keine große Ehre!«

Es kam so weit, daß der vor Scham fast vergehende Greis ein paar uralte Goldstücke aus der Truhe klaubte und begann, die beschädigten Uhren zurückzukaufen. Doch sobald dies bekannt wurde, strömten die Kunden in Massen herbei – das Bargeld im ärmlichen Haus war bald genug erschöpft. Aber die Rechtschaffenheit des Gewerbetreibenden ging allem vor. Gérande hielt mit ihrem Beifall über den Entschluß ihres Vaters nicht zurück, was zwar auf kürzestem Wege zum Ruin führen mußte. Und schon mußte Aubert seinem Meister mit dem bißchen Ersparten zu Hilfe eilen.

»Was soll nun aus meiner Tochter werden?« fragte der Alte und klammerte sich im Schiffbruch an diesen Strohhalm, will sagen an seine väterlichen Gefühle.

Aubert wagte nicht zu antworten, er sehe nicht allzu schwarz in die Zukunft und seine Liebe zu

Gérande sei groß genug. Meister Zacharius hätte ihn an diesem Tage sofort als Schwiegersohn in die Arme geschlossen und damit jene unheilvollen Worte Lügen gestraft, die ihm immer noch in den Ohren klangen:

›Gérande wird Aubert nie heiraten.‹

Und doch richtete sich der Uhrmacher mit diesem System völlig zugrunde: seine antiken Vasen gingen in fremde Hände über; er entledigte sich des herrlich geschnitzten Getäfers, das die Mauern seiner Zimmer bekleidet hatte; einige naive Gemälde von ersten flämischen Künstlern erfreuten fortan nicht mehr das Auge seiner Tochter – kurz, alles bis auf die kostbaren, von ihm selbst erfundenen genialen Werkzeuge wurde verkauft, um die unzufriedenen Kunden abzufinden.

Scholastique war und blieb als einzige unvernünftig in diesem Punkte. Doch vermochte auch sie nicht, die unangenehmen Besucher von ihrem Herrn fernzuhalten oder sie daran zu hindern, mit irgendeinem kostbaren Gegenstand das Haus wieder zu verlassen. Dann aber konnte man ihr Gegacker durch alle Gassen des Quartiers schallen hören, in welchem sie seit langer Zeit wohlbekannt war. Sie gab sich alle erdenkliche Mühe, die Gerüchte von Zauberei und Magie zu zerstreuen, die gegen ihren Meister ausgestreut wurden; doch da sie im Grunde selber davon überzeugt war, plapperte sie Gebet über Gebet, damit sie ihre frommen Lügen abbitten konnte.

Es war weitherum überdeutlich aufgefallen, daß der Uhrmacher seine religiösen Pflichten längst aufgegeben hatte. Früher hatte er Gérande zur Messe begleitet und schien im Gebet einen gewissen intellektuellen Reiz zu empfinden, der einem gescheiten Menschen ja immer darin zu liegen scheint. Ist doch das Gebet eine Art allerhöchste Übung der Einbildungskraft! Dieses bewußte Sichfernhalten von den heiligen Handlungen zählten die Leute nun mit den geheimen Praktiken des alten Uhrmachers zusammen, was irgendwie die Anschuldigungen der Hexerei untermauerte, die wegen seiner Arbeit erhoben wurden. Das war denn auch der Grund, warum Gérande beschloß, die Religion zu Hilfe zu nehmen, um ihren Vater Gott und der Welt wiederzugeben. Sie stellte sich vor, der Katholizismus vermöchte vielleicht dieser verblassenden Seele wieder etwas Leben zu vermitteln. Doch gerade die Dogmen des Glaubens und der Demut hatten in der Seele des Meisters gegen einen unbändigen Hochmut anzukämpfen, zerschlugen sich an jenem Stolz der Wissenschaft, der alles auf sich zurückführt, ohne je an den Urquell alles Seins zu denken, aus dem jedes Leben strömt.

Mit dieser Lage vor Augen beschloß das Mädchen Gérande, ihren Vater zu bekehren – und ihr Einfluß war so wirksam, daß der Alte versprach, am folgenden Sonntag der großen Messe in der Kathedrale beizuwohnen. Gérande empfand etwas wie ein Hochgefühl, so als hätte sich für sie einen kurzen Augenblick lang der Himmel geöffnet. Scholastique vermochte ihre Freude darüber nicht zu verhehlen und hatte endlich unwiderlegbare Argumente gegen die bösen Zungen, die ihren Meister der Gottlosigkeit bezichtigten, ins Feld zu führen. Sie erzählte es ihren Nachbarinnen, ihren Freundinnen und auch den Feindinnen, sie erzählte es denen, die sie kannte, und sogar denen, die sie noch nie gesehen hatte.

»Weiß Gott! Wir können kaum glauben, was ihr uns da erzählt«, meinten sie alle. »Saget einmal, Frau Scholastique, Meister Zacharius hat es doch sonst immer mit dem Teufel gehalten!«

»Dann habt ihr aber nicht an all die schönen Glockentürme gedacht, in denen die Uhren meines Meisters schlagen«, gab die gute Alte schlagfertig zurück. »Wie hat er doch unzählige Male die Betglocke und die Zeit zur Messe geläutet!«

»Das schon«, wurde ihr bedeutet, »aber hat er nicht auch Maschinen erfunden, die von selbst laufen und sogar die Arbeit eines wirklichen Menschen auszuführen vermögen?«

»Ja, hätte denn ein Kind des Teufels die wunderschöne Uhr aus Stahl im Schlosse Andernatt herzustellen vermocht«, erwiderte Frau Scholastique zornig, »die Uhr des Schlosses, das die Stadt Genf nicht zu kaufen vermochte? Immer auf den Stundenschlag erschien ein schöner Sinnspruch, so daß ein guter Christ, der sich danach richtete, geradewegs ins Paradies eingegangen wäre! Nennt ihr das ein Werk des Teufels?«

Jenes Meisterwerk, das von Zacharius zwanzig Jahre zuvor erschaffen wurde, hatte seinen Ruhm bekannterweise bis in die Wolken erhoben; anderseits waren gerade anläßlich dieses Ereignisses die Anklagen, er sei ein Hexer, besonders laut erhoben worden. Und nun mußten endlich die bösen Zungen verstummen, denn der alte Mann war in den Schoß der Kirche zurückgekehrt, in den Schoß der Sankt-Peters-Kirche sogar...

Inzwischen war Meister Zacharius – zweifellos ohne sich an das Versprechen zu erinnern, das er seiner Tochter gegeben hatte – in seine Werkstatt zurückgekehrt. Er hatte erkannt, daß es ihm einfach nicht möglich war, seinen Uhren das Leben wiederzugeben. Darum wollte er jetzt versuchen, ganz neue herzustellen. Er ließ alle diese leblosen Werke liegen und widmete sich ganz der Fertigstellung jener Uhr aus Kristall, die sein Meisterwerk werden sollte. Doch er mochte sich alle erdenkliche Mühe geben, die vollkommensten Werkzeuge verwenden, die besten Rubine und Diamanten einsetzen, die geeignet waren, sämtlichen Reibungen zu trotzen – die Uhr zersprang ihm unter den Händen, als er zum erstenmal versuchte, sie aufzuziehen...

Der alte Mann sprach zu keinem Menschen darüber, nicht einmal zu seiner Tochter. Aber von dem Augenblick an ging es mit ihm rapide abwärts. Es waren bloß noch die letzten Schwingungen eines Pendels, das zum Stillstand kommen muß, wenn niemand ihm einen neuen Anstoß gibt. Es schien, als ob das Gesetz der Schwere unvermittelt auf den Greis wirkte und ihn unwiderstehlich zur Gruft hindrängte.

Endlich war der von Gérande so heiß ersehnte Sonntag angebrochen. Das Wetter war schön, die Temperatur belebend frisch. Die Bewohner Genfs spazierten gemütlich durch die Gassen der Stadt und unterhielten sich fröhlich über den kommenden Frühling. Gérande hatte ihren Vater sorglich untergefaßt und führte ihn auf die Kirche von St. Peter zu, während Scholastique hinter ihnen herging, die Gebetbücher sorgfältig unter den Arm geklemmt. Die Leute schauten ihnen neugierig nach. Der Greis ließ sich führen wie ein kleines Kind oder vielmehr wie ein Blinder. Und die treuen Kirchgänger von St. Peter beobachteten fast mit einem Gefühl des Entsetzens, wie er über die Schwelle der Kirche trat. Ja es sah fast aus, als wollten sie fliehen, als er sich ihnen näherte ...

Schon erklangen die Gesänge der großen Messe. Gérande bewegte sich auf die Bank zu, in der sie für gewöhnlich saß, dann kniete sie hin und versank in tiefste Andacht. Meister Zacharius blieb dicht neben ihr stehen.

Die ganze Zeremonie der Messe rollte mit der Feierlichkeit jener Zeit ab, als die Menschen noch glaubten – doch der alte Mann glaubte nichts von

alledem. Er bat nicht – bei dem Flehen des *Kyrie* – um die Gnade des Himmels. Beim *Gloria in excelsis* pries er nicht die Herrlichkeit der himmlischen Gefilde. Die Lesung der Evangelien vermochte nicht, ihn aus seinen Träumereien zu reißen, die rein materialistischer Natur waren. Und er vergaß auch, sich den katholischen Huldigungen im *Credo* anzuschließen. Der hochmütige Greis verhielt sich bewegungslos, gefühllos und stumm, als sei er eine steinerne Statue. Selbst in dem feierlichen Augenblick, als das Glöcklein das Wunder der Substanzverwandlung verkündete, krümmte er seinen Rücken nicht – und dann schaute er frech die heilige Hostie an, die der Priester hoch über die Gläubigen hielt!

Gérande sah ihren Vater an, und reichliche Tränen tropften auf ihr Gebetbuch!

In diesem Augenblick schlug die Uhr von St. Peter halb zwölf. Meister Zacharius hob angeregt den Kopf zum alten Glockenturm, der noch zu sprechen vermochte. Ihm schien, als ob das Zifferblatt im Innern der Kirche ihn anstarre, als ob die Zahlen des Zifferblattes wie Feuer leuchteten und als ob aus den Spitzen der Zeiger elektrische Funken sprühten.

Die Messe ging dem Ende entgegen. Es war hier Brauch, daß das *Angelus* punkt zwölf Uhr gebetet wurde. Die Offizianten pflegten auf den Stundenschlag zu warten, ehe sie den Tempel verließen. In wenigen Augenblicken sollte das Gebet zu den Füßen der Jungfrau Maria aufsteigen.

Doch plötzlich vernahm man einen durchdringenden Schrei ... Meister Zacharius hatte ihn ausgestoßen: Der große Zeiger der Uhr blieb stehen ... die zwölf Schläge kamen nicht ...

Gérande stürzte sich auf ihren Vater, um ihm zu helfen. Der war besinnungslos umgefallen und mußte aus der Kirche getragen werden.

»Das ist der Todesstreich!« schluchzte Gérande.

Sie trugen Meister Zacharius in seine Wohnung. Er war noch immer völlig bewußtlos. In seinem Körper war kein Leben mehr, schien es, bloß ein winziger Hauch konnte noch vorhanden sein, wie bei einer eben erloschenen Lampe ein letztes Rauchwölklein aufsteigt.

Als seine Sinne wiederkehrten, sah er Aubert und Gérande über sich gebeugt. In diesem letzten, höchsten Augenblick verwandelte sich die Zukunft für ihn in die Gegenwart. Er sah seine Tochter vor sich, ohne Halt und allein.

»Mein Sohn«, hauchte er, »ich gebe dir meine Tochter zur Frau«, und streckte dabei seine Hand nach den beiden aus, die so an seinem Totenbett vereinigt wurden.

Und dann richtete sich Meister Zacharius in rasendem Zorn wieder auf. Die Worte des uralten Männleins waren ihm in den Sinn gekommen: »Ich will nicht sterben!« schrie er auf. »Ich kann nicht sterben! Ich, der Meister Zacharius, muß nicht sterben ... Meine Bücher! ... meine Berechnungen! ...«

Und bei diesen Worten stürzte er sich aus dem Bett und taumelte zu einem Buch, in dem die Namen seiner sämtlichen Kunden eingetragen waren und neben deren Namen das Werk, das er ihnen verkauft hatte. Dieses Buch nun blätterte er aufgeregt durch, und mit ausgemergeltem Finger zeigte er schließlich auf ein bestimmtes Blatt:

»Da!« keuchte er, »da! . . . diese alte Stahluhr . . . ich habe sie an einen gewissen Pittonaccio verkauft! . . . Es ist die einzige, die ich noch nicht als mangelhaft zurückerhalten habe! Es gibt sie! Sie läuft! Sie lebt noch! Ha! Ich muß sie haben! Ich muß sie wiederfinden! Und ich will sie so gut pflegen, daß der Tod keine Macht mehr über mich haben wird!«

Und dann fiel er wieder in tiefe Bewußtlosigkeit.

Aubert und Gérande knieten am Bett des Alten nieder und beteten.

V

DIE TODESSTUNDE

Und wieder vergingen einige Tage, dann stand Meister Zacharius von seinem Lager auf; dieser beinahe schon Gestorbene fand durch eine übernatürliche Überreizung zum Leben zurück – denn er klammerte sich an seinen Hochmut. Doch Gérande machte sich keine Illusionen: Körper und Seele ihres Vaters waren für immer verloren.

Der Greis beschäftigte sich nun damit, seine sämtlichen Guthaben zusammenzukratzen, ohne überhaupt an seine Lieben zu denken. Dabei entwickelte er eine ungeahnte Energie, lief herum, stöberte alles mögliche auf, wobei er unverständliches Zeug murmelte.

Eines Morgens stieg Gérande in die Werkstatt hinunter: Ihr Vater war nicht da.

Den ganzen Tag wartete sie auf ihn. Meister Zacharius kam und kam nicht zurück.

Gérande weinte sich fast die Augen aus dem Kopf – auch das brachte ihr den Vater nicht zurück.

Aubert rannte durch die ganze Stadt und konnte sich von der traurigen Tatsache überzeugen: der alte Vater hatte sie verlassen!

»Wir müssen unsern Vater wiederfinden!« rief Gérande verzweifelt aus, als der junge Arbeiter ihr die schmerzliche Nachricht überbrachte.

»Wo kann er nur sein?« fragte sich Aubert immer wieder.

Plötzlich hatte er einen Einfall. Die letzten Worte von Meister Zacharius kamen ihm wieder in den Sinn. Der alte Uhrmacher hing mit den letzten Fasern seines Lebens an jener alten Stahluhr, die ihm nicht zurückgebracht worden war! Es war so gut wie sicher, daß Meister Zacharius sich nach ihr auf die Suche gemacht hatte!

Aubert teilte seine Idee Gérande mit.

»Dann wollen wir rasch im Buche meines Vaters nachsehen«, meinte sie sogleich. Sie stiegen zusammen in die Werkstatt hinunter. Das Buch lag immer noch aufgeschlagen auf der Werkbank. Sämtliche Uhren, die der alte Uhrmacher je hergestellt hatte, waren ihm zurückgebracht worden und infolgedessen im Buch durchgestrichen – mit einer Ausnahme!

»Verkauft an Herrn Pittonaccio eine Stahluhr, mit beweglichen Puppen, abgeliefert in seinem Schloß Andernatt.«

Es handelte sich um jene ›moralische Uhr‹, von der die gute Scholastique so lobend gesprochen hatte.

»Dort muß mein Vater sein!« rief Gérande überzeugt.

»Dann fahren wir sogleich hin!« gab Aubert zur Antwort. »Noch können wir ihn retten!«

»Für dieses Leben nicht mehr ...« murmelte Gérande, »aber wenigstens fürs Jenseits!«

»Um Gottes willen, Gérande!« rief nun Aubert erschrocken aus, »Schloß Andernatt befindet sich in den Schluchten der Dents-du-Midi, zwanzig Wegstunden von Genf entfernt! Wir müssen sofort weg!«

Noch am selben Abend machten sich Aubert und Gérande, gefolgt von der alten Scholastique, zu Fuß auf den Weg, der um den Genfersee herumführt. Nun hatten sie bereits fünf Meilen in dieser Nacht zurückgelegt, da sie sich nirgends aufhielten, weder in Bessinge noch in Ermance, wo das berühmte Schloß der Mayor steht. Sie durchwateten nicht ohne Gefahr den Gebirgsbach der Dranse.

Und überall, wo sie durchkamen, erkundigten sie sich nach Meister Zacharius – und bald einmal waren sie sicher, daß sie sich auf seinen Spuren befanden.

Bei Anbruch des nächsten Tages hatten sie Thonon passiert und erreichten Evian, von wo aus man das Schweizer Ufer auf einer Breite von zwölf Meilen erblicken kann. Doch die beiden Verlobten hatten auch für diese entzückende Gegend nicht einen Blick übrig. Es trieb sie mit übernatürlicher Kraft vorwärts. Aubert, der sich auf einen Knotenstock stützte, bot bald Gérande, bald der alten Scholastique seinen Arm und schöpfte aus seinem Herzen eine ungeheure Energie, um die Begleiterinnen zu stützen. Zu dritt redeten sie über ihre Schmerzen, ihre Hoffnungen und gingen so immer der schönen blumenreichen Uferstraße entlang auf diesem schmalen Bord, das das Seeufer mit den Chalais-Bergen verbindet. Bald darauf waren sie in Bouveret, in der Gegend, wo die Rhone in den Genfersee mündet.

Bei diesem Städtchen verließen sie darum den See, und mit den Steigungen wuchs auch ihre Müdigkeit. Vionnaz, Chesset, Colombay, alles halb vergessene Dörfer, blieben bald einmal hinter ihnen zurück. Nun aber begannen ihre Knie einzuknicken, ihre Füße stießen sich an spitzen Steinen wund, Steine, die den Boden übersäten wie granitene Büsche. Und noch immer keine Spur von Meister Zacharius!

Und doch mußten sie ihn finden. Darum suchten die beiden Verlobten weder Ruhe noch Rast, nicht in abgelegenen Scheunen und nicht im Schloß Monthey, das mit allen Nebenhäusern die Mitgift von Marguerite von Savoyen darstellte. Endlich erreichten sie gegen Ende jenes Tages halbtot vor Überanstrengung die Einsiedelei von Notre-Dame du Sex, die sich am Fuße der Dents-du-Midi befindet, sechshundert Fuß über der Rhone.

Der Einsiedler nahm sie zu Einbruch der Nacht bei sich auf. Sie wären auch nicht imstande gewesen, noch einen einzigen weiteren Schritt zu tun. Sie mußten einfach dort rasten.

Der Einsiedler konnte ihnen über Meister Zacharius keinerlei Auskunft geben. Es war darum kaum zu erwarten, daß sie ihn mitten in dieser Öde lebend auffinden würden. Die Nacht war völlig dunkel, ein stürmischer Wind heulte in den Bergen, und Lawinen donnerten von den Felsen ins Tal.

Die beiden Verlobten kauerten am Herdfeuer des Eremiten und erzählten ihm ihre dornenvolle Geschichte. Ihre vom Schnee durchweichten Mäntel waren in einer Ecke zum Trocknen aufgehängt, und draußen heulte zum Steinerweichen der Hund des Eremiten mit dem Sturm um die Wette.

»Der Hochmut«, meinte der Eremit zu seinen Gästen, »der Hochmut hat einen Engel verloren, der eigentlich für das Gute bestimmt war. Am Stein des Anstoßes ist es, an dem die Schicksale der

Menschen straucheln. Gegen den Hochmut, dieses Urübel aller Laster, gibt es keine Vernunftgründe, denn das ist ja das eigentliche Wesen des Hochmuts, daß er nur auf sich selbst hört ... Ihr könnt höchstens noch für euren Vater beten!«

Dann knieten alle vier nieder – und da fing der Hund wie verrückt zu bellen an. Jemand hämmerte an die Türe der Klause:

»Macht auf! In drei Teufels Namen, macht auf!«

Die Türe gab unter den Schlägen nach – und ein zerzauster, ausgemergelter und nur notdürftig bekleideter Mann stand in der Türe ...

»Vater!« schrie Gérande auf.

Es war Meister Zacharius!

»Wo bin ich?« stöhnte er, »in der Ewigkeit! ... Die Zeit ist erledigt! ... Die Stundenschläge sind verstummt ... die Zeiger stehen still!«

»Vater!« schrie Gérande nochmals herzzerreißend. Das brachte den Greis scheinbar wieder in die Welt der Lebenden zurück.

»Du hier, meine Gérande!« rief er aus, »und auch du, Aubert! Ach, meine lieben Verlobten, ihr seid gekommen, um euch in unserer alten Kirche trauen zu lassen!«

»Mein Vater«, drang nun Gérande auf ihn ein, indem sie ihn am Arm packte, »kommt in euer Haus nach Genf zurück, kommt jetzt mit uns heim!«

Der Alte riß sich aus dem Griff seiner Tochter

los und stürzte auf die Türe zu, durch die große Schneeflocken hereinwehten.

»Laßt nicht eure Kinder im Stich!« schrie ihm Aubert nach.

Traurig tönte die Antwort des alten Uhrmachers in die Stille:

»Wozu sollte ich dahin zurückkehren, wo ich mit meinem Leben bereits abgeschlossen habe und wo ein Teil meines Ichs für immer beerdigt liegt!«

»Eure Seele ist nicht tot!« gab mit tiefer Stimme der Eremit zu bedenken.

»Meine Seele! ... O nein! ... Ihr Räderwerk ist in Ordnung! ... Ich fühle, daß sie ganz regelmäßig schlägt ...«

»Eure Seele ist körperlos, eure Seele ist unsterblich!« beharrte der Eremit.

»Jawohl, genau wie mein Ruhm! ... Aber der ist auf Schloß Andernatt eingesperrt – und ich will ihn wiederhaben!«

Der Eremit bekreuzigte sich. Scholastique war starr vor Schrecken. Aubert stützte Gérande.

»Schloß Andernatt wird von einem Verdammten bewohnt«, warnte der Eremit, »von einem Verdammten, der nicht einmal dem Kreuz meiner Einsiedelei die Reverenz erweist!«

»Vater, geh nicht dorthin!«

»Ich will und muß, denn ich will meine Seele wiederhaben, meine Seele gehört mir! ...«

»Haltet ihn! Haltet meinen Vater!« schrie nun Gérande.

Doch der alte Mann war bereits durch die Türe und lief in die Nacht hinaus. Sein Schreien war noch lange zu vernehmen:

»Hierher, meine Seele, zu mir her! ...«

Gérande, Aubert und Scholastique stürzten

hinter ihm her. Sie stolperten fast ungangbare Pfade hinauf, die Meister Zacharius im Sturm zurückzulegen schien, getrieben von einer unwiderstehlichen inneren Kraft. Schnee wirbelte rund um sie herum und vermischte sich mit den über ihre Ufer tretenden Wildbächen. Als sie an der auf einer Anhöhe stehenden Kapelle vorbeikamen, die zu Ehren der thebanischen Legion errichtet worden war, bekreuzigten sich die drei hastig. Meister Zacharius hatte nicht einmal den Hut gezogen ...

Endlich tauchte das Dorf Evionnaz in dieser Steinwüste auf. Beim Anblick dieses verlassenen Nestes inmitten einer derartigen Einöde hätte sich das verhärtetste Herz erweichen müssen. Der Alte ging ungerührt weiter. Dann wandte er sich nach links und betrat die schlimmste Felsschlucht der Dents-du-Midi, die mit ihren zackigen Gipfeln weit in den Himmel hineinragen. Und nun tauchte vor ihm eine alte, finstere Ruine auf, die sich von den Felsen, auf denen sie stand, kaum mehr unterschied.

»Dort ist es, dort! ...« schrie er und verdoppelte seinen irrsinnigen Lauf.

Schloß Andernatt war zu jener Zeit wirklich nur noch eine Ruine. Ein breiter Turm, aber von der Zeit und den Stürmen zerfressen und halb zerfallen, ragte über das ehemalige Schloß empor und drohte die alten Giebel zu seinen Füßen zu erdrükken. Die riesigen Steinhaufen flößten dem Beschauer einen richtigen Schrecken ein. Man spürte förmlich, daß inmitten dieses Gewirrs finstere Räume mit eingestürzter Decke sein mußten und daneben grausige Sammelplätze für Vipern ...

Ein niedriges, enges Ausfallstor gab Zutritt zum Schloß Andernatt, das man über einen mit Schutt angefüllten Graben erreichen konnte. Was für Bewohner mußten wohl hier durchgegangen sein? Das kann man heute nicht mehr wissen. Zweifellos aber mußte das irgendein Markgraf, halb Wegelagerer, halb Raubritter, gewesen sein, der eine derartige Behausung benutzt hatte. Auf den Markgrafen waren dann wohl Banditen oder Falschmünzer gefolgt, die man am Schauplatz ihrer Untaten aufgehängt hatte. Die Sage wußte sogar zu berichten, daß in Winternächten der Teufel seine traditionellen Sarabanden am Abhang dieser tiefen Schluchten, über denen die finstere Burgruine stand, abzuhalten pflege.

Meister Zacharius ließ sich von diesem düsteren Anblick nicht schrecken. Er war beim Tor angelangt. Niemand verwehrte ihm den Zugang. Ein weiter, dunkler Vorhof tat sich vor seinen Augen auf. Er stieg so etwas wie eine schiefe Ebene hinan zu einem jener Korridore hinauf, deren gewölbte Decken den Tag durch ihre schattenwerfenden Bogen fast auszulöschen pflegen. Niemand hinderte ihn am Weitergehen. Gérande, Aubert und Scholastique folgten ihm auf dem Fuße.

Meister Zacharius schien sich seines Weges so sicher, als ob eine unsichtbare Hand ihn geführt hätte. Raschen Schrittes ging er voran. Er gelangte zu einer alten, wurmstichigen Tür, die unter seinen Schlägen zusammenbrach, während Fledermäuse ihm um den Kopf flatterten.

Und nun stand er in einem riesigen Saal, der viel besser erhalten war als die übrigen. Hohes, geschnitztes Getäfer bedeckte hier noch die Wände, auf denen Larven, Fabelwesen und Greuelgestalten zu sehen waren und seltsam lebendig schienen. Ein paar lange, schmale Fenster, die fast Schießscharten ähnelten, fröstelten im Sturmwind.

Meister Zacharius stieß, als er mitten in diesem Saal stand, einen Freudenschrei aus.

Auf einem eisernen Untersatz, der fest mit der Mauer verbunden war, ruhte jene Uhr, an der jetzt sein ganzes Leben noch hing. Dies, sein Meisterwerk ohnegleichen, stellte eine alte romanische Kirche dar, mit schmiedeeisernen Strebepfeilern und einem gewichtigen Turm, in dem ein vollständiges Glockenspiel für den kirchlichen Wechselgesang, das Angelus, die Messe, die Vesper, den Klostergottesdienst und das Ave Maria eingebaut war. Über der Kirchtüre, die sich zur Zeit des Gottesdienstes von selbst öffnete, war eine Rosette eingelassen, in deren Mitte sich zwei Zeiger bewegten und deren Schwibbogenverzierungen die zwölf Zahlen auf dem Zifferblatt im Relief darstellten. Zwischen Türe und Rosette gab es – genau wie die alte Scholastique es behauptet hatte – ein Motto für jede Stunde des Tages, das in einem

Kupferrahmen erschien. Früher hatte Meister Zacharius diese Folge frommer Sprüche ganz christlich streng geregelt: die Stunden des Gebetes, der Arbeit, der Mahlzeiten, der Erholung und der Ruhe entsprachen genau den religiösen Disziplinen und mußten daher unfehlbar dem eifrigen Befolger dieser Empfehlungen zum Heil gereichen.

Meister Zacharius war fast toll vor Glück und wollte sich gerade seiner Uhr bemächtigen, als hinter ihm ein entsetzliches Gelächter losbrach.

Er drehte sich um und erkannte im Scheine einer kleinen rauchenden Lampe das winzige alte Männlein aus Genf.

»Sie hier!« rief er aus.

Gérande fürchtete sich und drängte sich eng an ihren Verlobten.

»Grüß Gott, Meister Zacharius!« ließ sich die Mißgeburt vernehmen.

»Wer seid ihr?«

»Ich bin Herr Pittonaccio, zu Diensten, mein Herr! Ihr seid sicher hergekommen, um mir eure Tochter zu geben! Ihr habt euch meiner Worte erinnert: ›Gérande wird Aubert nicht heiraten!‹ «

Der junge Arbeiter stürzte sich auf Pittonaccio, der ihm jedoch wie ein Schatten auswich.

»Laß das, Aubert!« befahl Zacharius.

»Gute Nacht!« höhnte Pittonaccio – und war verschwunden.

»Vater!« flehte Gérande, »Vater! Weg von diesem verdammten Ort! . . . Vater! . . .«

Meister Zacharius war nicht mehr da. Er rannte durch das halb eingestürzte Gebäude dem Gespenst Pittonaccio nach. Und Gérande, Aubert und Scholastique blieben wie betäubt in dem großen Saal zurück. Das Mädchen war auf einen steinernen Sessel gefallen; die alte Magd kniete neben ihr und betete. Aubert stand aufrecht daneben und bewachte seine Verlobte. Fahler Schein schlängelte durch die Finsternis, und die Stille der Nacht wurde einzig durch das Geräusch der winzigen Arbeitstierchen unterbrochen, die man allgemein als ›Totenuhren‹ bezeichnet.

Beim ersten fahlen Schein des Morgens wagten sich die drei endlich auf die Wendeltreppe, die durch diesen Steinhaufen nach unten führte. Zwei Stunden lang irrten sie so herum, ohne eine lebende Seele anzutreffen. Auf ihr Rufen gab es höchstens ein weit entferntes Echo. Mal befanden sie sich hundert Fuß unter der Erde, dann wieder glaubten sie sich auf dem höchsten Berggipfel.

Der Zufall führte sie schließlich wieder in jenen Riesensaal zurück, der sie in der vorangegangenen Schreckensnacht beherbergt hatte. Er war nicht mehr leer. Meister Zacharius und Pittonaccio plauderten zusammen, der eine stehend und steif wie eine Leiche, der andere zusammengekauert auf einem Marmortisch.

Sobald Meister Zacharius Gérande erblickte, kam er zu ihr, nahm sie bei der Hand und führte sie zu Pittonaccio, indem er sagte:

»Das ist jetzt dein Herr und Meister, meine Tochter! Gérande, das hier ist dein Gatte!«

Gérande erzitterte vom Scheitel bis zur Sohle.

»Niemals!« brüllte nun Aubert. »Sie ist doch mit mir verlobt!«

»Niemals!« kam Gérandes Echo schwach und kläglich.

Pittonaccio begann zu lachen.

»Wollt ihr denn, daß ich sterbe?« schrie der alte Uhrmacher. »Dort, in jener Uhr, der letzten, die noch geht von all denen, die aus meiner Hand hervorgingen, dort drin ist mein Leben. Und der Mann hier hat zu mir gesagt: ›Wenn du mir deine Tochter gibst, soll die Uhr dir gehören!‹ Und dieser Mann will die Uhr nicht mehr aufziehen! Er kann sie zerstören und mich in den Abgrund stürzen! Ach, Tochter, meine Tochter! Liebst du mich denn nicht mehr?«

»Vater!« murmelte Gérande, die langsam wieder zu sich kam.

»Wenn du wüßtest, wie ich ohne diesen Urquell meiner Existenz gelitten habe!« fuhr der Greis fort. »Vielleicht ist diese Uhr vernachlässigt worden? Vielleicht hat man die Federn nicht gepflegt, das Räderwerk verharzen lassen! Doch jetzt werde ich mit meinen eigenen Händen das geliebte Wohlbefinden pflegen, denn ich darf doch nicht sterben, ich, der große Uhrmacher von Genf! Sieh her, Mädchen, wie exakt die Zeiger vorrücken! Siehst du, gleich schlägt es fünf Uhr! Hör gut zu und lies das schöne Sprichwort, das sich deinen Augen bieten wird!«

Und fünf Schläge erklangen alsbald aus der Uhr mit einem Ton, der schmerzlich im Herzen Gérandes widerhallte, und die folgenden Worte erschienen auf der kupfernen Tafel:

Man soll die Früchte vom Baum
der Erkenntnis essen.

Aubert und Gérande sahen sich verblüfft an. Das waren doch nicht mehr die orthodoxen Devisen eines katholischen Uhrmachers! Da mußte schon der Satan mitgespielt haben! Doch Zacharius gab nicht mehr acht und fuhr weiter:

»Hörst du, Gérande? Ich lebe, ich lebe noch! Hör zu, wie ich atme! ... Schau, wie das Blut durch meine Venen schießt! ... Nein! Du würdest doch deinen Vater nicht töten wollen. Darum nimm jetzt diesen Mann hier zu deinem Gatten! Dann werde ich unsterblich und werde so mächtig wie Gott selbst!«

Bei diesen gotteslästerlichen Worten bekreuzigte sich Scholastique, während Pittonaccio ein Freudengewieher ausstieß.

»Und du wirst mit ihm glücklich sein, Gérande! Schau dir den Mann an: er ist *die Zeit!* Dein Leben wird absolut genau geregelt bleiben! Gérande! Ich habe dir das Leben gegeben, jetzt gib du dein Leben für deinen Vater!«

»Gérande!« flüsterte Aubert, »ich bin dein Verlobter!«

»Er ist mein Vater!« gab Gérande zurück und schien in sich zusammenzusinken.

»Sie gehört dir!« entschied Meister Zacharius. »Pittonaccio, du mußt dein Versprechen halten!«

»Gut, hier ist der Schlüssel zu der Uhr«, grinste das schreckliche Wesen.

Meister Zacharius packte den langen Schlüssel, der einer ausgestreckten Natter glich, und rannte damit zu der Uhr, die er mit irrsinniger Hast aufzuziehen begann. Das Gequietsche der Feder riß an den Nerven. Der alte Uhrmacher drehte und zog auf, drehte und zog auf, ohne daß sein Arm noch aufhören konnte, und es schien, als ob diese Drehbewegung mit seinem Willen nichts mehr zu tun habe. Immer schneller drehte er und machte dazu seltsame Verrenkungen, bis er endlich vor Ermüdung hinfiel.

»So, jetzt ist sie für ein Jahrhundert aufgezogen!« rief er aus.

Aubert rannte wie ein Irrer aus dem Saal. Nach unzähligen Umwegen fand er endlich den Ausgang aus dieser verfluchten Behausung und stürzte ins Freie. Er kam wieder zur Einsiedelei von Notre-Dame du Sex und klagte dem Eremiten sein Leid mit derart verzweifelten Worten, daß dieser sich schließlich bereit erklärte, ihn zum Schloß Andernatt zu begleiten.

Wenn in diesen Stunden der Todesangst Gérande nicht weinte, dann bloß, weil sie keine Tränen mehr zu vergießen hatte.

Meister Zacharius hatte den Riesensaal nicht verlassen. Immer wieder kam er zu der alten Uhr zurückgerannt und horchte auf ihre regelmäßigen Schläge.

Inzwischen hatte es zehn Uhr geschlagen, und zum großen Entsetzen von Scholastique war auf dem Kupferrahmen der Spruch erschienen:

Der Mensch kann Gott gleich werden.

Der Greis hingegen war nicht nur nicht entsetzt von diesen gotteslästerlichen Worten, sondern er las sie mit ausgelassener Freude und sonnte sich in diesen Hochmutsphrasen, während Pittonaccio um ihn herumtanzte.

Der Heiratsvertrag sollte um Mitternacht unterzeichnet werden. Gérande war fast besinnungslos und sah und hörte nichts mehr. Die Stille wurde nur noch vom Geschwätz des Alten und dem wiehernden Gelächter von Pittonaccio unterbrochen.

Es schlug elf. Meister Zacharius erzitterte, und dann las er mit überlauter Stimme diese neue Gotteslästerung:

Der Mensch soll Sklave der Wissenschaft werden und für sie seine Eltern und seine Familie opfern.

»Ja!« schrie er, »es gibt auf der Welt nichts anderes als die Wissenschaft!«

Die Zeiger bewegten sich auf dem Zifferblatt aus Stahl wie Schlangen – und sie zischten genau so –, und das Werk der Uhr schlug schneller als vorher ...

Meister Zacharius sagte nichts mehr! Er war zu

Boden gefallen, er röchelte, und aus seiner beengten Brust brachte er mühsam nur noch ein paar Wortfetzen hervor:

»Leben! ... Wissenschaft!«

Zwei neue Augenzeugen sahen sich das an: Der

Eremit und Aubert. Meister Zacharius lag am Boden. Gérande, mehr tot als lebendig, betete an seiner Seite ...

Plötzlich vernahmen sie das trockene Geräusch, das vor dem Ablauf des Stundenschlags hörbar wird.

Meister Zacharius richtete sich auf:

»Mitternacht«, rief er.

Der Eremit aber streckte die Hand gegen die alte Uhr ... Mitternacht erklang nicht ...

Da stieß Meister Zacharius einen Schrei aus, der in der Hölle zu hören sein mußte – und es erschienen die Worte:

Wer versucht, Gott gleich zu werden,
ist verdammt in alle Ewigkeit!

Die alte Uhr barst mit einem Donnerschlag auseinander, die Feder machte sich selbständig und hüpfte quer durch den Saal, wobei sie sich tausendfach verbog und verkrümmte. Der alte Mann stand auf und versuchte, die Feder einzuholen. Es war umsonst. Er schrie dazu:

»Meine Seele! Meine Seele!«

Die Feder hüpfte vor ihm her, von einer Seite zur andern, ohne daß es ihm gelang, in ihre Nähe zu kommen.

Schließlich packte Pittonaccio die Feder, und mit einer schrecklichen Gotteslästerung verschwand er mit ihr im Boden.

Meister Zacharius fiel rückwärts um. Er war tot.

Die Leiche des Uhrmachers wurde im Gebirge bei Andernatt beigesetzt. Dann kehrten Aubert und Gérande nach Genf zurück, und in den vielen Jahren, die Gott ihnen schenkte, bemühten sie sich, durch Beten die Seele des durch Wissenschaft Verdammten zu erlösen.

EIN DRAMA IN DEN LÜFTEN

Im September 185. kam ich in Frankfurt am Main an. Meine Fahrt durch die wichtigsten Städte Deutschlands glich, meiner Ballonaufstiege wegen, einem Siegeszug: aber bis jetzt hatte mich noch kein einziger Bewohner des Bundes in meinem Korb begleitet, denn die schönen Experimente der Herren Green, Eugène Godard und Poitevin in Paris hatten die schwerblütigen Deutschen noch nicht dazu bringen können, die Luftwege zu erforschen.

Kaum aber hatte sich in Frankfurt die Nachricht verbreitet, daß ich in nächster Zeit mit dem Ballon aufsteigen werde, meldeten sich doch drei bekannte Persönlichkeiten, die um die Gunst baten, mitfahren zu dürfen. Zwei Tage später sollten wir vom Theaterplatz aus aufsteigen. Deshalb traf ich denn sogleich die nötigen Vorbereitungen für meinen Ballon. Er bestand aus Seide, die mit Guttapercha behandelt war, mit einer Substanz also, die sowohl Säuren wie auch dem Gas widersteht, die absolut wasserundurchlässig ist, und das Volumen des Ballons – dreitausend Kubikmeter – ermöglichte ihm, in höchste Höhen aufzusteigen.

Der Ballonaufstieg war für den Tag des großen Septembermarktes angesetzt, der stets so viele Leute nach Frankfurt lockt. Ich hatte das Leuchtgas – von ausgezeichneter Qualität und großer Aufstiegskraft – zu außerordentlich günstigen Bedingungen geliefert bekommen, und so gegen elf Uhr vormittags war der Ballon gefüllt; zu drei

Vierteln nämlich – eine unabdingbare Vorsichtsmaßnahme, denn je höher man aufsteigt, desto mehr nimmt die Luftdichte ab, und das Gasgemisch im Ballon beginnt sich dann auszudehnen, was unter Umständen die Hülle zum Platzen bringen könnte. Meine Berechnungen hatten mir die exakte Menge Gas vermittelt, die es brauchte, um meine Gefährten und mich hochzutragen.

Wir sollten am Mittag starten. Ein herrlicher Anblick, die vielen Leute, die sich ungeduldig an der Abschrankung drängelten, den Platz überschwemmten, die angrenzenden Straßen besetzten und aus allen Fenstern der Häuser um den Platz herum hingen, vom Erdgeschoß bis zum Giebel aus Schiefer hinauf. Der starke Wind, der in den letzten Tagen geweht hatte, war eingeschlafen, und vom wolkenlosen Himmel herab brannte drückend heiß die Sonne. Nicht ein Lüftchen war zu verspüren. Bei derartigen Witterungsverhältnissen war es möglich, am gleichen Ort zu landen, wo man aufgestiegen war.

Ich hatte dreihundert Pfund Ballast geladen, der in Säcke verteilt war; der Korb war völlig rund und maß vier Fuß im Durchmesser und drei in der Tiefe. Er war aufs bequemste ausgestattet. Das Hanfnetz, das ihn trug, verteilte sich symmetrisch über die obere Hälfte das Ballons; der Kompaß stand an seinem Platz, das Barometer hing am Ring, der die Tragseile zusammenhielt, der Anker war griffbereit. Wir konnten starten.

Unter den Menschen, die sich an der Abschrankung drängten, fiel mir ein bleicher junger Mann auf, der sehr aufgeregt schien. Ich war erstaunt, ihn hier zu sehen. Er war ein ständiger, begeisterter Zuschauer bei all meinen Aufstiegen, der mir bereits in anderen Städten Deutschlands begegnet war. Unruhig beobachtete er mit gierigen Blicken die eigenartige Maschine, die unbeweglich einige Fuß vom Boden schwebte, und – anders als die übrigen Zuschauer – sprach er kein Wort.

Es schlug zwölf. Meine Reisegefährten erschienen nicht. Wir sollten doch starten! Ich schickte Boten zu einem jeden von ihnen und mußte erfahren, daß der eine nach Hamburg verreist, der zweite nach Wien und der dritte nach London gerufen worden war. Das Herz war ihnen offenbar doch noch in die Hosen gefallen, jetzt, wo es galt, eine dieser Luftreisen zu unternehmen, die ja dank der Wendigkeit der modernen Ballone völlig gefahrlos geworden sind. Da sie sozusagen zum Festprogramm gehörten, hatten sie Angst bekommen, sie würden gezwungen sein, dieses Programm auch haargenau einzuhalten, und darum hatten sie sich im Moment, wo die Segel gesetzt wurden, weit vom Schauplatz abgesetzt. Ihr Mut stand offenbar im umgekehrten Verhältnis zu ihrer Schnelligkeit... wenn es galt, sich aus dem Staub zu machen.

Die leicht enttäuschte Menge zeigte schlechte Laune... Darum zögerte ich nicht länger und beschloß, allein zu starten. Um das Gleichgewicht zwischen dem spezifischen Gewicht des Ballons und dem Gewicht, das er hätte tragen sollen, wieder herzustellen, ließ ich meine treulosen Gefährten durch neue Sandsäcke ersetzen. Dann stieg ich in den Korb. Die zwölf Mann, die den Ballon an zwölf Seilen – sie waren auf der Höhe des Ballonäquators festgemacht – festhielten, ließen ihre Seile durch die Finger gleiten, so daß der Ballon sich noch etwas mehr vom Boden hob. Noch immer wehte kein Lüftchen, und die bleierne Atmosphäre schien beinahe undurchdringlich.

»Ist alles bereit?« schrie ich.

Die Männer verteilten sich. Ein letzter Blick zeigte mir, daß alles startbereit war.

»Achtung!«

In der Menge gab es eine Bewegung, und mir schien, sie wolle die Abschrankung durchbrechen.

»Alles loslassen!«

Der Ballon begann ganz langsam zu steigen, als ich plötzlich einen Stoß verspürte, der mich auf den Boden des Korbes warf.

Wie ich mich wieder erhoben hatte, stand ich Auge in Auge einem unvorhergesehenen Passagier gegenüber – dem jungen, bleichen Mann von vorhin.

»Mein Herr, ich begrüße Sie herzlich!« sagte er mit größter Gemütsruhe.

»Mit welchem Recht ...?«

»... ich hier bin? ... Mit dem Recht, das ich aus

Ihrer Unfähigkeit schöpfe, mich wieder rauszuwerfen!«

Ich war sprachlos. Diese Frechheit brachte mich aus der Fassung, und ich konnte kein Wort hervorbringen.

Ich besah mir den Eindringling von oben bis unten, doch er schien sich meine Empörung überhaupt nicht zu Herzen zu nehmen:

»Stört vielleicht mein Gewicht Ihre Berechnungen, Herr? Gestatten Sie ...«

Und ohne auf meine Zustimmung zu warten, warf er zwei Säcke Ballast in die Leere.

»Herr ...«, sagte ich da, indem ich die unter diesen Umständen einzig mögliche Haltung einnahm, »Sie sind da ... also gut, bleiben Sie in Gottes Namen ... meinetwegen! ... Doch merken Sie sich, bitte, daß mir allein das Recht zusteht, diesen Ballon zu lenken ...«

»Lieber Herr, Ihre Höflichkeit ist ganz und gar französisch. Sie stammt aus demselben Lande wie ich! Ich drücke Ihnen im Geiste die Hand, die Sie mir verweigern. Treffen Sie Ihre Maßnahmen, sofern sie Ihnen gut scheinen! Ich werde warten, bis Sie fertig sind ...«

»Worauf warten? ...«

».... um mit Ihnen zu plaudern.«

Das Barometer war auf fünfundzwanzig Zoll gefallen. Wir befanden uns nun auf etwa sechshundert Meter Höhe über der Stadt. Doch verriet nichts die horizontale Verschiebung des Ballons, denn die Luftmasse, die ihn einhüllte, bewegte sich in derselben Richtung wie der Ballon. Die flimmernde Hitze hüllte die unter uns liegenden Dinge ein und verlieh ihren Umrissen etwas bedauerlich Unscharfes.

Ich besah mir meinen ungebetenen Gast etwas näher.

Er war ein Mann von ungefähr dreißig Jahren und recht einfach gekleidet. Das grobknochige Gesicht verriet eine unbezähmbare Energie, und der ganze Mann schien mir sehr muskelkräftig zu sein. Wegen der Überraschung, die er bei dieser lautlosen Aufwärtsfahrt empfinden mußte, machte er keine Bewegung und strengte sich an, die in undeutlichem Dunst liegenden Dinge unter uns zu unterscheiden.

»Verfluchter Dunst!« meinte er nach ein paar Augenblicken.

Ich gab keine Antwort.

»Sie sind mir böse!« begann der Fremdling wieder. »Pah! Ich hatte kein Fahrgeld, also mußte ich unverhofft einsteigen.«

»Es hat Sie niemand gebeten, auszusteigen!«

»Aha! Wissen Sie nicht, daß gerade dasselbe den Grafen von Laurencin und von Dampierre zugestoßen ist, als sie am 15. Januar 1784 aufstiegen? Ein junger Kaufmann namens Fontaine kletterte in die Maschine, die beinahe gekentert wäre!... Nun, er machte die Reise mit, und niemand ist daran gestorben.«

»Wir reden noch miteinander, sobald wir wieder auf festem Boden sind«, gab ich ihm zur Antwort, peinlich berührt von dem leichten Ton, in welchem er mit mir redete.

»Quatsch! Wer redet schon von Rückkehr!«

»Ja glauben Sie denn, ich werde nicht sofort wieder absteigen?«

»Absteigen!« meinte er darauf überrascht. »Absteigen! – Erst wollen wir einmal aufsteigen!«

Und ehe ich ihn daran hindern konnte, hatte er

schon wieder zwei Säcke Sand über Bord geworfen, ohne sie auch nur richtig auszuleeren.

»Also bitte, Sie!« schrie ich wütend.

»Ihre Wendigkeit ist mir bekannt«, bemerkte gleichmütig der Unbekannte, »und Ihre herrlichen Flüge haben sich herumgesprochen. Doch wenn das Experiment die Schwester der Praxis ist, so ist sie auch ein wenig die Base der Theorie; und ich habe lange Studien über die Kunst der Ballonfahrt hinter mir. Das ist mir zu Kopf gestiegen«, fügte er traurig hinzu. Und dann verfiel er in stummes Nachdenken.

Der Ballon war erst in die Höhe geschossen, nun blieb er stehen.

Der Unbekannte kontrollierte das Barometer und sagte darauf:

»Jetzt sind wir auf achthundert Meter Höhe! Die Menschen sehen aus wie Insekten. So sehen Sie doch! Ich finde, man sollte sie stets nur aus dieser Höhe betrachten, wenn man sie vernünftig einschätzen will. Der Theaterplatz scheint in einen riesigen Ameisenhaufen verwandelt! Schauen Sie nur, wie die Menge sich auf den Uferstraßen drängt und wie klein die Zeil geworden ist! Wir schweben genau über der Domkirche. Und der Main ist bloß noch eine weißliche Linie, die die Stadt entzweischneidet – die Mainbrücke: ein Faden, der vom einen Ufer zum andern geworfen wurde ...«

Die Luft war etwas kühler geworden.

»Es gibt nichts, gar nichts, was ich nicht für Sie tun würde, mein lieber Gastgeber«, meinte mein Passagier. »Falls Ihnen kalt ist, ziehe ich gern meine Kleider aus und borge sie Ihnen.«

»Danke!« war alles, was ich darauf antworten mochte.

»Bah! Not kennt kein Gebot! Geben Sie mir Ihre Hand, ich bin doch Ihr Landsmann. Von mir können Sie etwas lernen, und meine Unterhaltung wird Ihnen den Ärger nehmen, den ich Ihnen bereitet habe!«

Ohne ihn auch nur einer Antwort zu würdigen, setzte ich mich ganz auf die andere Seite des Korbes. Der junge Mann hatte aus seinem Überrock ein dickes Heft gezogen. Ich konnte sehen, daß es eine Arbeit über die Ballonfahrt war.

»Ich besitze«, begann er wieder, »die interessanteste Sammlung von Kupferstichen und Karikaturen, die je über unsere Luftfahrtbesessenheit gemacht wurden. Wie ist doch diese herrliche Entdeckung bewundert und zugleich lächerlich gemacht worden! Gottlob sind wir nicht mehr im Zeitalter der Montgolfiers, die versuchten, mit Wasserdampf künstliche Wolken zu erzeugen oder ein Gas, das die Eigenschaften der Elektrizität haben sollte und das sie durch das Verbrennen von nassem Stroh und gehackter Wolle herzustellen versuchten.«

»Wollen Sie etwa die Verdienste der Erfinder schmälern?« fragte ich, denn ich hatte mich ganz auf die Seite des Abenteuers gestellt. »War es denn nicht herrlich, durch ein Experiment bewiesen zu haben, daß man sich in die Lüfte zu heben vermag?«

»Aber, mein Herr! Wer bestreitet denn den Ruhm der ersten Ballonfahrer? Es erforderte bestimmt unerhörten Mut, sich mit diesen brüchigen Hüllen, die nur heiße Luft enthielten, in die Lüfte zu erheben! Doch ich muß Sie fragen: hat denn die Luftfahrt seit den Aufstiegen von Blanchard große Fortschritte gemacht, will sagen, seit bald einem Jahrhundert? Sehen Sie einmal her!«

Und der Unbekannte zog einen Kupferstich aus dem Umschlag.

»Das hier«, bemerkte er, »stellt die erste Luftfahrt dar, die von Pilâtre des Rosiers und dem Marquis von Arlandes unternommen wurde. Das war vier Monate nach der Erfindung des Ballons. Ludwig XVI. gab seine Einwilligung zu dieser Fahrt nicht, und zwei zum Tode Verurteilte sollten als erste die Reise durch die Lüfte antreten. Pilâtre des Rosiers empört sich über diese Ungerechtigkeit, und mit allen möglichen Intrigen gelingt es ihm doch noch, zu fahren. Die eigentliche Ballongondel war noch nicht erfunden, die die Ausführung der notwendigen Manöver erleichterte, sondern es gab da noch jene Galerie auf der unteren, sich verengenden Partie der Montgolfière. Die beiden Luftschiffer mußten sich denn auch fast bewegungslos einander gegenüber auf dieser Galerie aufhalten, denn das feuchte Stroh nahm jedes bißchen Platz der Galerie ein und hemmte jede ihrer Bewegungen. Ein Rost mit brennendem Stroh war direkt unter der Öffnung des Ballons angebracht; wollten die Luftfahrer aufsteigen, dann mußten sie Stroh in dieses Feuer werfen – wobei sie jedesmal Gefahr liefen, den Ballon anzuzünden –, und durch die heißer gewordene Luft erhielt der Ballon neuen Auftrieb. Die beiden kühnen Luftschiffer starteten am 21. November 1783 vom Park des Jagdschlosses, den der Dauphin ihnen zur Verfügung gestellt hatte. Der Ballon stieg majestätisch in die Luft, segelte der Schwaneninsel entlang, überquerte die Seine beim Stadttor der Conférence. Dann schwebte er zwischen dem Invalidendom und der Militärakademie hindurch und näherte sich Saint-Sulpice. Da fachten die Fahrer das Feuer zu stark an, überquerten den Boulevard und landeten auf der andern Seite der Porte d'Enfer. Als der Ballon den Boden berührte, sackte der Ballon zusammen, und einen Augenblick später wurde Pilâtre des Rosiers unter seinen Stoffalten begraben!«

»Ein schlimmes Omen!« konnte ich mich nicht enthalten zu sagen, denn diese Einzelheiten interessierten mich, gingen mir nahe.

»Ein Omen für die Katastrophe, die später dem Unglücklichen das Leben kostete«, ergänzte der Unbekannte traurig. »Ist Ihnen nie etwas Ähnliches zugestoßen?«

»Nie.«

»Bah! Ein Unglück kann auch ohne Vorahnung geschehen!« Dann schwieg der Unbekannte eine Weile.

Inzwischen waren wir nach Süden getrieben worden, und Frankfurt war unter uns verschwunden.

»Vielleicht kommen wir in ein Gewitter«, meinte der junge Mann.

»Wir werden vorher landen«, gab ich zurück.

»Das wäre noch! Eher fliegen wir noch höher, das ist gescheiter! Wir werden dem Gewitter so mit größerer Sicherheit entrinnen.«

Und wieder flogen zwei Sandsäcke in die Leere unter uns. Der Ballon stieg mit unglaublicher Geschwindigkeit, dann blieb er auf zwölfhundert Meter Höhe stehen. Eine recht bissige Kälte drang auf mich ein, wobei jedoch die Sonnenstrahlen, die auf die Ballonhülle fielen, das Gas darin ausdehnten und ihm dadurch größere Aufstiegskraft verliehen.

»Fürchten Sie sich nicht«, tröstete mich der Unbekannte, »wir haben dreitausendfünfhundert Klafter atembare Luft über uns. Und zudem brauchen Sie sich um das, was ich da treibe, durchaus nicht zu kümmern.«

Ich wollte aufstehen, doch eine kräftige Hand zwang mich auf meinen Sitz zurück.

»Sie heißen?« verlangte ich zu wissen.

»Wie ich heiße? Was bedeutet Ihnen schon mein Name?«

»Ich habe gefragt, wie Sie heißen!«

»Ich heiße Erostratos, vielleicht auch Empedokles, ganz wie Sie wünschen.«

Diese Antwort war für mich keineswegs beruhigend. Anderseits redete der Unbekannte mit solch eigenartiger Kaltblütigkeit, daß ich mich zu fragen begann, mit wem ich es hier eigentlich zu tun hatte.

»Werter Herr«, fuhr er fort, »seit dem Physiker Charles ist nichts Neues erfunden worden. Vier Monate nach der Erfindung des Ballons hatte dieser tüchtige Mann auch schon das Ventil erfunden, das dem Gas einen Austritt verschafft, sobald der Ballon zu prall ist oder wenn man absteigen will; er erfand die Ballongondel, welche ein leichteres Steuern des Ballons ermöglicht; das Netz, das die Hülle des Ballons umgibt und die Füllung gleichmäßig auf den ganzen Ballon verteilt; den Ballast, der das Aufsteigen ermöglicht und auch die Wahl des Landungsplatzes; den Kautschuk-Überzug, der das Gewebe undurchlässig macht; das Spezialbarometer, das die erreichte Höhe verzeichnet. Und endlich verwendete Charles Wasserstoff, der vierzehnmal leichter ist als Luft und dadurch das Aufsteigen in die höchsten atmosphärischen Schichten gestattet. Zudem schließt er das Verbrennen des Ballons in der Luft aus. Am 1. Dezember 1783 drängten sich um die Tuilerien dreihunderttausend Zuschauer. Charles stieg auf, und die Soldaten präsentierten das Gewehr. Er legte neun Meilen durch die Luft zurück, wobei er seinen Ballon mit einer Geschicklichkeit steuerte, die bis heute von den Ballonfahrern nicht übertroffen wurde. Der König setzte ihm eine Pension von zweitausend Pfund aus, denn damals wurden die neuen Erfindungen noch gefördert.«

Mir kam es so vor, als werde der Unbekannte von einer gewissen Erregung gepackt.

»Ich habe die Sache studiert, mein Herr«, fuhr er weiter, »und ich bin zur Überzeugung gelangt, daß die ersten Luftfahrer ihre Ballone zu steuern vermochten. Von Blanchard abgesehen, bei dem diese Annahmen eher fraglich sind, verlieh Guyton de Morveau seiner Maschine mit Hilfe von Rudern und einem Steuer spürbare Bewegungen und eine bestimmte Richtung. Erst kürzlich hat in Paris ein Uhrmacher namens Julien im Hippodrom überzeugende Experimente vorgeführt; dank einem besonderen Mechanismus vermochte er seine Luftmaschine, die eine längliche Form aufwies, sogar erwiesenermaßen gegen den Wind zu steuern. Herr Petin wiederum hat sich ausgedacht, man könnte vier Wasserstoffballone im Viereck aufstellen und in der Mitte horizontal liegende und zum Teil gefaltete Segel anbringen, wovon er sich eine Verlagerung des Gleichgewichts versprach, so daß daraus ein Flug schräg aufwärts möglich werden sollte. Es wird auch schon von Motoren gesprochen, die den Widerstand der Luftströmungen überwinden sollen, von Propellern zum Beispiel; aber der Propeller muß sich ja in einem flüchtigen Milieu bewegen und wird darum kein gutes Resultat einbringen. Ich aber, mein Herr, ich habe das einzige Mittel entdeckt, das erlaubt, einen Ballon zu steuern, obschon mir keine einzige Universität ihre Unterstützung gewährt, keine einzige Stadt für mich Sammellisten gefüllt hat; keine einzige Regierung hat mich auch nur anhören wollen! Es ist einfach gemein!«

Der Unbekannte fuchtelte dazu dermaßen in der Luft herum, daß der Korb in heftige Schwingungen geriet. Ich hatte furchtbare Mühe, ihn wieder zu beruhigen.

Unterdessen war der Ballon in eine lebhaftere Strömung geraten, und wir trieben in einer Höhe von fünfzehnhundert Metern südwärts.

»Dort liegt Darmstadt!« rief mein Begleiter aus und beugte sich weit aus dem Korb. »Können Sie das Schloß sehen? Nicht deutlich, finden Sie doch auch? Was will man? Diese Gewitterschwüle bringt alles zum Flimmern. Da braucht es ein scharfes Auge, will man die Ortschaften erkennen!«

»Sind Sie sicher, daß dies Darmstadt ist?«

»Ohne Zweifel. Wir sind sechs Meilen von Frankfurt entfernt.«

»Dann müssen wir sogleich hinunter!«

»Hinunter! Sie haben doch wohl nicht im Sinn, auf die Kirchtürme hinunterzusinken!« lachte verächtlich der Unbekannte.

»Nein, das nicht, aber ich will in der Umgebung der Stadt landen.«

»Also gut, meiden wir die Kirchtürme!« Und kaum hatte er das gesagt, packte mein Begleiter weitere Sandsäcke. Ich stürzte mich auf ihn; doch er warf mich mit einer Hand um – und der erleichterte Ballon war sofort auf zweitausend Meter geklettert.

»Bleiben Sie ruhig«, ermahnte er mich, »und vergessen Sie nicht, daß Brioschi, Biot, Gay-Lussac, Bixio und Barral auf viel größere Höhen gestiegen sind, um ihre wissenschaftlichen Experimente durchzuführen.«

»Lieber Herr, wir müssen hinunter«, erwiderte ich und versuchte damit, ihn auf die sanfte Tour zu nehmen. »Das Gewitter um uns herum wird drohender. Es wäre doch unklug ...«

»Bah! Wir steigen einfach über das Gewitter hinauf! Dann haben wir nichts mehr zu befürchten. Was gibt's denn Schöneres, als diese Wolken zu bezwingen, die die Erde erdrücken möchten? Ist es denn keine Auszeichnung mehr, so in den Lüften zu segeln? Die höchsten Persönlichkeiten sind so gereist wie wir jetzt! Die Marquise und die Gräfin de Montalembert, die Comtesse de Podenas, Fräulein La Garde und der Marquis de Montalembert sind vom Faubourg Saint-Antoine in diese unbekannten Gefilde aufgestiegen, und der Herzog von Chartres hat anläßlich seines Aufstiegs am 15. Juli 1784 viel Mut und Geistesgegenwart bewiesen. In Lyon waren es die Grafen von Laurencin und von Dampierre; in Italien war es Ritter Andreani, und in unserer Zeit der Herzog von Braunschweig: sie alle haben Spuren ihres Ruhmes in den Lüften zurückgelassen. Damit wir es diesen hohen Persönlichkeiten gleichtun können, müssen wir aber noch höher in die himmlischen Sphären hinauf! Dem Unendlichen nahekommen heißt, es auch verstehen!«

Die dünne Luft dehnte den Wasserstoff im Ballon nun ganz beträchtlich aus, so daß ich die anfänglich absichtlich leergelassene untere Hälfte sich nun füllen sah, was das Öffnen des Ventils unerläßlich machte. Doch mein Begleiter schien nicht geneigt, mich nach meinem Belieben manövrieren zu lassen. So beschloß ich denn, den Zug des Ventils im geheimen zu betätigen, während er aufgeregt weiterschwatzte. Begann mir doch klar zu werden, mit was für einem Menschen ich es hier zu tun hatte... Das wäre ja furchtbar! – Es war jetzt ungefähr ein Viertel vor eins. Wir hatten Frankfurt vor vierzig Minuten verlassen, und vom Süden her steuerten dicke Wolken gegen den Wind direkt auf uns zu.

»Haben Sie denn jetzt alle Hoffnung aufgegeben, Ihre Erfindungen zum Erfolg zu bringen?« fragte ich mit sehr, sehr gespanntem Interesse.

»Völlig aufgegeben!« gab der Unbekannte finster zurück. »Die Zurückweisungen, Karikaturen und Eselstritte haben mich fertiggemacht! Das ist ja das ewige Elend der Erfinder! Sehen Sie sich doch nur die Karikaturen da in meiner Mappe an: aus allen Jahrhunderten stammen sie!«

Während mein Begleiter in seiner Mappe wühlte, ergriff ich heimlich das Seil für das Ventil. Er bemerkte es nicht. Zwar war zu befürchten, er könnte das Pfeifen des ausströmenden Gases vernehmen, das einem wie ein Wasserfall in den Ohren tönt.

»Was für Witze doch über den Abbé Miolan gerissen wurden!« rief er aus. »Er sollte mit Janninet und Bredin aufsteigen. Während der Vorbereitung fing ihre Montgolfière Feuer, und das dumme Volk riß sie in Stücke. Und dann entstand die Karikatur *Sonderbare Tiere*, in welcher die drei als *Miaulant*, *Jean Minet* und *Gredin* figurieren.«

Ich zog unbemerkt am Ventilseil, und das Barometer begann wieder zu steigen. Es war hohe Zeit! Ferner Donner grollte im Süden.

»Da habe ich einen anderen Kupferstich, sehen Sie nur!« spann der Unbekannte sein Garn weiter, ohne zu merken, was ich hinter seinem Rücken trieb. »Da drauf erkennen Sie einen riesigen Ballon, der als Luftschiff, als Luftschloß und Gebäudekomplex in einem gedacht ist. Die Karikaturisten haben sich wohl nie träumen lassen, daß ihre Albernheiten eines Tages Wirklichkeit sein würden! Es ist perfekt, dieses Luftschiff: hier links das Steuer, daneben die Unterkunft für die Piloten; am Bug die Unterhaltungsräume mit riesiger Orgel und einer Kanone, mit welcher man die Aufmerksamkeit der Erd- oder der Mondbewohner auf sich zu lenken vermag; über dem Heck der Beobachtungsposten und der kleine Rettungsballon; um den Ballonäquator herum die Armeeunterkunft; hier links drüben die Laterne, obendran Galerien zum Spazieren und darüber wiederum Segel und Flügel; hier unten die Restaurants und das Lebensmittellager. Da, lesen Sie die prachtvolle Legende dazu:

›*Diese Kugel wurde zum Segen der Menschheit erfunden; sie wird ständig nach den Stapelplätzen der Levante unterwegs sein, dazwischen aber auch Reisen nach den beiden Polen und zu den äußersten Zipfeln Asiens unternehmen. Man läuft dabei keinerlei Gefahr, alles ist gut vorbereitet, alles wird gut gehen. Es wird für jeden Bestimmungsort ein genauer Tarif ausgearbeitet, doch werden die Preise nach den fernsten Ländern unserer Hemisphäre dieselben sein, d. h.: tausend Louisdor für eine der genannten Reisen, die beliebig ausgewählt werden können. Wir möchten behaupten, diese Summe sei relativ bescheiden, wenn man Geschwindigkeit, Annehmlichkeiten und Einrichtungen in besagtem Luftschiff in Betracht zieht, Annehmlichkeiten, wie sie auf dem festen Lande nicht zu finden sind; denn hier wird ein jeder das finden, was er sich wünscht. Tatsächlich: die einen nehmen an einem Ball teil, die andern hören einer Predigt zu – alles auf gleichem Raum! Die einen schlemmen – die andern fasten; wer sich mit Geistesgrö-*

ßen unterhalten möchte, findet sie hier vor; die Dummen werden ihresgleichen auch finden. Das Vergnügen wird zur Seele der Luftgesellschaft.‹

Alle derartigen Erfindungen haben Gespött hervorgerufen ... Doch innert kurzer Zeit – wenn nicht meine Tage gezählt wären – könnten die Menschen erkennen, daß solche Luftfahrtprojekte Wirklichkeit werden!«

Wir sanken sichtbar rasch ab. Er merkte es nicht!

»Und nun sehen Sie sich noch dieses Ballonspiel hier an«, fuhr der Unbekannte weiter, wobei er vor mir ein paar Kupferstiche ausbreitete, von denen er eine beachtliche Menge zu haben schien. »Dieses Spiel enthält sämtliche Daten der Ballonfahrergeschichte! Es ist zum Gebrauch gebildeter Menschen bestimmt und wird mit Würfeln und Spielmarken um einen beliebigen Einsatz gespielt. Es gibt Ein- oder Auszahlungen, je nach dem Felde, auf das man gelangt.«

»Also, mir scheint, Sie haben die Luftfahrtwissenschaft von Grund auf studiert?«

»Aber ja doch, mein Herr! Von Phaeton an, von Ikarus und Architas an habe ich alles erforscht, zusammengestellt und gelernt! Durch mich könnte die Luftschifferkunst der Menschheit unermeßliche Dienste erweisen, wenn Gott mir ein längeres Leben schenkte! Doch dem ist leider nicht so!«

»Warum?«

»Weil ich Empedokles oder Erostratos heiße ...«

Inzwischen hatte sich der Ballon glücklicherweise dem Boden genähert; doch wenn man fällt, spielt es keine große Rolle, ob man aus hundert Fuß Höhe oder aus fünftausend herunterfällt!

»Erinnern Sie sich an die Schlacht von Fleurus?« begann mein Begleiter wieder, dessen Gesichtszüge immer größere Erregung verrieten. »Damals war es, als Coutelle auf Befehl der Regierung eine ganze Kompagnie von Ballontruppen mobilisierte. Bei der Belagerung von Maubeuge zog General Jourdan große Vorteile aus dieser neuen Beobachtertruppe. Zweimal im Tag stieg Coutelle in Begleitung des Generals persönlich im Ballon auf. Die Verbindung zwischen dem Ballonpiloten und den Bodentruppen, die den Ballon festhielten, wurde mit kleinen weißen, roten und gelben Fähnchen aufrechterhalten. Oft wurde mit Karabinern oder gar Kanonen auf den Ballon geschossen, sobald er aufstieg. Doch er wurde nie getroffen. Als Jourdan Anstalten traf, Charleroi einzuschließen, begab sich Coutelle in die Nähe der Ortschaft, stieg von der Jumet-Ebene auf und blieb während sieben oder acht Stunden zusammen mit General Morlot oben, was zweifellos zu unserem Sieg bei Fleurus beitrug. Und tatsächlich verkündete General Jourdan laut das Lob über die Unterstützung, die er aus den Luftbeobachtungen gewonnen hatte. Doch trotz der bei dieser Gelegenheit geleisteten Dienste – und auch der Dienste, die sie während des Feldzuges nach Belgien erwies – endete

die militärische Karriere der Ballone in demselben Jahr, in dem sie begonnen hatte. Und die Militärschule von Meudon, die die Regierung gegründet hatte, wurde von Bonaparte nach seiner Rückkehr aus Ägypten wieder aufgelöst! Dabei mußte man sich mit Franklin fragen: ›Was wäre von dem eben geborenen Kinde alles zu erwarten gewesen!‹ Das Kind war doch lebensfähig, warum es also ersticken?«

Der Unbekannte legte die Stirn in die Hände, dachte ein paar Augenblicke nach und sagte dann, ohne den Kopf zu heben:

»Trotz meines Verbotes haben Sie das Ventil geöffnet, Herr?«

Ich ließ das Seil fahren.

»Glücklicherweise haben wir immer noch dreihundert Pfund Ballast!«

»Was haben Sie im Sinn?«

»Sind Sie nie über das Meer gefahren?« fragte er darauf.

Ich fühlte förmlich, wie ich bleich wurde.

»Eine ärgerliche Sache, daß wir gegen die Adria getrieben werden! Das ist doch nur ein Bach! Doch weiter oben wehen vielleicht andere Winde?«

Und ohne mir auch nur einen Blick zu schenken, erleichterte er den Ballon um weitere Sandsäcke. Dann sagte er mit drohender Stimme:

»Ich habe Sie das Ventil öffnen lassen, weil die Ausdehnung des Gases den Ballon zum Platzen gebracht hätte! Aber lassen Sie sich so etwas nicht wieder einfallen!«

Und dann fuhr er in seinen Tiraden fort:

»Sie kennen die von Blanchard und Jefferies unternommene Überquerung des Kanals von Dover nach Calais? Wunderbar! Am 7. Januar 1785, als gerade ein günstiger Nordwestwind blies, wurde ihr Ballon an der Küste von Dover mit Gas gefüllt. Durch einen Fehler im Gleichgewicht waren sie sogleich nach dem Start gezwungen, ihren Ballast abzuwerfen, um nicht zu zerschellen. Sie behielten bloß dreißig Pfund. Das war zu wenig, da der Wind nicht mehr auffrischte und sie nur langsam auf die französische Küste zutrieben. Zudem war die Hülle durchlässig, so daß der Ballon sich immer mehr entleerte. Nach einer Stunde bemerkten sie denn auch, daß sie an Höhe verloren.

›Was sollen wir anfangen?‹ fragte Jefferies.

›Wir haben erst drei Viertel des Weges hinter uns‹, gab Blanchard zurück. ›Dazu sind wir sehr weit unten. Wenn wir steigen könnten, wäre der Wind vielleicht günstiger.‹

›Dann werfen wir doch den Rest des Ballastes über Bord!‹

Der Ballon gewann so wieder ein wenig an Höhe, doch bald sank er wieder ab.

Auf der Hälfte des restlichen Weges warfen die beiden deshalb alle entbehrlichen Gegenstände und Werkzeuge über Bord. Eine Viertelstunde später sagte Blanchard zu Jefferies:

›Das Barometer ...?‹

›Es steigt! Wir sind verloren – und wären der Küste Frankreichs so nah! ...‹

Ein starkes Knattern ließ sich vernehmen.

›Ist der Ballon zerrissen?‹ fragte Jefferies.

›Nein! Der Gasverlust hat die untere Hälfte

entleert! Und wir sinken immer noch ab! Wir sind verloren! Hinaus mit allem Entbehrlichen!‹

Der Mundvorrat, Ruder und Steuer wurden ins Meer geworfen. Die Luftschiffer waren bloß noch 100 Meter über dem Meeresspiegel.

›Es geht wieder aufwärts!‹ stellte der Doktor fest.

›Ja, aber das ist nur das bißchen Auftrieb wegen der Gewichtsverminderung. Und kein Schiff in Sicht, keine Barke am Horizont! Ins Meer mit unseren Kleidern!‹

›Blanchard‹, sagte nun Jefferies, ›Sie wollten eigentlich diese Reise allein unternehmen. Sie haben trotzdem eingewilligt, mich mitzunehmen. Ich werde mich darum opfern! Ich werfe mich ins Wasser, damit der Ballon erleichtert aufsteigen kann.‹

›Nicht doch! Das wäre ja schrecklich!‹

Der Ballon entleerte sich immer mehr, bis er eine fast konkave Form aufwies und wie ein Fallschirm wirkte, wobei das Gas gegen die Außenwände gepreßt wurde, was den Fall noch zu beschleunigen schien.

›Lebwohl, mein Freund!‹ rief der Arzt. ›Und Gott erhalte dich!‹

Er wollte sich hinausstürzen, doch Blanchard konnte ihn zurückhalten:

›Es bleibt uns noch ein anderer Ausweg. Wir können die Tragseile durchschneiden, die die Gon-

del halten, und uns am Netz festhalten! Vielleicht steigt dann der Ballon noch einmal. Bereit! Ja, aber ... das Barometer sinkt ja! Wir steigen auf! Der Wind ist da! Wir sind gerettet!‹

Die Reisenden erblicken schon Calais. Sie empfinden unbändige Freude. Und wenige Augenblicke später landen sie im Walde von Guines.

Ich zweifle nicht«, fügte der Unbekannte hinzu, »daß Sie unter den entsprechenden Umständen sich Dr. Jefferies zum Vorbild nehmen würden!«

Die Wolken wogten unter uns in unerhörter Ballung dahin. Der Ballon warf einen gewaltigen Schatten auf den Wolkenberg und schien einen ebenso gewaltigen Heiligenschein um sich zu haben. Unter uns rollte und brüllte der Donner. Da konnte man sich schon fürchten.

»Hinunter!« schrie ich.

»Was? Hinunter, wenn wir in der Sonne sind? Raus mit den Säcken!«

Und dieses Mal wurde der Ballon um mindestens fünfzig Pfund erleichtert.

Auf dreitausendfünfhundert Meter Höhe blieb er stehen. Der Unbekannte redete unaufhörlich. Ich war völlig niedergeschlagen, er aber schien in seinem Element zu sein und erst so richtig aufzuleben.

»Bei gutem Wind kommen wir noch weit!« schrie er. »Über den Antillen gibt es Windgeschwindigkeiten von hundert Meilen in der Stunde! Bei der Krönung Napoleons ließ Garnerin einen mit farbigen Gläsern behangenen Ballon steigen. Es war um elf Uhr abends. Der Wind blies von Nordnordwesten. Am folgenden Morgen bei Tagesanbruch wurde der Ballon von den Bewohnern Roms gesichtet, als er über den Petersdom flog!

Wir aber fliegen noch viel weiter... und viel höher!«

Ich hörte kaum noch zu. Es sauste mir in den Ohren. Und dann sahen wir durch ein Loch in den Wolken auf die Erde hinunter.

»Sehen Sie dort unten die Stadt? Das ist Speyer!«

Ich neigte mich aus der Gondel und bemerkte eine kleine schwärzliche Häusermasse. Es war wirklich Speyer. Der Rhein, der dort so breit dahinfließt, sah aus wie ein abrollendes Band. Der Himmel über unseren Köpfen war von tiefstem Indigo. Die Vögel waren schon lange weit unter uns zurückgeblieben, da sie in dieser verdünnten Luft unmöglich hätten fliegen können. Wir waren allein im Himmelsraum, ich mit diesem Unbekannten zusammen!

»Es nützt Ihnen nichts, zu wissen, wohin ich Sie führe«, sagte er und warf den Kompaß in die Wolken hinunter. »Ha! Ein freier Fall ist etwas Herrliches! Sie wissen vielleicht, daß es von Pilâtre des Rosiers bis zum Leutnant Gale wenig Opfer der Luftschiffahrt gab. Immer, wenn etwas passierte, war Unvorsichtigkeit daran schuld. Pilâtre des Rosiers stieg mit Romain von Boulogne aus auf. Das war am 13. Juni 1785. Unten an den mit Gas gefüllten Ballon hatte er eine Montgolfière gehängt, die mittels eines Heizrostes mit heißer Luft gefüllt wurde. Mit dieser Kombination wollte der Erfinder wahrscheinlich einen möglichen Gasverlust oder den mangelnden Ballast wettmachen. Das hieß aber auch ein offenes Feuer unter einem Pulverfaß schüren! Die Unvorsichtigen erreichten eine Höhe von vierhundert Metern, wo sie vom Gegenwind gepackt und aufs offene Meer hinausgetrieben wurden. Um wieder hinunterzukommen, zog Pilâtre am Ventilseil, das sich aber in der Ballonhülle verfangen hatte, und diese zerriß. Im Nu war alles Gas entwichen, der Ballon fiel auf die Montgolfière, die ihrerseits wie ein Kreisel ins Drehen kam und die beiden Unglücklichen innerhalb von wenigen Sekunden zerschmetterte. Furchtbar, nicht wahr?«

Alles, was ich dazu sagen konnte, war: »Erbarmen! Ich will hinunter!«

Die Wolken drangen jetzt von allen Seiten auf uns ein, und furchtbare Donnerschläge, die sich im Innern des Ballons zu wiederholen schienen, erfüllten die Luft um uns herum.

»Sie machen mich nervös!« schrie der Unbekannte nun auf mich ein. »Jetzt werden Sie wenigstens nicht mehr wissen, ob wir steigen oder fallen!« Und damit warf er das Barometer und ein paar Säcke Sand über den Korbrand hinaus. Wir mußten auf ungefähr fünftausend Meter Höhe sein. Schon bildeten sich kleine Eiszapfen am Korbrand, und so etwas wie feinster Schnee peitschte meine Haut mit tausend Nadelstichen. Und die ganze Zeit tobte das Gewitter zu unseren Füßen; doch wir flogen darüber hin.

»Fürchten Sie sich nicht«, tröstete mich der Unbekannte. »Nur die Unvorsichtigen kommen um. Olivari, der über Orleans zugrunde ging, war in einer papiernen Montgolfière aufgestiegen; seine Gondel aus brennbarem Material, obendrein mit brennbarem Ballast beschwert, wurde ein Raub der Flammen. Olivari stürzte ab und fiel zu Tode! Mosment stieg in Lille auf, von einer kleinen Hochebene aus; auch er stürzte ab und war tot! In Mannheim stieg Bittorf auf – sein Ballon war aus Papier; er fiel zu Tode! Harris startete mit einem schlecht konstruierten Ballon, dessen Ventil sich zwar öffnete, aber nicht wieder schloß; er stürzte ab und fiel zu Tode. Sadler, der des überlangen Aufenthaltes in den Lüften wegen allen Ballast abgeworfen hatte, wurde über die Stadt Boston getrieben und an den Häuserkaminen zerschmettert; auch Sadler war sofort tot. Coking sprang mit einem konvexen Fallschirm ab, von dem er behauptete, er sei eine Vervollkommnung des vorigen; Coking stürzte ab und fiel zu Tode! Aber sehen Sie, ich habe sie gern, diese Opfer ihrer eigenen Unvorsichtigkeit! Denn ich werde wie sie umkommen! Hinauf! Noch höher!«

Ich sah die Schatten all dieser Verstorbenen während dieses düsteren Nekrologs fast leibhaftig vor meinen Augen! Die Luftverdünnung und die Sonnenstrahlen hatten den Balloninhalt noch mehr ausgedehnt, und wir stiegen, stiegen ...! Fast mechanisch versuchte ich noch einmal das Ventil zu öffnen – da schnitt der Unbekannte das Zugseil einige Fuß über meinem Kopfe ab ... Ich war verloren!

»Waren Sie dabei, als Frau Blanchard abstürzte?« fragte er. »Nun, ich habe es gesehen, ich war dabei! Ich befand mich am 6. Juni 1819 am Tivoli. Frau Blanchard startete mit einem kleinen Ballon, damit sie für die Füllung weniger bezahlen mußte. Darum aber war sie gezwungen, den Ballon ganz zu füllen. Doch das Gas verflüchtigte sich unversehens durch den Einfüllschlauch, so daß eine regelrechte Wasserstoffspur entstand. Das sah dann aus, als befinde sich die Gondel mitsamt dem Ballon in einer Art Heiligenschein. Und dieser Schein muß sich irgendwie entzündet haben. – Sie hatte vorher unzählige Male dieses Experiment unternommen. An jenem Tage aber hatte sie zusätzlich einen kleinen Fallschirm mitgenommen, den sie durch einen Sternenregen zu beleuchten gedachte. Dafür bediente sie sich eines besonders zu diesem Zweck vorbereiteten Feuerstrahls. Sie wollte mit dem Feuerwerk beginnen. Die Nacht war stockdunkel. Und im Moment, in dem sie den Feuerstrahl auf die Kugel mit dem Sternenregen richtete, muß sie unvorsichtigerweise in die Wasserstoffspur des Ballons gekommen sein. Ich sah alles ganz genau: plötzlich und unerwartet erleuchtete ein tagheller Schein die Gegend. Ich glaubte erst, das gehöre zu einem neuen Experiment dieser gewiegten Ballonfahrerin. Die Helligkeit nahm einen Augenblick lang noch zu – erlosch ganz kurz –, und dann erschien das Licht plötzlich oben auf dem Ballon wieder und sah aus wie eine riesige Stichflamme aus Gas. Die entsetzliche Helle erleuchtete sogar den Boulevard und das ganze Montmartre-Quartier. Ich sah, wie die Unglückliche zweimal versuchte, mit ihren Händen den Einfüllschlauch des Ballons zuzupressen, um dem Feuer die Nahrung zu nehmen ... doch dann setzte sie sich in die Gondel, um ihren Abstieg zu lenken, dennoch stürzte sie nicht ab. Der Brand dauerte einige Minuten, der Ballon wurde zusehends kleiner, fiel aber nicht eigentlich. Der Wind wehte aus Nordwesten und trieb den Ballon gegen Paris zu. Damals gab es an der Rue de Provence in der Nähe des Hauses Nummer 16 noch ausgedehnte Gärten. Die Ballonfahrerin konnte dort fast gefahrlos hinuntergehen. Doch es war wohl Schicksal: der Ballon wurde mitsamt der Gondel auf das Dach jenes Hauses getrieben! Der Aufprall war nicht heftig.

›Hilfe!‹ hörten wir die Unglückliche schreien. Ich kam im gleichen Augenblick zu dem Hause. Die Gondel glitt aufs Dach zu und stieß an einen Eisenhaken. Durch den Aufprall wurde Frau Blanchard aus der Gondel geworfen, stürzte aufs Pflaster – und war tot!«

Diese Geschichten ließen mich vor Entsetzen erstarren. Der Unbekannte stand vor mir, barhaupt, mit zerzaustem Haar und mit stierem Blick ... Eine Täuschung war nicht mehr möglich!

Endlich erkannte ich die ganze fürchterliche Wahrheit: ich hatte es mit einem Wahnsinnigen zu tun!

Und nun warf er auch noch den letzten Rest des Ballastes über Bord – der Ballon schoß auf mindestens neuntausend Meter hinauf. Mir schoß das Blut aus der Nase, aus dem Mund...

»Was gibt es denn Herrlicheres, als ein Märtyrer der Wissenschaft zu sein!« schrie der Verrückte. »Die Nachwelt macht sie zu Heiligen!«

Ich hörte nicht mehr hin. Der Irrsinnige drehte sich nach mir um, kniete neben mich und brüllte mir ins Ohr:

»Und die Katastrophe mit Zambecarri – haben Sie die vergessen? Hören Sie zu: Am 7. Oktober 1804 war nach einer fast unaufhörlichen Schlechtwetterperiode – es hatte geregnet, und der Wind war äußerst ungünstig gewesen – das Wetter endlich etwas besser. Die angekündigte Ballonfahrt konnte nicht länger verschoben werden. Seine Feinde machten sich bereits über ihn lustig. Er mußte unbedingt starten, um sich und die Wissenschaft vor der Verhöhnung durch das Publikum zu bewahren. Keiner half ihm beim Auffüllen seines Ballons.

Er stieg, begleitet von Andreoli und Grossetti, um Mitternacht auf. Der Ballon stieg nur langsam, denn der Regen hatte die Ballonhülle angegriffen, und Gas entwich gleich von Anfang an. Die drei unentwegten Luftfahrer konnten das Barometer nur mit Hilfe einer Blendlaterne kontrollieren. Zambecarri hatte seit vierundzwanzig Stunden nichts mehr gegessen. Auch Grossetti hatte die Fastenzeit eingehalten.

›Freunde‹, sagte Zambecarri, ›die Kälte macht mich fertig, ich kann einfach nicht mehr. Ich glaube, ich muß sterben.‹

Und schon fiel er ohnmächtig um. Kurz darauf geschah mit Grossetti dasselbe. Andreoli blieb als einziger bei Sinnen. Nach langen Belebungsversuchen gelang es ihm, Zambecarri aus seiner tiefen Ohnmacht zu erwecken.

›W . . . was ist los? Wo fahren wir hin? Woher weht der Wind? Wieviel Uhr ist es? . . .‹

›Zwei Uhr.‹

›Wo ist der Kompaß?‹

›Steht Kopf!‹

›Guter Gott!, die Laterne verlöscht!‹

›Kann auch in dieser dünnen Luft nicht mehr brennen!‹

Der Mond war noch nicht aufgegangen, alles lag in schrecklichem Dunkel.

›Wie kalt mir ist, Andreoli! Was sollen wir anfangen?‹

Die Unglücklichen sanken langsam durch weißliche Wolken der Erde zu.

›Schschtt!‹ flüsterte Andreoli. ›Hörst du das?‹

›Was?‹ fragte Zambecarri zurück.

›Das seltsame Geräusch!‹

›Ach, du irrst dich!‹

›Nein!‹

Können Sie sich diese Luftschiffer vorstellen? Mitten in der Nacht, und dann dieses unverständliche, anschwellende Geräusch. Treibt es sie gegen einen Kirchturm? Schlägt es sie gegen die Dächer einer Stadt?

›Hörst du? Man könnte meinen, es sei das Meer!‹

›Ausgeschlossen!‹

›Das sind doch die Wellen, die so rauschen!‹

›Ja, du hast recht!‹

›Licht her, Licht!!‹

Nach fünf fruchtlosen Versuchen gelang es Andreoli, Licht zu machen. Es war drei Uhr. Das Brausen des Meeres war inzwischen mächtig angeschwollen. Sie berührten beinahe schon die Wasseroberfläche.

›Wir sind verloren!‹ schrie Zambecarri und packte einen großen Sandsack.

›Hilfe!‹ brüllte Andreoli.

Die Gondel lag auf dem Wasser, und das Meer reichte bereits bis zur Brust der Männer.

›Alle Instrumente, alle Kleider und alles Geld ins Meer!‹

Die Luftschiffer zogen sich splitternackt aus – und der Ballon begann mit beängstigender Geschwindigkeit zu steigen. Zambecarri mußte sich ständig erbrechen. Grossetti blutete aus allen Gesichtsöffnungen. Die armen Kerle konnten vor Atemnot kein Wort hervorbringen. Die Kälte schüttelte sie, und im Nu waren sie mit einer feinen Eisschicht bedeckt. Der Mond ging blutrot auf.

Nach einem halbstündigen Flug in jenen Höhen fiel der Ballon wieder zum Meer ab. Es war jetzt vier Uhr morgens. Die Schiffbrüchigen standen bis zur Brust im Wasser. Der Ballon wirkte wie ein Segel und schleppte sie mehrere Stunden durchs Wasser.

Bei Tagesanbruch befanden sie sich auf der Höhe von Pesaro, etwa vier Meilen von der Küste weg. Sie wollten dorthin zu kommen versuchen – als ein plötzlicher Gegenwind sie wieder aufs offene Meer hinaustrieb.

Sie waren verloren! Die erschreckten Matrosen der Küstenfahrzeuge flohen vor ihnen ... Glücklicherweise näherte sich dann doch noch ein etwas gescheiterer Seefahrer, hievte sie an Bord und setzte sie in Ferrada ans Land.

Eine erschreckende Fahrt, finden Sie nicht auch? Zambecarri war jedoch ein energischer, mutiger Kerl. Kaum hatte er sich von seinen Leiden erholt, unternahm er neue Ballonfahrten. Während einer von diesen wurde er an einen Baum getrieben, seine mit Weingeist gefüllte Lampe entleerte sich über seine Kleider, er fing Feuer, der Ballon ebenfalls, und halbverbrannt konnte er den Boden erreichen!

Und dann – es war am 21. September 1812 – unternahm er eine weitere Ballonfahrt von Bo-

logna aus. Wieder hakte sich sein Ballon an einem Baum fest, wieder setzte die Lampe den Ballon in Flammen. Zambecarri stürzte hinab und verlor sein Leben!

Angesichts derartiger Erlebnisse sollten wir

nicht länger zögern! Nein! Je höher wir steigen, desto heldenhafter wird unser Tod sein!«

Der Ballon war nun um alles, was in der Gondel gewesen, erleichtert, und wir erreichten ungeahnte Höhen! Der Ballon vibrierte in der dünnen Atmosphäre. Das kleinste Geräusch hörte sich in dieser Höhe wie ein Donner an. Unser Erdball war das einzige, was wir in dieser Unendlichkeit noch von ferne erkennen konnten ... und über uns verlor sich das besternte Himmelsgewölbe in unendliche dunkle Fernen!

Der Irre richtete sich plötzlich vor mir auf:

»Die Stunde ist da! Wir müssen sterben! Die Welt hat uns ausgestoßen, sie verachtet uns! Zerschmettern wir sie!«

»Gnade!« flehte ich.

»Seile durchschneiden! Diese Gondel soll sich im All verlieren! Die Anziehungskraft ist jetzt von der anderen Seite her größer, wir fliegen der Sonne zu!«

Die Verzweiflung brachte mich zur Besinnung. Ich stürzte mich auf den Irren, wir packten einander und rangen Brust an Brust. Ein schrecklicher Kampf entspann sich. Doch ich wurde auf den Boden des Korbes gezwungen, und während er mir sein Knie auf die Brust setzte, schnitt der irrsinnige Kerl die Tragseile des Korbes durch.

»Einmal ...« zählte er ...

»... zweimal! ... dreimal! ...«

Mit übermenschlicher Kraft gelang es mir, den

Irren zurückzustoßen. Ich konnte aufstehen...
»... viermal!...« heulte er.
Der Korb fiel in die Tiefe, doch instinktiv konnte ich mich im letzten Moment an die Seile des Netzes festkrallen...

Der Verrückte war bereits in der Tiefe verschwunden!

Und der Ballon stieg, stieg, stieg in die unermeßliche Weite... Ein fürchterliches Krachen ertönte... Das Gas hatte sich noch weiter ausgedehnt und hatte die Hülle gesprengt! Ich schloß die Augen... Etwas später brachte eine feuchte Wärme mich wieder zur Besinnung.

Ich befand mich in einem Flammenmeer. Der Ballon wirbelte wie ein Kreisel erdwärts. Vom Wind gepackt, muß er fast hundert Meilen die Stunde zurückgelegt haben. Ringsum zuckten Blitze...

Und doch war mein Sturz nicht unvermittelt. Als ich die Augen wieder zu öffnen wagte, sah ich unter mir Land. Ich befand mich etwa zwei Meilen von der Meeresküste entfernt, und der Orkan trieb mich mächtig in seiner Richtung – als ein plötzlicher Stoß mir den Halt raubte... meine Finger ließen los, ein langes Seil glitt spürbar durch sie – ich lag am Boden!

Es war das Ankerseil gewesen, das bereits dem Boden entlang geschleift wurde und sich in einer Felsspalte verfangen hatte. Mein Ballon war nun um sein letztes Gewicht erleichtert, stieg, stieg... und verlor sich in der Ferne über dem Meer.

Als ich wieder zu mir kam, lag ich in einem Bauernhaus in Harderwick – einer kleinen Stadt in Geldern, fünfzehn Meilen von Amsterdam entfernt, am Ufer der Zuidersee.

Wie durch ein Wunder war ich am Leben geblieben – denn meine Reise war nichts als eine Kette von Unvorsichtigkeiten gewesen, die ein Verrückter verursacht hatte und gegen die ich mich nicht hatte wehren können!

Möge aber diese Erzählung – wenn auch als Belehrung derer gedacht, die sie lesen – trotzdem nicht die Erforscher der Lufträume um den Mut bringen!

DOKTOR OX

I

WARUM ES ZWECKLOS IST, DIE KLEINE STADT QUIQUENDONE – UND HÄTTE MAN AUCH DIE ALLERBESTE LANDKARTE – ZU SUCHEN

Wenn du auf einer Flandernkarte – sei sie nun altmodisch oder neu – die kleine Stadt Quiquendone suchst, ist es sehr wahrscheinlich, daß du sie nicht wirst finden können. Ach so, dieses Quiquendone ist wohl eine versunkene Stadt? Nein? Eine Stadt der Zukunft? Auch nicht. Und doch existiert sie, den Topographen zum Trotz, seit acht- oder gar neunhundert Jahren existiert sie. Sie zählt rund zweitausenddreihundertdreiundneunzig Seelen – wenn wir so weit gehen wollen, jedem Bewohner eine Seele zuzubilligen. Das Städtchen liegt dreizehneinhalb Kilometer nordwestlich von Audenarde und fünfzehneinviertel Kilometer südöstlich von Brügge, mitten in Flandern also. Die Vaar, ein kleiner Zufluß der Schelde, zieht unter ihren drei Brücken durch, wobei eine jede der drei Brücken noch ihre mittelalterliche Überdachung aufweist, genau wie die Brücken in Tournay. Es gibt im Städtchen ein altes Schloß zu bestaunen, dessen Grundstein Anno 1197 von Graf Baudouin, dem späteren Kaiser von Konstantinopel, gelegt wurde; ein Rathaus mit gotischen Spitzbogenfenstern, das als oberen Abschluß einen Zinnenkranz aufzuweisen hat, der wiederum von einem türmchenbesetzten Glockenstuhl überragt wird, so daß das ganze Gebäude eine Höhe von dreihundertsiebenundfünfzig Fuß erreicht. Bei jedem Stundenschlag erklingt ein Glockenspiel, das fünf Oktaven umfaßt, eine wahre Äolsharfe, die sogar das berühmte Glockenspiel von Brügge noch weit übertrifft. Die Besucher von Quiquendone – falls es jemals einem einfallen sollte, dieses Städtchen aufzusuchen – sollten nicht versäumen, den ›Saal der Stathouder‹ zu besichtigen, in welchem das von Brandon gemalte Bild Wilhelms von Nassau in Lebensgröße zu sehen ist. Sie müssen unbedingt den Chor der Saint-Magloire-Kirche bewundert haben, denn es ist ein Meisterwerk der architektonischen Kunst des 16. Jahrhunderts. Eine weitere Sehenswürdigkeit ist der schmiedeeiserne Ziehbrunnen mitten auf dem großen Platz Saint-Ernuph; die Verzierungen daran stammen vom Maler und Schmiedemeister Quentin Metsys. Nicht vergessen wollen wir das seinerzeit für Maria von Burgund – Tochter Karls des Kühnen – errichtete Grabmal; sie selbst ruht heute in der Kirche Notre-Dame von Brügge.

Die wichtigste Industrie in Quiquendone dürfte in der Fabrikation von Sahnetörtchen und Gerstenzucker in großem Maßstab bestehen. Dieses Gewerbe wird seit mehreren Jahrhunderten von der Familie van Tricasse betrieben, in der die Geheimnisse der Herstellung vom Vater auf den Sohn übergehen. Und trotzdem figuriert Quiquendone

auf keiner Landkarte von Flandern! Ist es ein Versehen der Topographen, ist es absichtlich vergessen worden? Gerade das vermag ich euch nicht zu sagen. Quiquendone existiert jedenfalls, existiert sehr wohl, mit seinen engen Gäßchen, seinen Schutzmauern, seinen spanischen Häusern, seiner Markthalle und seinem Bürgermeister – und der Beweis dafür ist, daß Quiquendone gerade in letzter Zeit der Schauplatz erstaunlicher Phänomene, außerordentlicher Ereignisse war, die ebenso unwahrscheinlich wie wahr sind und die in der nun anhebenden Erzählung wahrheitsgemäß wiedergegeben seien.

Gewiß, über die Flamen von Westflandern gibt es nichts Schlechtes zu sagen oder zu denken. Es sind wohlhabende Leute, brave, sparsame, leutselige Menschen von ausgeglichener Wesensart; sie sind gastfreundlich, wenn auch vielleicht von etwas schwerfälliger Sprache und ebensolchem Geiste; doch das erklärt noch lange nicht, warum eine ihrer interessantesten Städte in der modernen Kartographie immer noch fehlt.

Es ist dies bestimmt eine bedauerliche Unterlassung. Wenn wenigstens die Geschichte oder, wenn diese nicht, die Chroniken oder, wenn diese nicht, die Überlieferungen des Landes von diesem Städtchen berichten würden! Aber nein! Weder die Atlanten noch die Reiseführer noch die Fahrpläne erwähnen Quiquendone mit einem einzigen Wort. Selbst Herr Joanne, der findige Entdecker kleiner Weiler, erwähnt nichts davon. Wir können uns sehr wohl denken, wie enorm dieses Totschweigen dem Handel, dem Gewerbe dieser Stadt schaden muß. Hier wollen wir aber rasch beifügen, daß Quiquendone weder Industrie noch Handelsunternehmen besitzt und dabei erst noch glänzend ohne sie auskommt. Denn seinen Gerstenzucker und die Schlagsahne verspeisen die Stadtbewohner stets auf der Stelle, und sie denken nicht daran, etwas davon zu exportieren. Sehen Sie, die Leute von Quiquendone haben das alles nicht nötig, sie brauchen keine Kontakte nach außen. Ihre Sehnsüchte sind eher beschränkt, ihr Leben spielt sich in bescheidenem Rahmen ab. Es sind ruhige, gemäßigte, kühle, phlegmatische Leute – kurz: es sind Flamen, wie man sie heute noch hie und da zwischen der Schelde und der Nordsee antreffen mag.

II

BÜRGERMEISTER VAN TRICASSE UND STADTRAT NIKLAUSSE BESPRECHEN DIE GESCHÄFTE DER STADT

»Glauben Sie das wirklich?« fragte der Bürgermeister.

»Ich glaube es«, gab der Stadtrat zurück, nachdem er sich die Antwort ein paar Minuten still überlegt hatte.

»Wir dürfen nämlich in dieser Frage nicht leichtfertig handeln«, begann wiederum der Bürgermeister.

»Jetzt sind es gerade zehn Jahre, seit wir zum erstenmal über diese schwerwiegende Sache redeten«, meinte seinerseits Stadtrat Niklausse, »und ich muß gestehen, mein werter van Tricasse, daß ich es vorderhand noch nicht wage, von mir aus einen Entschluß zu fassen.«

»Ich begreife Ihr Zögern«, nahm der Bürgermeister das Wort, aber das tat er erst nach einer ausgiebigen Viertelstunde des Nachdenkens, »ich begreife Ihr Zögern, und ich bin ganz Ihrer Meinung. Es wird weise sein, wenn wir nichts überstürzen und einen Entschluß erst fassen, wenn wir die Frage eingehend untersucht haben.«

»Es ist jedenfalls gewiß«, fuhr Niklausse weiter, »daß dieser Posten eines Bürgerkommissars in einer so friedlichen Stadt wie Quiquendone einfach überflüssig ist.«

»Unser Vorgänger im Amt«, erwiderte van Tricasse in würdigem Tone, »unser Vorgänger sagte nie, hätte es auch niemals gewagt zu sagen, daß irgend etwas gewiß sei. Jede Behauptung ist der Möglichkeit unangenehmer Rückzieher ausgesetzt.«

Der Stadtrat nickte zum Einverständnis mit dem Kopf, dann ließ er für eine weitere halbe Stunde ein gewichtiges Schweigen eintreten. Nach Ablauf dieser Zeitspanne, während welcher weder der Stadtrat noch der Bürgermeister einen Finger rührten, erkundigte sich Niklausse bei van Tricasse, ob sein Vorgänger – vor über zwanzig Jahren – nicht auch bereits den Gedanken gehabt habe, dieses Amt eines Bürgerkommissars abzuschaffen, der doch Jahr für Jahr die Stadt das Sümmchen von dreizehnhundertfünfundsiebzig Franken und einigen Centimes kostete.

»In der Tat«, gab der Bürgermeister zu, der dabei majestätisch langsam mit der Hand über die helle Stirne fuhr, »in der Tat hat er das. Doch ist dieser würdige Herr gestorben, ehe er es wagte, einen Entschluß darüber zu fassen, weder darüber noch über sonst eine administrative Maßnahme. Er war eben ein Weiser. Warum sollte ich es nicht so halten wie er?«

Stadtrat Niklausse wäre es unmöglich gewesen, einen Grund zur Widerrede gegen das eben Geäußerte zu erfinden.

»Der Mensch, der stirbt, ohne sich je in seinem Leben für irgend etwas entschieden zu haben«, führte nach reiflichem Nachdenken der Bürgermeister aus, »ein solcher Mensch ist nahe daran, in seinem Leben die absolute Vollkommenheit erreicht zu haben!«

Als er diese Worte von sich gegeben hatte, drückte der Bürgermeister mit der Spitze seines kleinen Fingers auf einen Klingelknopf, worauf sich ein gedämpftes Tönchen vernehmen ließ. Und fast gleichzeitig huschten leise Schritte über die Fliesen des Korridors. Eine Maus auf einem dicken Teppich hätte kaum weniger laut dahinzuflitzen vermocht. Die Zimmertür ging in ihren geölten Angeln lautlos auf. Ein junges Mädchen mit langen blonden Zöpfen stand vor ihnen. Es war Suzel van Tricasse, das einzige Kind des Bürgermeisters.

Sie streckte ihrem Vater, der mit vollgestopfter Tabakspfeife dasaß, ein kleines kupfernes Kohlenbecken hin, sagte nicht ein einziges Wörtchen und verschwand ebenso lautlos, wie sie gekommen war.

Der Bürgermeister steckte sein enormes Rauchfaß in Brand, verschwand bald einmal in einer gewaltigen Wolke blauen Rauchs und überließ den Stadtrat Niklausse seinen abgründigen Überlegungen.

Der Raum, in dem die beiden gewichtigen Persönlichkeiten ihre Probleme wälzten, die über das Schicksal der Stadt Quiquendone entscheiden konnten, war ein reich mit altersdunklen Holzplastiken ausgestattetes Sprechzimmer. Die eine Wand wurde fast völlig von einem riesigen Kamin eingenommen, in welchem man ohne Schwierigkeiten eine Eiche hätte verbrennen oder einen ganzen Ochsen hätte braten können. Dem Kamin gegenüber befand sich ein Gitterfenster, dessen mit bäuerlicher Kunst bemalte Scheiben das hereindringende Tageslicht dämpften. In einem antiken Rahmen prangte über dem Kamin das Bildnis irgendeines Bürgers, das Hemling zugeschrieben wurde und das einen Vorfahren der Van-Tricasse-Familie darstellen sollte. Die Familiengeschichte der Tricasse reicht ja authentisch bis ins vierzehnte Jahrhundert zurück, in jene Zeit, in der die Flamen und Gui de Dampierre mit dem Kaiser Rudolf von Habsburg Streit hatten.

Dieses Sprechzimmer lag im Hause des Bürgermeisters, das zu den komfortabelsten von Quiquendone gehörte. Das Haus war im flämischen Geschmack gehalten, darum gab's darin all das Unvorhergesehene, das Verspielte, das Malerische und das Launige, das die gotische Architektur nur bieten kann, und es wurde zu den interessantesten Gebäuden der Stadt gezählt. Ein Karthäuserkloster oder eine Taubstummenanstalt konnten kaum stiller sein als diese Behausung.

Geräusche oder gar Lärm sind dort unbekannt; man ging nicht, man glitt dahin; man redete nicht, man tuschelte dort bloß. Dabei fehlte es im Hause nicht an Frauen; denn dort wohnten – ohne den Bürgermeister selbst zu zählen – seine Frau Madame Brigitte van Tricasse, seine Tochter Suzel van Tricasse und die Magd Lottchen Janshéu. Es gehört sich ferner, daß wir hier die Schwester des Bürgermeisters aufzählen, Tante Hermance, eine alte Jungfer, die noch immer auf den Namen Tatanémance hörte; als Suzel noch ein Kleinkind war, hatte sie ihrer Tante diesen Namen gegeben. Wir wiederholen: Trotz diesen potentiellen Elementen der Zwietracht, des Lärms, des Geschwätzes war das Bürgermeisterhaus still wie eine Wüste.

Der Bürgermeister selbst war ein Mann von fünfzig Jahren, weder fett noch mager, weder groß noch klein, nicht alt und nicht jung, nicht rosig und nicht bleich, weder fröhlich noch traurig, weder zufrieden noch verärgert, nicht energisch und nicht weich, nicht stolz und nicht demütig, weder gut noch schlecht, weder freigebig noch geizig, nicht tapfer und nicht feige, nicht zuviel und nicht zuwenig – *ne quid nimis* –, ein in allem und jedem gemäßigter Mann. Doch an seinen ewig gleich langsamen Bewegungen, an seinem immer ein bißchen herabhängenden Unterkiefer, an seinen völlig unbeweglichen, stets offenen Augenlidern, an seiner glatten, wie eine Messingplatte anmutenden Stirn, auf der keine Runzel zu sehen war – an alledem sowie an seinen nicht sehr entwickelten Muskeln hätte ein Physiognomiker unschwer erraten, daß der Bürgermeister van Tricasse ein Phlegmatiker in Reinkultur war. Nie hatten Zorn oder Leidenschaft sein Herz auch nur ein wenig schneller schlagen lassen oder gar sein Gesicht gerötet. Nie hatten sich seine Pupillen unter dem Einfluß von Ärger, so flüchtig der auch sein mochte, verengert. Er war stets in guten Kleidern zu sehen, die ihm weder zu weit noch zu eng waren und die er nie auszutragen vermochte. Seine Füße steckten in vierschrötigen Schuhen mit dreifacher Sohle und mit Silberschnallen, die wegen ihrer langen Lebensdauer seinen Schuhmacher zur Verzweiflung brachten. Auf dem Kopfe trug er einen Hut aus jener Zeit, als Flandern endgültig von Holland abgetrennt wurde, was bedeutet, daß das gute Stück mindestens vierzig Jahre alt sein mußte. Aber so ist es nun einmal: Die Leidenschaften sind's, die den Körper und die Seele verbrauchen, die Kleider sowohl wie den Körper, und unser würdiger Bürgermeister war eben apathisch, lässig, gleichgültig und keineswegs leidenschaftlich. Er verbrauchte weder die Materialien noch sich selber, und wegen dieser Tatsache an sich war er genau der Mann, den es zur Verwaltung der Stadt Quiquendone und ihrer Bewohner brauchte.

Und in der Tat: die Stadt war nicht weniger still als das Haus van Tricasse. Denn in dieser friedlichen Behausung wollte der Bürgermeister die entlegensten Grenzen menschlicher Existenz zu erreichen versuchen, nachdem er immerhin seine gute Frau, Madame Brigitte van Tricasse, ihm selbst ins Grab hatte vorangehen sehen. Dort konnte sie bestimmt nicht tiefere Ruhe finden, als sie ihr während ihrer sechzig Jahre auf Erden zuteil geworden war.

Dieser Satz verlangt eine Erklärung.

Familie van Tricasse hätte sich auch einfach *Familie Jannot* nennen können. Und das aus folgendem Grund:

Ein jeder weiß ja, daß das Messer dieser bekannten Persönlichkeit ebenso berühmt ist wie der Mann selber, und genauso langlebig, dank jenem unaufhörlich praktizierten Verfahren, das darin besteht, den Messergriff zu ersetzen, sobald er unbrauchbar geworden ist, und die Klinge zu ersetzen, sobald diese ihrerseits nichts mehr taugt. In durchaus gleicher Weise wurde seit undenklichen Zeiten in der Familie van Tricasse vorgegangen; die

Natur hatte dabei in eher außerordentlicher Weise mitgeholfen:

Seit dem Jahre 1340 hatte es immer einen Witwer van Tricasse gegeben, der dann wieder eine um vieles jüngere van Tricasse geheiratet hatte, welche deshalb, wenn sie zur Witwe wurde, ihrerseits wieder einen um einige Jahre jüngeren van Tricasse heiratete, der, selbst eines Tages zum Witwer geworden, wieder eine um vieles jüngere ... Sie merken, daß das so immer weiterging und gehen wird. Jeder Partner starb, wenn die Reihe an ihn kam, mit schöner, ja mechanischer Regelmäßigkeit. Nun hatte die würdige Madame Brigitte also bereits ihren zweiten Gatten, und – wollte sie alle ihre Pflichten getreulich einhalten – so mußte sie denn ihrem Gatten in eine bessere Welt vorauseilen, denn der war zehn Jahre jünger als sie, und einer neuen, jüngeren van Tricasse Platz machen. Worauf sich der ehrenwerte Herr Bürgermeister denn auch felsenfest verlassen konnte, weil ja die Familientradition nicht abreißen durfte ...

So also war es in jenem Hause: friedlich und still, die Türen kreischten nicht, die Scheiben klingelten nicht, die Böden knarrten nicht, die Kamine schnarchten nicht, die Wetterfahne quietschte nicht, die Möbel krachten nicht, die Türschlösser knirschten nicht, und die Hausgenossen machten kaum mehr Lärm als ihr eigener Schatten. Der göttliche Harpocratos hätte todsicher dieses Haus zum Tempel der Stille erklärt.

III

KOMMISSAR PASSAUF TRITT EBENSO LÄRMIG WIE UNERWARTET AUF

Als die interessante Unterhaltung zwischen Stadtrat und Bürgermeister – wir haben sie oben wiedergegeben – stattfand, war es ein Viertel vor drei Uhr nachmittags. Um drei Uhr fünfundvierzig Minuten steckte van Tricasse seine gewaltige Pfeife in Brand, die ein Viertelpfund Tabak zu fassen vermochte. Und erst um fünf Uhr fünfunddreißig hörte er zu paffen auf.

In dieser ganzen Zeit wechselten die beiden Gesprächspartner nicht ein einziges Wort.

Es ging schon scharf auf sechs, als der Stadtrat, der stets die Unterhaltung durch Übergehungen und Anfügungen weiterführte, den Faden endlich wieder aufnahm:

»So wollen wir uns also entschließen?...«

»... nichts zu entscheiden«, antwortete der Bürgermeister.

»Ich finde, im großen und ganzen haben Sie recht, van Tricasse.«

»Das will ich meinen, Niklausse. In Sachen Bürgerkommissar werden wir einen Beschluß fassen, wenn wir besser instruiert sind ... später mal ... es muß ja nicht im nächsten Monat schon sein.«

»Nicht einmal in einem Jahr«, gab Niklausse zur Antwort, wobei er sein Taschentuch entfaltete, das er übrigens mit vollendeter Diskretion zu benutzen wußte.

Und wieder verging eine weitere Stunde in völliger Ruhe. Nichts, das diese neue Pause im Gespräch unziemlich unterbrochen hätte, nicht einmal der Hund des Hauses, der anständige Lento, der seinem Herrn an Trägheit ganz gut die Stange halten konnte. Eben schlurfte er höflicherweise einmal durch das Zimmer. Ein würdiger Hund! Ein Muster für sämtliche Artgenossen. Ja, wenn er aus Pappe gewesen wäre, mit Rädchen anstelle der Pfoten, er hätte seinen Besuch im Zimmer nicht lautloser abstatten können.

Als gegen acht Uhr abends Lottchen die antike Lampe aus Mattglas auf den Tisch gestellt hatte, meinte der Bürgermeister zum Stadtrat:

»Haben wir sonst noch was Dringendes zu erledigen, Niklausse?«

»Nein, nicht daß ich wüßte.«

»Mir ist aber, als hätte mir jemand gemeldet, der Turm des Audenarde-Tores sei baufällig«, erkundigte sich der Bürgermeister.

»In der Tat«, antwortete der Stadtrat, »ich wäre gar nicht erstaunt, wenn der Torbogen eines Tages irgendeinen Passanten erschlüge.«

»Oh!« Des Bürgermeisters Mund rundete sich in der Vorstellung dessen, was geschehen könnte. »Ehe ein derartiges Unglück geschieht, möchte ich doch, daß wir irgendeinen Entschluß wegen dieses Tores gefaßt hätten!«

»Auch ich hoffe das«, meinte der Stadtrat.

»Es gibt aber dringendere Fragen zu erledigen«, gab van Tricasse zu bedenken.

»Zweifellos«, meinte der Stadtrat, »da ist zum Beispiel die Sache mit der Gerberei.«

»Brennt sie denn immer noch?«

»Aber ja! Seit drei Wochen.«

»Haben wir im Rat nicht beschlossen, sie brennen zu lassen?«

»Stimmt, van Tricasse, und zwar auf Ihren Vorschlag hin.«

»Das war doch die sicherste und auch einfachste Methode, des Feuers Herr zu werden, oder etwa nicht?«

»Das ist unbestritten.«

»Na, also! Dann warten wir noch zu. Ist das alles?«

»Alles«, stimmte der Stadtrat zu und kratzte sich die Stirn, als wolle er sich versichern, daß er auch wirklich nichts vergessen hatte.

»So?« machte der Bürgermeister, »haben Sie denn nichts von dem Wasserleitungsbruch gehört, der den unteren Teil des Saint-Jacques-Quartiers zu überschwemmen droht?«

»Ach so, ja ... tatsächlich«, meinte schwach der Stadtrat. »Und wie ärgerlich, daß die Wasserleitung nicht oberhalb der Gerberei geborsten ist! Dann hätte dieses Wasser die Brunst gelöscht, und wir hätten uns die ganze Arbeit, darüber zu diskutieren, sparen können.«

»Ja, sehen Sie, so ist das nun einmal, lieber Niklausse«, erwiderte der Bürgermeister achselzuckend, »es gibt eben nichts Unlogischeres als Unglücksfälle. Sie haben nicht die geringste Verbindung zueinander, und obwohl wir gerne den einen nutzen würden, um den andern aufzuheben – wir können in solchen Fällen nicht, wie wir gerne möchten.«

Diese geistreiche Bemerkung von van Tricasse erforderte von dessen Freund und Gesprächspartner ein ganz hübsch langes Weilchen, bis sie so richtig eingedrungen war.

»Wie wahr!« ließ Niklausse sich endlich vernehmen, »doch wir haben unsere wichtigste, größte Angelegenheit noch gar nicht erwähnt!«

»Welche wichtigste und größte Angelegenheit? Haben wir denn überhaupt etwas Derartiges?« verlangte der Bürgermeister zu wissen.

»Aber sicherlich. Es handelt sich um die Beleuchtung der Stadt.«

»Ach ja! Wenn mein Gedächtnis mich nicht im Stich läßt, wollen Sie mir jetzt von der Beleuchtungsidee des Dr. Ox reden, nicht wahr?«

»Genau.«

»Nun, was ist's damit?«

»Die Sache läuft, bereits werden die Rohre gelegt, und die Fabrik ist fast fertiggestellt. Vielleicht haben wir uns in dieser Angelegenheit doch etwas übereilt?«

»Vielleicht schon«, warf der Bürgermeister dazwischen, »doch wir haben diesmal eine ausgezeichnete Entschuldigung: Dr. Ox bezahlt alle Unkosten aus seiner eigenen Tasche. Die Sache kostet uns keinen Heller.«

»Das dürfte in der Tat eine gute Entschuldigung sein. Und im übrigen sollte man mit der Zeit gehen. Falls das Experiment Erfolg hat, wird Quiquendone die erste Stadt in Flandern sein, die mit Oxy... Oxy... nun ja, mit Gas beleuchtet ist.«

»Sie meinen: mit Oxy-Hydrogen-Gas.«

»Ist doch egal, wie's heißt.«

In diesem Augenblick ging die Türe auf, und Lottchen flüsterte dem Bürgermeister ins Ohr, das Abendessen sei bereit.

Stadtrat Niklausse erhob sich, um sich von van Tricasse zu verabschieden, denn der Bürgermeister sah nach so vielen Beschlüssen und Traktanden schon richtig hungrig aus. Es wurde noch verabredet, daß die Behördemitglieder auf einen späteren Zeitpunkt einberufen werden sollten, damit man eventuell einen provisorischen Beschluß über die baufällige Audenarde-Pforte, das vordringlichste Geschäft also, fassen könnte.

Die beiden ehrwürdigen Stadtväter begaben sich zur Haustüre, was bei den vielen gegenseitigen Komplimenten einige Zeit in Anspruch nahm. Und wie der Stadtrat dann auf der letzten Fliese vor der noch verschlossenen Türe stand, mußte er erst einmal eine kleine Besuchslaterne anzünden, die ihn durch die nachtdunklen Straßen von Quiquendone geleiten würde – denn Dr. Oxens Erfindung war noch nicht in Betrieb genommen –, die Nacht war sehr schwarz, man schrieb Ende Oktober, und ein leichter Nebel hüllte die Stadt ein.

Die Vorbereitungen, die Stadtrat Niklausse traf, waren deshalb umständlich und erforderten eine gute Viertelstunde. Nachdem die Laterne endlich brannte, mußten die großen Stulpenstiefel aus Kalbsleder angezogen und die dicken Schaffellhandschuhe übergezogen werden. Hierauf schlug er umständlich den Pelzkragen seines Wintermantels hoch, drückte sich den Filzhut in die Stirn, nahm seinen schweren Regenschirm mit dem Rabenschnabelgriff fest in die Hand, und dann traf er Anstalten, das Haus zu verlassen.

Doch gerade als Lottchen, das seinem Herrn die Laterne vorantrug, die schweren Riegel der Haustüre zurückzuschieben sich anschickte, vernahm man auf der andern Seite der Türe plötzlich einen lauten, unerwarteten Lärm.

Doch, doch! Und wenn es noch so unwahrscheinlich klingt: ein Lärm, ein regelrechter Lärm, wie ihn die Stadt bestimmt seit der Eroberung ihres Schuldturmes durch die Spanier im Jahre 1513 nicht mehr erlebt hatte, ein schauderhafter Lärm also weckte die so viele Jahre eingeschlafenen Echos im alten Van-Tricasse-Haus. Jemand schlug gegen die Türe, die bis dahin von solch brutalem Ansturm durchaus verschont geblieben war! Mit einem stumpfen Gegenstand, der wahrscheinlich ein von robuster Hand betätigter Knotenstock war, wurde gegen die Tür gehämmert! Und zwischen den Schlägen konnte man Schreie hören, aus denen ganz deutlich die folgenden Worte herauszuhören waren:

»Herr van Tricasse! Herr Bürgermeister! Machen Sie auf, schnell!«

Der Bürgermeister und der Stadtrat sahen sich bestürzt an; keiner konnte ein Wort hervorbringen. Das überstieg einfach ihre Vorstellungskraft. Und hätte jemand in des Bürgermeisters Sprechzimmer die alte Feldschlange des Schlosses, die seit 1385 nicht mehr gebraucht worden war, abgefeuert – die Bewohner des Van-Tricasse-Hauses hätten nicht verblüffter sein können. Man verzeihe uns dieses Schablonenwort, doch es paßt hier ganz ausgezeichnet.

Inzwischen verdoppelten sich die Schreie und das Hämmern. Lottchen hatte sich als erste wieder in der Gewalt:

»Wer ist da?« fragte sie mutig.

»Ich bin's, ich! Ich!«

»Wer ›Ich‹?«

»Der Kommissar Passauf!«

Kommissar Passauf! Eben der Mann, von dem seit zehn Jahren die Rede war, ob man sein Amt abschaffen wolle. Was war denn geschehen? Sollten die Burgunder Quiquendone erstürmt haben, wie sie es im vierzehnten Jahrhundert getan? Denn es brauchte bestimmt ein Ereignis dieser Größenordnung, um den Kommissar Passauf derart in Bewegung zu bringen, der doch sonst dem Bürgermeister an Ruhe und Kaltblütigkeit in nichts nachstand.

Auf ein Zeichen von van Tricasse – denn der ehrenwerte Herr wäre keines Lautes fähig gewesen – wurde der Riegel zurückgeschoben, und die Türe ging auf.

Kommissar Passauf stürzte im Vorzimmer, als wäre er ein Sturmwind.

»Was ist denn los, Herr Kommissar?« verlangte Lottchen zu wissen. Sie war eben ein braves Mädchen, das seinen Kopf auch in den schwierigsten Situationen nicht verlor.

»Was ist los!« gab Passauf zurück, während seine hervorquellenden Augen wirkliche innere Bewegung verrieten. »Das ist los: ich komme soeben aus dem Hause des Dr. Ox, wo ein Empfang gegeben wurde, und dort ...«

»... und dort?« fragte der aufs äußerste gespannte Stadtrat.

»... und dort war ich Zeuge einer argen Auseinandersetzung ... Herr Bürgermeister, es ist politisiert worden!«

»Politisiert worden?« wiederholte entsetzt der Bürgermeister, während ihm die Haare seiner Perücke zu Berge standen.

»Politisiert worden!« fuhr Kommissar Passauf fort. »So etwas ist seit vielleicht hundert Jahren in Quiquendone nicht mehr vorgekommen. Die Dis-

kussion ist dann heftiger geworden. Advokat André Schut und Dr. Dominique Custos sind mit einer Heftigkeit aneinandergeraten, die ernste Folgen haben könnte ...«

»Ernste Folgen!« schrie der Stadtrat auf. »Ein

Duell! Ein Duell in Quiquendone! Ja, was haben die beiden sich denn gesagt?«

»Wort für Wort das Folgende: ›Herr Advokat‹, hat der Arzt zu seinem Gegner gesagt, ›Sie gehen etwas weit, wie mir scheint, und Sie wägen Ihre Worte nicht mehr genügend ab!‹ «

Der Bürgermeister van Tricasse schlug die Hände zusammen. Der Stadtrat wurde kreidebleich und ließ seine Laterne fallen. Der Kommissar nickte eifrig mit dem Kopf. Man denke: ein so offensichtlich provozierender Satz, ausgesprochen von zwei Stützen der Gesellschaft!

»Dieser Doktor Custos«, murmelte van Tricasse, »ist doch in der Tat ein gefährlicher Mensch, ein Feuerkopf! Kommen Sie, meine Herren!«

Und auf diese Aufforderung hin traten der Stadtrat Niklausse und der Kommissar in das Sprechzimmer des Herrn Bürgermeisters zurück, der ihnen auf dem Fuße folgte.

IV

DR. OX ERWEIST SICH ALS ERSTKLASSIGER PHYSIOLOGE UND KÜHNER EXPERIMENTATOR

Wer ist denn nun eigentlich der Mann mit dem eigenartigen Namen Dr. Ox? Todsicher ein Original, zugleich aber auch ein kühner Wissenschaftler, ein Physiologe, dessen Arbeiten in der ganzen europäischen Fachwelt bekannt und geschätzt sind, ein begnadeter Rivale von Davy, Dalton, Bostock, Menzies, Godwin, Vierord – kurz, von allen großen Geistern, die die Physiologie in die erste Reihe der modernen Wissenschaften haben stellen helfen.

Dr. Ox war ein untersetzter, mittelgroßer Herr, im Alter von ... aber da stocken wir schon; denn weder über sein Alter noch über seine Nationalität ist uns das geringste bekannt. Im übrigen ein unwichtiger Punkt. Es genügt, daß wir wissen, welch eigenartige Persönlichkeit er war: von heißem, aufbrausendem Blut, ein exzentrisches Wesen, das einem Werke Hoffmanns entsprungen sein könnte und das darum auch – wer könnte das bezweifeln? – zu den übrigen Bewohnern von Quiquendone einen krassen Gegensatz abgab. Zu sich wie zu seinen Lehren hatte er ein unerschütterliches Vertrauen. Es war eine Freude, ihn zu sehen: Stets war auf seinem Gesicht ein Lächeln zu bemerken, er kam daher mit hocherhobenem Haupt, in entspanntem, freiem, lässigem Gang. Er hatte etwas Selbstsicheres im Blick, und dazu paßten die leicht geblähten Nasenflügel und der breite Mund – der stets in tiefen Zügen die Luft einsog – recht gut. Ein lebendiger, ein sehr lebendiger Mensch sogar, eine in jeder Beziehung gut ausgewogene, gut funktionierende menschliche Maschine mit Quecksilber in den Adern und hundert Nädelchen unter den Fußsohlen. Begreiflich, daß er sich nirgends stillhalten konnte und daß beim Reden seine Worte nur so hervorsprudelten, begleitet von einer Fülle von theatralischen Gebärden.

War dieser Dr. Ox denn so vermögend, daß er es sich leisten konnte, einer ganzen Stadt auf eigene Kosten eine Beleuchtung einzurichten?

Wahrscheinlich war er das, wenn er sich derartige Ausgaben leistete. Dies unsere Antwort, die einzig mögliche Antwort, die wir auf eine so indiskrete Frage geben können.

Dr. Ox war fünf Monate zuvor in Quiquendone angekommen, in Begleitung seines Assistenten, der den Namen Gideon Ygène trug. Der Gehilfe war ein langer, ausgetrockneter, magerer Mensch, bei dem alles in die Länge gezogen schien, der jedoch nicht weniger lebhaft wirkte als sein Meister.

Und nun noch einmal die Frage: Warum hatte Dr. Ox einen Plan zur Beleuchtung der Stadt – obendrein auf seine Kosten – unterbreitet? Und weshalb hatte er ausgerechnet die friedfertigen Bewohner von Quiquendone für sein Experiment ausgelesen, diese flämischsten aller Flamen, um ihnen die Wohltat einer ungewöhnlichen Stadtbeleuchtung zuteil werden zu lassen? Wollte er nicht vielleicht unter diesem Vorwand irgendein großes physiologisches Experiment unternehmen und dazu *in anima vili* operieren? Was führte dieses Original im Schilde? Eben das wissen wir nicht, da Dr. Ox außer seinem Assistenten Ygène, der ihm übrigens blind ergeben war, keinen Menschen ins Vertrauen zog.

Allem Anschein nach hatte Dr. Ox es auf sich genommen, die Stadt zu beleuchten, was sie ja dringend nötig hatte, »besonders nachts«, wie der Kommissar Passauf so sinnig bemerkte. Schon stand die Fabrik zur Herstellung des Leuchtgases. Die Gasometer waren einsatzbereit, die Leitungsröhren waren unter dem Pflaster der Straßen fertig gelegt und sollten sich nun in Bälde in Form von Gashahnen entfalten, und zwar nicht nur in den öffentlichen Gebäuden, sondern sogar in den Privathäusern gewisser Freunde des Fortschritts.

In seiner Eigenschaft als Bürgermeister hatte van Tricasse sich verpflichtet geglaubt, auch in seinem eigenen Hause die moderne Gasbeleuchtung einrichten zu lassen, und ihm gleich taten es Stadtrat Niklausse und noch einige weitere angesehene Bürger.

Der Leser hat vielleicht nicht vergessen, daß während jener ausgiebigen Unterhaltung zwischen Stadtrat und Bürgermeister auch davon die Rede war, daß die Beleuchtung der Stadt nicht einfach durch das Verbrennen des ordinären Leuchtgases – man gewinnt es bekanntlich aus Steinkohle –, sondern vielmehr durch Verwendung eines moderneren, zwanzigmal heller leuchtenden Gases bewerkstelligt werde. Dieses Gas stellte eine Mischung von Wasserstoff und Sauerstoff dar und nannte sich Oxy-Hydrogen-Gas.

Nun, unser Doktor Ox, als gewandter Chemiker

und genialer Physiker, verstand es, dieses Gas in großer Menge und billig herzustellen, und zwar nicht einmal aus mangansaurem Natron – das von Herrn Tessié du Motay entwickelte Verfahren –, sondern ganz einfach dadurch, daß er Wasser zersetzte, indem er es mittels einer aus neuen Elementen bestehenden galvanischen Säule, die er selbst erfunden hatte, ansäuerte. Auf diese Weise brauchte er keine teueren Substanzen mehr, kein Platin, keine Retorten, kein Brennmaterial, und auch den komplizierten Apparat zur isolierten Herstellung der beiden Gase hatte er nicht mehr nötig. Ein elektrischer Strom wurde durch gewaltige Fässer voll Wasser geleitet, und schon zerfiel das flüssige Element in seine beiden wesentlichen Bestandteile, in Sauerstoff und Wasserstoff. Der Sauerstoff wurde nach der einen Seite abgezogen, der Wasserstoff – der nun das doppelte Volumen seiner früheren Gestalt angenommen hatte – nach der anderen Seite. Beide Gase wurden in getrennten Reservoirs gespeichert – eine lebenswichtige Vorkehrung, denn ihre Vermischung hätte zu einer schrecklichen Explosion geführt, sobald ein Funke dazugekommen wäre. Dann mußten sie in getrennten Röhren zu den Gashahnen geführt werden, die so konstruiert waren, daß eine Explosion ausgeschlossen war. Es sollte sich dann eine Flamme ergeben, die erstaunlich hell brannte, eine Flamme, die dem elektrischen Licht ebenbürtig war. – Das elektrische Licht entspricht ja (wie ein jeder weiß, der von den Experimenten Casselmanns gehört hat) der Leuchtkraft von elfhundertundeinundsiebenzig Kerzen – keine mehr, keine weniger!

Es war gewiß, daß die Stadt Quiquendone durch diese großzügige Kombination eine hervorragende Beleuchtung erhalten würde. Doch darum kümmerten sich Dr. Ox und sein Assistent, wie wir noch sehen werden, am wenigsten.

Genauer gesagt: Am Tage nach dem lärmigen Auftritt des Kommissars Passauf im Sprechzimmer des Bürgermeisters plauderten Gideon Ygène und Dr. Ox im gemeinsamen Arbeitszimmer, das sich im Erdgeschoß des Hauptgebäudes ihrer Fabrik befand.

»Also, Ygène«, rief Dr. Ox händereibend aus, »Sie haben sie ja gestern anläßlich unseres Empfangs beobachten können, die lieben Bewohner von Quiquendone mit ihrer unglaublichen Gemütsruhe. Sie nehmen punkto Leidenschaftlichkeit so etwa eine Mittelstellung zwischen den Schwämmen und den Korallenbäumen ein. Sie haben sie gesehen, wie sie miteinander stritten, wie sie sich gegenseitig mit Stimme und Gebärde herausforderten! Körperlich und moralisch sind sie bereits metamorphosiert! Und das ist erst der Anfang! Passen Sie auf, was geschieht, wenn wir ihnen die volle Dosis verabfolgen!«

»In der Tat, Meister«, antwortete Gideon Ygène darauf, während er sich mit der Zeigefingerspitze die lange Nase kratzte, »das Experiment fängt recht gut an; wenn ich nicht vorsichtigerweise den Ausflußhahn zugedreht hätte, wer weiß, was noch geschehen wäre!«

»Haben Sie diesem Advokaten Schut und dem Arzt Custos zugehört?« fuhr Dr. Ox weiter. »Der Ausspruch an sich war durchaus nicht schlimm. Aber aus dem Munde eines Mannes von Quiquendone klingt sie wie die vollständige Liste der Beleidigungen, welche die Helden bei Homer sich an den Kopf werfen, ehe sie vom Leder ziehen. Ha, diese Flamen! Sie werden sehen, was wir eines Tages aus denen noch machen!«

»Wir werden undankbare Kerle aus ihnen machen«, gab Gideon Ygène im Tone eines Mannes zurück, der die Menschen nach ihrem wahren Werte einschätzt.

»Ah, ist doch gleichgültig, ob sie uns Dank wissen oder nicht! Hauptsache, unser Experiment gelingt!« warf der Doktor dazwischen.

»Übrigens«, meinte hierauf der Assistent mit einem schlimmen Lächeln, »müssen wir eigentlich nicht befürchten, daß wir ihre Lungen etwas in Unordnung bringen, wenn wir in ihren Atmungsorganen eine solche Erregung hervorrufen? Die guten Leute von Quiquendone ...«

»Pech für sie«, schnitt Dr. Ox ihm das Wort ab. »Es geschieht ja im Interesse der Wissenschaft. Was würden Sie sagen, wenn Hunde und Frösche sich gegen die Vivisektionsexperimente wehren würden?«

Es ist schon wahrscheinlich, daß Hunde und Frösche, würden sie darüber befragt, gewisse Einwände gegen die Praktiken der Vivisektion vorzubringen hätten; doch Dr. Ox glaubte mit dieser Frage ein unwiderlegliches Argument gefunden zu haben, denn er stieß daraufhin einen tiefen Seufzer der Befriedigung aus.

»Eigentlich haben Sie recht, Meister«, antwortete Gideon Ygène, und er schien völlig überzeugt davon. »Wir könnten keine geeigneteren Objekte finden als diese Leute von Quiquendone.«

»Wir könnten es nicht«, bestätigte der Doktor, indem er jede Silbe betonte.

»Haben Sie diesen Wesen schon den Puls gefühlt?«

»Hundertmal.«

»Und wie viele Pulsschläge durchschnittlich haben Sie gezählt?«

»Kaum fünfzig in der Minute. Verstehen Sie das doch: es ist eine Stadt, in der seit einem Jahrhundert nicht der Schatten eines Wortgefechts zu bemerken war; eine Stadt, in der die Fuhrleute nicht fluchen, die Kutscher sich keine Schimpfworte zurufen, wo die Pferde nicht durchgehen, die Hunde nicht beißen, die Katzen nicht kratzen! Eine Stadt, in der das Polizeigericht von Anfang bis Ende des Jahres arbeitslos ist; eine Stadt, in der die Leute sich für nichts begeistern können, weder für die Kunst noch für die Geschäfte! Eine Stadt, in der die Polizisten zu mythologischen Figuren geworden sind und in welcher seit hundert Jahren kein Prozeß mehr stattgefunden hat! Eine Stadt schließlich, in der seit dreihundert Jahren kein Faustschlag, keine Ohrfeige verabreicht wurden! Sie sehen doch ein, Meister Ygène, daß das nicht so weitergehen kann und daß wir all das ändern müssen.«

»Großartig! Einfach großartig!« Der Assistent war hell begeistert. »Und wie steht es mit der Luft in dieser Stadt? Haben Sie sie analysiert, Meister?«

»Ich habe auch daran gedacht. Neunundsiebzig Teile Stickstoff und achtzehn Teile Sauerstoff, etwas Kohlensäure und Wasserdampf in wechselnden Mengen. Es sind die üblichen Proportionen.«

»Gut, Doktor, sehr gut«, meinte Meister Ygène dazu. »Das Experiment kann auf großem Fuße losgehen. Es wird entscheidend sein.«

»Und wenn es entscheidend ist«, fügte triumphierend Dr. Ox hinzu, »dann werden wir die Welt neu gestalten!«

V

DER BÜRGERMEISTER UND DER STADTRAT MACHEN BEI DR. OX EINEN BESUCH. WAS SICH DARAUS ERGIBT

Stadtrat Niklausse und Bürgermeister van Tricasse wußten endlich, was eine schlaflose Nacht ist. Der schwere Zwischenfall, der sich im Hause von Dr. Ox ereignet hatte, gab ihnen die ganze Nacht zu denken. Welche Konsequenzen würde diese Geschichte haben? Sie konnten es sich nicht ausdenken. War vielleicht sogar ein Beschluß nötig? Wäre möglicherweise die Stadtbehörde – sie wurde von ihnen verkörpert – gezwungen, sich einzumischen? Waren gar Verordnungen zu veröffentlichen, damit sich ein derartiger Skandal nicht wiederholte? All diese Befürchtungen mußten doch diese weichen Gemüter verwirren. So hatten denn die beiden Honoratioren am vergangenen Abend beim Abschied ›beschlossen‹, sich tags darauf wieder zu treffen.

Tags darauf also – es war vor dem Essen – verfügte sich der Bürgermeister persönlich zum Stadtrat Niklausse. Er fand seinen Freund in ruhigerer Verfassung vor. Er selbst hatte seine Gemütsruhe wiedergefunden.

»Nichts Neues?« verlangte van Tricasse zu wissen.

»Nichts Neues seit gestern«, gab Niklausse zurück.

»Wie steht's mit dem Arzt Dominique Custos?«

»Weder von ihm noch von dem Advokaten Schut habe ich das geringste gehört.«

Nach einer einstündigen Unterhaltung, die aber auf drei Zeilen Platz hätte und die wiederzugeben völlig zwecklos wäre, hatten Stadtrat und Bürgermeister beschlossen, dem Dr. Ox einen Besuch abzustatten, um ihm zum Zweck der Aufklärung der Skandalgeschichte einige Auskünfte zu entlokken, ohne daß jener etwas davon merken sollte.

Nachdem sie, entgegen jeglicher Gewohnheit, diesen Entschluß gefaßt hatten, machten sich die beiden Honoratioren an die Aufgabe, ihn sogleich auszuführen. Sie traten aus dem Haus und schlugen den Weg zur Fabrik des Dr. Ox ein, die sich außerhalb der Stadt, in der Nähe der Audenarde-Pforte – jawohl, diejenige, die einzustürzen drohte – befand.

Bürgermeister und Stadtrat gingen zwar nicht gerade Arm in Arm, doch sie marschierten im Gleichschritt, in einem langsamen und feierlichen Schritt, mit dem sie kaum schneller vorwärtskamen als um dreizehn Daumenlängen in der Sekunde.

Das war übrigens die übliche Geschwindigkeit ihrer Beamten, welche seit Menschengedenken niemanden durch die Straßen von Quiquendone hatten eilen sehen.

Von Zeit zu Zeit blieben die beiden Honoratioren an einer Straßenkreuzung, die besonders ruhig dalag, oder in einer friedlich aussehenden Ecke stehen, um die Leute zu begrüßen.

»Grüß Gott, Herr Bürgermeister«, sagte der eine.

»Guten Tag, mein Freund«, antwortete van Tricasse.

»Noch nichts Neues, Herr Stadtrat?« erkundigte sich ein anderer.

»Nichts Neues«, gab Niklausse zurück.

Doch an gewissen erstaunten Gesichtsausdrükken, an bestimmten fragenden Blicken konnte man leicht erraten, daß die Auseinandersetzung vom vorhergehenden Abend in der Stadt wohlbekannt war. Allein schon aus der Richtung, die der Bürgermeister eingeschlagen hatte, konnte der Beschränkteste der Quiquendonen schließen, daß der Bürgermeister sich auf einem gewichtigen Dienstgang befand. Die Skandalgeschichte Schut – Custos beschäftigte alle Gemüter, doch war es noch nicht so weit, daß man für den einen oder den andern hätte Partei ergreifen können. Eigentlich waren dieser Advokat und der Arzt geschätzte Persönlichkeiten. Advokat Schut hatte bis dato nie Gelegenheit gehabt, in dieser Stadt zu plädieren, wo Anwälte und Gerichtsdiener nur noch in der Erinnerung existierten, und er hatte infolgedessen noch keinen Prozeß verloren. Was den Arzt Custos betraf, so war er ein ehrenwerter praktischer Arzt, der nach dem Vorbild seiner Kollegen die Kranken von allen ihren Krankheiten heilte, ausgenommen von derjenigen, an der sie zu sterben pflegten. Es ist dies leider eine ärgerliche Gewohnheit, die alle Mitglieder aller Fakultäten haben, egal, in welchem Lande sie ihren Beruf ausüben.

Wie sie dann zur Audenarde-Pforte kamen, schlugen Bürgermeister und Stadtrat vorsichtigerweise einen kleinen Haken, um nicht ›in den Bereich des stürzenden Tores‹ zu gelangen. Dann betrachteten sie das Tor aufmerksam.

»Ich glaube, das stürzt ein«, sagte van Tricasse.

»Ich glaube auch«, antwortete Niklausse.

»Oder man stütze es ab«, fügte weise van Tricasse hinzu. »Doch muß man es abstützen? Das ist die Frage.«

»Das ist wirklich die Frage«, bestätigte Niklausse.

Ein paar Augenblicke darauf sprachen sie beim Fabrikeingang vor:

»Ist Dr. Ox zu sprechen?«

Dr. Ox war für die ersten Behördemitglieder der Stadt immer zu sprechen, und so wurden die beiden sofort in das Arbeitszimmer des berühmten Physiologen geführt.

Vielleicht warteten die zwei Amtspersonen eine gute Stunde, bis dann endlich der Doktor erschien. Wenigstens haben wir Grund, es anzunehmen, denn der Bürgermeister zeigte – was ihm in seinem ganzen Leben noch nie passiert war – eine gewisse Ungeduld, wie sein Kollege übrigens auch.

Endlich aber erschien Dr. Ox und entschuldigte sich erst einmal, daß er die Herren habe warten lassen. Aber eben: die Arbeit! Hier war noch ein Gasometerplan zu begutachten, dort eine Nebenleitung zu verbessern... Im übrigen gehe alles glatt! Die Sauerstoffleitungen waren bereits gelegt. Noch ein paar Monate, und die Stadt erhielte eine herrliche Beleuchtung! Die beiden Honoratioren konnten bereits die Rohrmündungen bewundern, die sich im Arbeitszimmer des Doktors befanden.

Hierauf erkundigte sich der Doktor nach dem Grunde, der ihm die hohe Ehre des Besuchs von Bürgermeister und Stadtrat verschaffe.

»Um Ihnen einen Besuch abzustatten, einfach deswegen«, versicherte ihm van Tricasse. »Wie lange ist es her, seit wir das Vergnügen hatten! Wir gehen ja so wenig aus in unserem Städtchen Quiquendone. Wir zählen unsere Schritte und unsere Gänge. Ein Glücksfall, wenn nichts unsere Gleichförmigkeit stört ...«

Niklausse sah seinen Freund erstaunt an. Der hatte noch nie so viel an einem Stück geredet – wenigstens nicht, ohne sich dazu die nötige Zeit zu gönnen und seine Sätze durch lange Zwischenpausen hinauszuziehen. Ihm schien, van Tricasse drücke sich mit einer gewissen Zungenfertigkeit aus, die sonst gar nicht zu ihm paßte. Und Niklausse selbst verspürte einen unwiderstehlichen Drang zu reden ...

Dr. Ox hingegen beobachtete angestrengt den Bürgermeister mit spöttischem Auge.

Van Tricasse, der sonst nie den Mund aufmachte, ohne sich vorher bequem in einen Sessel niedergelassen zu haben, stand diesmal beim Reden. Ich weiß nicht, aus welcher nervösen Überreizung heraus er, seinem Temperament völlig entgegengesetzt, an dem Tage sich derart benahm. Noch verwarf er dabei seine Hände nicht, aber das war bestimmt nur eine Frage der Zeit. Der Stadtrat seinerseits rieb seine Waden und sog die Luft in langsamen, tiefen Zügen ein. Sein Blick wurde immer lebhafter, und er war ›entschlossen‹, seinen Freund, den Bürgermeister, durch dick und dünn zu verteidigen.

Van Tricasse war also aufgestanden und ging

lebhaft auf und ab, dann stellte er sich breit vor den Doktor:

»Und in wieviel Monaten«, begehrte er zu wissen, wobei seine Stimme leicht erhoben war, »in wieviel Monaten, sagen Sie, werden Ihre Arbeiten vollendet sein?«

»In drei bis vier Monaten, Herr Bürgermeister«, gab Dr. Ox Auskunft.

»Drei bis vier Monate? Das ist aber eine recht lange Zeit!« meinte van Tricasse dazu.

»Viel zu lang sogar!« rief Niklausse dazwischen, den es auf seinem Stuhle nicht länger litt und der ebenfalls aufgesprungen war.

»Wir haben aber diese Zeitspanne nötig, um unsere Arbeit zu einem guten Ende zu bringen«, protestierte der Doktor. »Die Arbeiter, die wir aus der Bevölkerung von Quiquendone haben aussuchen müssen, sind nicht sehr speditiv in ihrer Arbeit.«

»Was soll das heißen: sie sind nicht sehr speditiv!« rief der Bürgermeister nun überlaut, der diese Anspielung persönlich aufzufassen schien.

»Nein, Herr Bürgermeister.« Der Doktor beharrte auf seiner Ansicht. »Ein französischer Arbeiter könnte in einem Tag die Arbeit von zehn Ihrer Untertanen verrichten. Sie müssen sich darüber klar sein, es sind echte Flamen!...«

»Flamen!« brüllte nun Stadtrat Niklausse los, wobei seine Fäuste sich ballten. »Was für eine Bedeutung geben Sie diesem Wort?«

»Natürlich *die* liebenswürdige Bedeutung, die die ganze Welt ihm verleiht«, lächelte Dr. Ox zurück.

»Das ist zuviel, Herr!« rief nun der Bürgermeister dazwischen, indem er das Zimmer von einem

Ende zum andern mit großen Schritten durchmaß. »Derartige Anspielungen liebe ich nicht im geringsten! Die Arbeiter von Quiquendone wiegen jederzeit alle Arbeiter der übrigen Welt auf, ist Ihnen das klar? Und wir müssen uns weder in Paris noch in London Vorbilder dazu beschaffen! Und was die Arbeiten betrifft, mit denen Sie beschäftigt sind, so möchte ich Sie ersuchen, ein bißchen damit vorwärtszumachen. Unsere Straßen sind alle aufgerissen, damit Sie Ihre Röhren legen können, was die ganze Verkehrsabwicklung behindert. Die Kaufleute werden sich bestimmt beklagen, und ich, der verantwortliche Beamte, möchte mir keine allzu berechtigten Vorwürfe aufladen!«

Braver Bürgermeister! Er hatte von Geschäften gesprochen, von Verkehrsproblemen ... und die Worte, die er vorher nie gebraucht, versengten ihm die Lippen nicht? Was ging denn auf einmal in ihm vor?

»Überhaupt«, warf Niklausse dazwischen, »überhaupt darf der Stadt die Beleuchtung nicht länger vorenthalten bleiben.«

»Wir wollen doch immerhin in Betracht ziehen, daß die Stadt seit fast neunhundert Jahren auf ihre Beleuchtung wartet«, gab Dr. Ox zu bedenken.

»Ein Grund mehr, mein Herr!« behauptete der Bürgermeister, indem er jede Silbe nachdrücklich betonte; »andere Zeiten, andere Sitten! Der Fortschritt marschiert, und wir wollen nicht zurückbleiben! Wir erwarten, daß innerhalb von einem Monat unsere Straßen beleuchtet sind. Andernfalls müßten Sie uns für jeden Tag Verspätung eine beträchtliche Buße bezahlen! Denken Sie doch, wenn im Dunkeln eine Rauferei losgehen sollte!«

»Das ist doch außer Zweifel!« schrie Niklausse dazwischen. »Es braucht doch nur einen Funken, um einen Flamen in Flammen zu setzen! Verstehen Sie? Flame, Flamme ...«

»Und da wir doch gerade beim Thema sind«, schnitt der Bürgermeister seinem Freunde das Wort ab, »da ist uns mitgeteilt worden – vom Chef der Stadtpolizei, dem Kommissar Passauf –, es habe gestern abend hier in Ihren Empfangsräumen ein Wortwechsel stattgefunden, Herrr Doktor! Hat der Informant sich getäuscht, als er uns versicherte, es habe sich um eine politische Diskussion gehandelt?«

»Tatsächlich, Herr Bürgermeister«, räumte Dr. Ox ein. Dabei konnte er nur mit Mühe einen Seufzer der Zufriedenheit unterdrücken.

»Und hat es nicht eine Auseinandersetzung zwischen Doktor Dominique Custos und dem Advokaten André Schut gegeben?«

»Doch, Herr Stadtrat; doch waren die Ausdrücke, welche die Herren austauschten, durchaus nicht schwerwiegende.«

»Nicht schwerwiegende!« brüllte nun der Bürgermeister, »nicht schwerwiegende, wenn ein Mann einem anderen vorwirft, er sei sich über die Tragweite seiner Worte nicht im klaren! Aus welchem Lehm sind denn *Sie* geschaffen? Ja, wissen Sie denn nicht, daß es in Quiquendone nicht mehr braucht, um außerordentlich bedauerliche Konsequenzen heraufzubeschwören? Also, mein Herr, wenn Sie oder irgendein anderer sich erlauben würde, mit mir so zu reden . . .«

»Oder mit mir!« fügte Stadtrat Niklausse bei . . .

Und während die beiden in drohendem Tone diese Worte hervorstießen, starrten sie Dr. Ox mit gekreuzten Armen und gesträubtem Haar ins Gesicht, offensichtlich bereit, beim geringsten Anzeichen einer Bewegung auf ihn loszugehen – sogar ein Augenzwinkern seinerseits hätte genügt, die beiden andern zu überzeugen, daß er gegen sie sei.

Der Doktor jedoch zuckte mit keiner Augenbraue.

»Auf jeden Fall, mein Herr«, nahm nun der Bürgermeister wieder das Wort, »ist es meine Absicht, Sie für alles verantwortlich zu machen, was in Ihrem Hause passiert. Ich bin für die Ruhe und Ordnung in dieser Stadt verantwortlich und werde nicht dulden, daß diese Ruhe gestört wird. Was gestern hier geschehen ist, darf sich nicht wiederholen, sonst sehe ich mich gezwungen, meine Pflicht zu tun, mein Herr! Haben Sie das verstanden? So antworten Sie doch, Herr!«

Während er so sprach, schwoll des Bürgermeisters Stimme unter dem Zwang einer übermäßigen Erregung gewaltig an. Er war wütend, unser würdiger van Tricasse, und zweifellos konnte man ihn sogar draußen verstehen. Zu guter Letzt geriet er völlig aus dem Häuschen, weil Dr. Ox auf seine Herausforderungen nicht einging:

»Kommen Sie, Niklausse!« würgte er hervor.

Er zog den Stadtrat mit sich hinaus und schmetterte die Türe zu, daß das ganze Haus wackelte.

Als sie etwa zwanzig Schritte in der frischen Luft gegangen waren, beruhigten sich die zwei Amtspersonen nach und nach. Ihr Schritt wurde gemächlicher, ihre Bewegungen langsamer. Die Röte in ihren Gesichtern nahm ab, das tiefe Rot wurde zum sanften Rosenrot.

Und eine Viertelstunde nach Verlassen der Fabrik sagte van Tricasse leise zu Stadtrat Niklausse:

»Ein liebenswürdiger Mensch, dieser Dr. Ox! Ich werde immer mit dem größten Vergnügen zu ihm auf Besuch gehen.«

VI

FRANTZ NIKLAUSSE UND SUZEL VAN TRICASSE SCHMIEDEN ZUKUNFTSPLÄNE

Unsere Leser wissen bereits, daß der Bürgermeister eine Tochter hatte, das Fräulein Suzel. Doch so schlau ist kein Leser, daß er schon erraten haben könnte, daß Stadtrat Niklausse einen Sohn mit Namen Frantz hatte. Und hätte er es doch entdeckt, so würde ihm doch nichts verraten haben, daß Frantz der Verlobte von Suzel war. Wir möchten hier anfügen, daß die zwei jungen Leute wie füreinander geschaffen schienen und daß sie sich liebten – nun ja, wie man sich eben in Quiquendone liebt.

Nun darf man nicht glauben, daß in jener außerordentlichen Stadt die jungen Herzen nicht auch schlugen. Nur schlugen sie dort eher langsam. Es wurde geheiratet, wie sonst überall auf der Welt geheiratet wurde, doch man nahm sich Zeit dazu. Die ›Zukünftigen‹ wollten einander studieren, ehe sie sich von den schrecklichen Banden umschlingen ließen – und dieses Studium dauerte zum mindesten zehn Jahre, so etwa wie im Gymnasium. Selten kam es vor, daß ein junger Mann früher in der Familie der Braut ›empfangen‹ wurde.

Doch, doch! Zehn Jahre machte man sich dort den Hof! Wahrlich, ist denn das zuviel, wenn es darum geht, sich fürs Leben zu binden? Schließlich studiert man ja auch zehn Jahre lang, um Ingenieur oder Arzt zu werden, Advokat oder Berater des Statthalters – und da sollte man in weniger Zeit sich die nötigen Kenntnisse aneignen, ein Gatte zu werden? Das ist unzulässig; denn sei es nun eine Sache des Temperaments oder der Vernunft, so scheinen uns doch die Bewohner von Quiquendone im Recht zu sein, wenn sie ihre Studien derart in die Länge ziehen. Wenn wir sehen, wie in anderen Städten, wo die Menschen frei und feurig leben, Heiraten innerhalb weniger Monate zustande kommen, dann können wir dazu bloß die Achseln zucken und uns beeilen, die Burschen dieser Städte ins Gymnasium und die Mädchen ins Pensionat nach Quiquendone zu schicken.

Seit einem halben Jahrhundert war in Quiquendone eine einzige hastige Heirat geschlossen worden – nach einer Bekanntschaft von zwei Jahren –, und beinahe wäre diese Ehe in die Brüche gegangen!

Frantz Niklausse liebte also diese Suzel van Tricasse, doch liebte er sie gemächlich, wie man eben liebt, wenn man ganze zehn Jahre vor sich sieht, bevor man das geliebte Wesen heiraten darf. Ein einziges Mal in der Woche, zu einer festgesetzten Stunde, holte Frantz Suzel zu einem Spaziergang am Ufer der Vaar ab. Er sah stets darauf, daß er seine Angelrute nicht vergaß, so wie Suzel achtgab, daß sie ja ihren Stickrahmen bei sich hatte, auf dem ihre hübschen Fingerchen die unwahrscheinlichsten Blumen hervorzauberten.

Es schickt sich, hier zu erwähnen, daß Frantz ein junger Mann von zweiundzwanzig Jahren war und daß sich bereits ein leichter Pfirsichflaum auf seinen Wangen zu zeigen begann. Seine Stimme hatte sich erst vor ganz kurzer Zeit um eine Oktave gesenkt.

Suzel nun war blond und rosig, siebzehn Jahre alt und dem Fischen nicht abgeneigt. Eine eigenartige Beschäftigung ist es ja schon, dieses Fischen! Es bringt einen Mann dazu, eine junge Barbe zu überlisten. Das war etwas für unsern Frantz. Dieser Zeitvertreib paßte zu seinem Temperament. Er war so geduldig, wie ein Mensch das nur sein kann, verfolgte stillvergnügt und leicht verträumten Auges den Korkzapfen, der auf dem strömenden Wasser dahintanzte. Er verstand zu warten. Und wenn nach sechsstündigem Herumsitzen eine Barbe mäßiger Größe sich seiner erbarmte und sich endlich von ihm fangen ließ, dann war er glücklich – obschon er auch seine Hochstimmung für sich zu behalten wußte.

An dem bewußten Tage saßen die beiden ›Zukünftigen‹ – man könnte wohl sagen: die beiden Verlobten – auf der im ersten Grün prangenden Uferböschung. Zu ihren Füßen floß murmelnd die kristallklare Vaar. Suzel war unbeschwert mit ihrer Stickerei beschäftigt. Frantz warf in regelmäßigen Abständen die Fischleine, sobald er sie von links eingeholt hatte, wieder nach der rechten Seite, wo die Strömung sie dann packte und wieder von rechts nach links trieb. Die jungen Barben verursachten auf der Wasseroberfläche launige Ringe, die sich beim Korken kreuzten und ineinanderliefen, während der Angelhaken in den unteren Regionen leer dahintrieb.

Von Zeit zu Zeit pflegte Frantz zu sagen:

»Ich glaube, Suzel, es beißt einer an.« Dabei wagte er aber nie die Augen zu dem jungen Mädchen zu erheben.

»Glauben Sie, Frantz?« pflegte Suzel zu antworten, wobei sie gerührt die Angelleine ihres Verlobten mit den Augen verfolgte und ihre Stickerei einen Augenblick lang sinken ließ.

»Nein, doch nicht! Ich glaubte ein kleines Zukken zu verspüren. Ich habe mich getäuscht.«

»Es wird schon einer anbeißen, Frantz«, tröstete ihn Suzel mit ihrer reinen und sanften Stimme. »Vergessen Sie aber nicht, im richtigen Moment zu jucken. Sie jucken stets ein paar Sekunden zu spät, und der Fisch benutzt das, um sich in Sicherheit zu bringen.«

»Wollen Sie ein bißchen angeln, Suzel?«

»Gerne, Frantz.«

»Dann reichen Sie mir Ihre Stickerei! Wollen doch sehen, ob ich mit der Nadel nicht geschickter bin als mit der Angel.«

Und mit zitternder Hand ergriff das junge Mädchen die Angelrute; der junge Mann aber ließ geschäftig die Nadel durch die Maschen der Stickleinwand laufen. Und so wechselten sie stundenlang süße Liebesworte, und ihre Herzen machten beim kleinsten Erbeben des Korkens auf dem Wasser einen Hopser. Ach! könnten sie doch für immer und ewig diese bezaubernden Stunden in Erinnerung behalten, immer so nebeneinander sitzen und dem murmelnden Flüßchen zuhören!

An jenem Tage stand die Sonne schon recht nahe dem Horizont, und dem Talent der beiden zum Trotz ›hatte es nicht angebissen‹. Die jungen Barben hatten diesmal kein Mitleid gezeigt und lachten das Pärchen nur aus, das aber zu korrekt war, um ihnen deswegen gram zu sein.

»Ein anderes Mal haben wir sicher mehr Glück, Frantz«, meinte Suzel tröstend, während der junge Mann den immer noch unberührten Angelhaken wieder auf das Brettchen aus Tannenholz piekte.

»Wir wollen's hoffen, Suzel«, gab der Jüngling zurück. Und daraufhin spazierten die beiden so nah wie möglich nebeneinander nach Hause, ohne ein Wort zu wechseln, ihren beiden Schatten gleich, die vor ihnen lang ausgezogen dahinglitten. Suzel sah sich als riesengroße Person, denn die Sonne war eben am Untergehen. Frantz erschien ihr mager, ach so mager!, fast so dünn wie die Angelrute, die er trug.

Dann waren sie beim Hause des Bürgermeisters angelangt. Dicke grüne Grasbüschel polsterten die leuchtend hellen Pflastersteine, und sie hätten sich schwer gehütet, sie auszureißen, denn sie dämpften ihre Schritte ...

Kurz bevor sie in der offenen Türe verschwand, glaubte Frantz seiner Verlobten ein paar Worte sagen zu müssen:

»Sie wissen ja, Suzel, unser großer Tag rückt schon recht nahe.«

»Ja, er rückt tatsächlich näher, Frantz!« erwiderte das junge Mädchen, indem sie verschämt die schweren Lider senkte.

»Ja«, sagte Frantz, »in fünf bis sechs Jahren ...«

»Auf Wiedersehn, Frantz«, flüsterte Suzel.

»Auf Wiedersehn, Suzel«, antwortete Frantz.

Und als die Haustür sich wieder geschlossen hatte, schlug der junge Mann stetigen Schrittes den Heimweg zum Hause des Stadtrates Niklausse ein.

VII

VOM ANDANTE ZUM ALLEGRO, VOM ALLEGRO ZUM VIVACE

Die durch den Zwischenfall Schut – Custos geschaffene Aufregung hatte sich gelegt. Die Affäre hatte keine Folgen gezeitigt. Es war demnach zu hoffen, Quiquendone werde wieder in die gewohnte Apathie zurücksinken, die durch ein unerklärliches Ereignis vorübergehend getrübt worden war.

Inzwischen schritt das Legen der Leitungen für das oxyhydrische Gas zu den wichtigsten Gebäuden der Stadt rasch vorwärts. Hauptleitungen und Zweiglinien verschwanden nach und nach unter dem Straßenpflaster von Quiquendone. Aber noch fehlten die Hahnen, denn ihre Herstellung war derart heikel, daß sie im Ausland fabriziert werden mußten. Dr. Ox war überall und nirgends zugleich; weder er noch sein Assistent Ygène ließen auch nur eine Minute ungenützt verstreichen. Sie trieben die Arbeiter an, vollendeten selber die Arbeit an den empfindlichen Organen des Gasometers, versahen Tag und Nacht die riesigen galvanischen Säulen, die das Wasser durch einen starken elektrischen Strom zersetzten, mit Säure. O ja, Dr. Ox fabrizierte bereits längere Zeit dieses Gas, obschon die Leitungen noch nicht bereitgestellt waren. Das, unter uns gesagt, hätte den Leuten an und für sich schon sehr merkwürdig scheinen müssen. Doch in Bälde – jedenfalls hatte man Grund, dies zu hoffen –, in Bälde würde ja Dr. Ox im Stadttheater den Glanz seiner neuartigen Beleuchtung einweihen.

Denn Quiquendone besaß wirklich ein Theater, ein schönes Gebäude, meiner Treu! Innenausbau und Fassade ließen den Beschauer an alle nur erdenklichen Stilarten denken: es war sowohl byzantinisch wie romanisch, gotisch und Renaissance zugleich, besaß Türen mit einfachen Bogen, Fenster mit Spitzbogen, leuchtende Rosettenfenster, Phantasie-Glockentürmchen – kurz, ein Gebäude, das sämtliche Spielarten aufwies, zur Hälfte Parthenon, zur andern Hälfte Grand Café Parisien. Das braucht uns nicht zu verwundern, denn es wurde unter Bürgermeister Ludwig van Tricasse im Jahre 1175 begonnen, aber erst 1837 unter Bürgermeister Natalis van Tricasse vollendet. Siebenhundert Jahre hatte die Konstruktion des Gebäudes erfordert, und es hatte sich der Architektur des jeweiligen Jahrhunderts angepaßt. Tut nichts! Es war ein schönes Gebäude, dessen romanische Säulen und byzantinische Gewölbe nicht allzu heftig von der zukünftigen oxyhydrischen Gasbeleuchtung abstechen würden.

Im Theater von Quiquendone wurde so ziemlich alles gespielt, vor allem komische Opern. Es muß hier schnell angefügt werden, daß die Komponisten ihre eigenen Werke wohl kaum je wiedererkannt hätten, so enorm waren die Tempi verändert.

Da in Quiquendone wirklich nichts speditiv gemacht wurde, mußten auch die Werke der Künstler sich dem Temperament der Bewohner dieser Stadt anpassen. Obgleich die Pforten des Musentempels sich gewöhnlich um vier Uhr öffneten und um zehn Uhr abends schlossen, waren noch nie mehr als zwei Akte eines Werkes auf einmal gespielt worden. *Robert der Teufel*, *Die Hugenotten*, *Wilhelm Tell* und ähnliche erforderten meistens drei Abende, so langsam gingen die Aufführungen vonstatten. Ein *Vivace* pflegte im Theater von Quiquendone als ein ausgesprochenes *Adagio* dahinzuschlendern. Ein *Allegro* kroch, kroch, kroch noch viel langsamer. Vierundsechzigstelnoten kamen nicht einmal an die in andern Ländern üblichen Rondi heran. Wenn in Quiquendone schnelle Koloraturpartien gesungen wurden, so tönten sie wie gregorianischer Kirchengesang; denn so wollten es die Leute dort haben. Lässige Triller wurden schlaff und steif, damit die Ohren der Dilettanten nicht beleidigt würden. Um hier ein Beispiel anzuführen, das alles sagt: die rasend schnelle Arie des Figaro, die er bei seinem Auftritt im ersten Akte des *Barbiers von Sevilla* vorträgt, wurde in diesem Theater im Tempo 33 des Metronoms gesungen und dauerte meist achtundfünfzig Minuten – falls der Künstler sich beeilte ...

Wir können uns denken, daß die von auswärts

kommenden Künstler sich erst an diese Mode hatten gewöhnen müssen. Doch da sie für ihre Leistung gut bezahlt wurden, beklagten sie sich nicht, sondern gehorchten brav dem Taktstock des Dirigenten, der bei den *Allegri* niemals über acht Takte in der Minute schlug.

Es muß deshalb auch gesagt werden, daß diese Künstler jeweils den verdienten Applaus ernteten, denn sie entzückten die Bewohner von Quiquendone, ohne sie zu ermüden! Alle Hände klatschten dann – langsam natürlich – in würdigem Rhythmus Beifall, was die Zeitungsberichte als *frenetischen Beifall* wiedergaben. Und wenn beim einen oder andern Mal der erstaunte Saal nicht unter den Bravobezeugungen einstürzte, dann nur, weil im 12. Jahrhundert für die Fundamente weder Steine noch Zement gespart wurden...

Um im übrigen die enthusiastischen Naturen der Flamen nicht allzu sehr aufzuregen, gab es nur eine Aufführung jede Woche, was den Schauspielern Gelegenheit gab, ihr Rollenstudium zu vertiefen, und den Zuschauern ermöglichte es, die Schönheiten der dramatischen Meisterwerke länger zu verdauen.

Nun, seit langer Zeit ging es so zu. Die auswärtigen Künstler hatten es sich zur Gewohnheit gemacht, mit dem Theaterdirektor von Quiquendone nur dann ein Engagement zu unterzeichnen, wenn sie sich von den Strapazen auf anderen Bühnen erholen wollten, und es schien, als könnte nichts diese tiefverwurzelten Gewohnheiten jemals ändern – als, kaum vierzehn Tage nach dem Zwischenfall Schut – Custos, etwas völlig Unerwartetes die Bevölkerung von neuem in Aufregung stürzte.

Es war an einem Samstag, dem Tag der Opernaufführungen. Es ging noch nicht darum, die neue Beleuchtung einzuweihen, wie der Leser vielleicht vermutet hat. Nein: die Röhren reichten wohl bis in den Saal, aber, wie schon oben vermerkt wurde, die Hahnen waren noch nicht angeschlossen, so daß die Leuchterkerzen immer noch ihre sanfte Helle über die zahlreichen Besucher ausgossen, die das Theater bevölkerten. Die Pforten waren für das Publikum bereits um ein Uhr mittags geöffnet worden, und nach drei Uhr war denn auch der Saal schon zur Hälfte besetzt. Eine Zeitlang hatte sich sogar eine Schlange gebildet, die bis zum andern Ende der Place Saint-Ernuph – vor die Werkstatt des Apothekers Josse Liefrinck – reichte. Diese unziemliche Eile ließ auf eine schöne Aufführung schließen.

»Gehen Sie heute abend ins Theater?« hatte am gleichen Morgen der Stadtrat den Bürgermeister gefragt.

»Ich werde nicht fehlen«, hatte van Tricasse geantwortet, »und ich werde Madame van Tricasse, meine Tochter Suzel und unsere liebe Tatanémance mitbringen. Sie schwärmen alle so für gute Musik.«

»So? Fräulein Suzel wird auch dabei sein?«

»Ohne Zweifel, Niklausse.«

»Dann wird aber mein Sohn Frantz einer der ersten sein, die Schlange stehen«, sagte Niklausse schnell darauf.

»Ein heißblütiger Jüngling, Niklausse«, meinte darauf der Bürgermeister in doktoralem Ton, »ein Hitzkopf! Auf den jungen Mann müssen Sie aufpassen.«

»Er ist verliebt, van Tricasse! Er liebt Ihre entzückende Suzel.«

»Ist in Ordnung, Niklausse. Dann soll er sie auch heiraten. Sobald wir übereingekommen sind, diese Heirat zu bewilligen, kann er eigentlich gar nichts mehr verlangen.«

»Er verlangt ja nichts, van Tricasse, er verlangt ja nichts weiter, der gute Kerl! Aber, schließlich und endlich – ich möchte im Augenblick nichts weiter sagen –, er wird nicht der letzte sein, der Schlange steht, um Theaterkarten zu bekommen!«

»Ha! Diese lebhafte, stürmische Jugend!« rief nun der Bürgermeister aus, und er mußte lächeln, weil er an seine eigene Jugend dachte. »Wir waren auch so, mein werter Stadtrat! Wir haben geliebt, auch wir! Auch wir sind zu unserer Zeit Schlange gestanden. Auf heute abend, also! Auf heute abend! Wissen Sie übrigens, daß dieser Fioravanti ein ganz großer Künstler ist? Wir haben ihn aber auch entsprechend in unserer Stadt begrüßt! Er wird den Beifall von Quiquendone lange nicht vergessen!«

Es handelte sich um den berühmten Tenor Fioravanti, der durch sein virtuoses Talent, seine perfekte Methode und seine sympathische Stimme unter den Liebhabern der Stadt eine wahre Begeisterung auslöste.

Seit drei Wochen hatte Fioravanti mit seinem Auftreten in den *Hugenotten* ungeheuren Erfolg geerntet. In der ersten Woche des Monats hatte der erste Akt, der nach dem Geschmack der Bewohner von Quiquendone aufgeführt wurde, einen ganzen Abend beansprucht. An einem andern Abend der zweiten Woche, der durch nichtendenwollende *Andanti* in die Länge gezogen wurde, hatte man dem Tenor eine wahre Ovation bereitet. Und dieser Erfolg war beim dritten Akt des Meyerbeerschen Meisterwerkes noch größer. Doch eigentlich warteten die Leute auf den vierten Akt, in welchem Fioravanti am glänzendsten sein sollte. Und an diesem Abend endlich würde vor einem erwartungsvollen Publikum dieser vierte Akt gegeben! Ach! Dieses Duett von Raoul und Valentine, diese zweistimmige Hymne an die Liebe, breit ausgezogen und geseufzt, diese *Stretta,* in der sich die *Crescendi,* die *Stringendi,* die ›leicht schneller‹ und die *Più crescendi* häufen! Und all das langsam gesungen, breit, endlos! Ha! Welch Entzücken!

Um vier Uhr war der Saal voll. Die Logen, die Orchestersitze, die Parterreplätze, sie quollen alle über. In den vordersten Sitzen ließen sich Bürgermeister van Tricasse, Fräulein van Tricasse, Madame van Tricasse und die liebenswürdige Tatanémance – die ein birnengrünes Häubchen trug – nieder. In der Nähe saß Stadtrat Niklausse mit seiner Familie – nicht vergessen sei der verliebte Frantz! Ferner konnte man die Familien von Dr. Custos, von Advokat Schut, von Honoré Syntax, dem Oberrichter, erblicken; und dazu Soutman (Norbert), den Direktor der Versicherungsgesellschaft; den dicken Bankdirektor Collaert, der bei deutscher Musik fast den Verstand verlor, denn er war selbst so etwas wie ein Virtuose; man sah den Steuerbeamten Rupp, den Direktor der Akademie, Jerôme Resh, dann den Zivilstandsbeamten und noch eine ganze Menge Honoratioren der Stadt, die aufzuzählen die Geduld des Lesers mißbrauchen würde.

Andere Male hatten die Leute von Quiquendone es zum Brauch gehabt, ruhig zu warten, bis der Vorhang sich hob. Die einen pflegten Zeitung zu lesen, andere wechselten flüsternd ein paar Worte mit den Nachbarn, die einen suchten sich leise und ohne Hast ihre Plätze, andere warfen rasch einen verstohlenen Blick zur Galerie hinauf, wo die liebenswerten Schönheiten der Stadt saßen.

Doch an diesem Abend hätte ein Beobachter feststellen können, daß bereits vor dem Aufgehen des Vorhangs eine ungewöhnliche Erregung im Saal herrschte. Man konnte Leute auf den Stühlen herumrutschen sehen, die sonst nie herumrutschten. Die Fächer der Damen bewegten sich mit abnormaler Hast auf und ab. Ein lebhafteres Wesen schien all diese Menschen gepackt zu haben. Alle atmeten heftiger. Einige Augenpaare blitzten – es muß gesagt sein – fast so stark wie Leuchterkerzen, die ihrerseits dem Saal einen ungewohnten Glanz zu verleihen schienen. Wirklich, an diesem Abend schien alles heller, obgleich die Beleuchtung nicht verstärkt worden war. Ha! Wenn die Apparate des Dr. Ox bereits in Betrieb gewesen wären! Aber sie waren es noch nicht...

Endlich sitzt das Orchester auf den Stühlen, es ist vollzählig. Der Erste Geiger ist zwischen den Notenständern durchgegangen und hat einem jeden Kollegen ein leises *la* vorgespielt. Die Streicher, die Blasinstrumente, die Schlagzeuge sind gestimmt. Der Dirigent wartet bloß noch auf das Läuten, um die ersten Takte spielen zu lassen.

Die Glocke ertönt. Der vierte Akt beginnt. Wie üblich wird das *Allegro appassionato* des Zwischenakts mit majestätischer Langsamkeit gespielt – was wahrscheinlich den berühmten Meyerbeer die Wände hochgetrieben hätte –, was aber die Dilettanten von Quiquendone in seiner ganzen Majestät nachempfinden.

Doch schon bald fühlt der Dirigent, daß er seine Musiker nicht mehr in der Hand hat. Er hat ziemlich Mühe, sie zurückzuhalten, sie, die sonst so zahm gehorchen, die sonst so ruhig sind. Die Blasinstrumente zeigen den Drang, die Tempi zu forcieren, und er muß sie mit fester Hand bremsen, da sie sonst den Streichern davonzögen, was natürlich, vom Standpunkt der Harmonie aus gesehen, einen eher bedauerlichen Effekt erzeugen könnte. Sogar der Bassist, Sohn des Apothekers Liefrinck, der sonst so gut erzogene, scheint sich fortreißen zu lassen.

Inzwischen hat Valentine ihr Rezitativ angestimmt:

Ich bin allein zuhaus' ...

aber auch sie drückt aufs Tempo. Der Dirigent und alle Musiker machen es ihr nach – vielleicht unbewußt –, wie sie nun das *Cantabile* singt, das breit ausgezogen werden müßte, denn es ist im Zwölfachteltakt geschrieben. Wie nun Raoul unter der Tür im Hintergrund erscheint, das heißt, zwischen dem Augenblick, in dem Valentine auf ihn zueilt, und demjenigen, wo sie ihn im Nebenzimmer versteckt, vergeht nicht einmal eine Viertelstunde – während andere Male, genau nach der Tradition dieses Theaters von Quiquendone, das Rezitativ mit seinen siebenunddreißig Takten auch genau siebenunddreißig Minuten dauerte.

Saint-Bris, Nevers, Cavannes und die katholischen Würdenträger sind aufgetreten – etwas überstürzt vielleicht. Der Komponist schreibt dort ein *Allegro pomposo* vor. Orchester und Würdenträger halten zwar ein *Allegro* ein, aber von *pomposo* kann keine Rede sein, und beim Zusammenspiel, an dieser meisterhaften Stelle, in der Verschwörung und Einsegnung der Dolche vorkommen, ändert man das vorgeschriebene *Allegro* nicht mehr. Sänger und Orchester stecken sich gegenseitig an und rennen davon. Der Dirigent versucht nicht mehr, sie zu halten. Im übrigen protestiert das Publikum ja nicht, ganz im Gegenteil! Es wird spürbar selbst mitgerissen, es macht die ganze Bewegung mit, denn sie entspricht seinen geheimsten Wünschen:

Wollt ihr, wie ich, das Land befrei'n
von neuen Wirren, vom Krieg unrein?

Es wird versprochen, es wird geschworen. Nevers hat kaum Zeit, zu protestieren und zu singen ›unter seinen Vorfahren gebe es nur Soldaten und nicht einen einzigen Mörder‹. Er wird verhaftet. Die Stadtpolizisten und die Schöffen kommen gelaufen und schwören hurtig, sie wollten ›alle miteinander losschlagen‹. Saint-Bris ›schmeißt‹ das Rezitativ, das die Katholiken zur Rache aufpeitschen soll, als wäre es in Zweivierteltakt geschrieben. Die drei Mönche, die mit weißen Schärpen gefüllte Körbe schleppen, stürzen durch die Türe, die sich hinten im Gemach von Nevers befindet, anstatt sich an die Bühnenanweisung zu halten, die ein würdiges Schreiten vorschreibt. Schon haben alle Statisten ihre Degen oder ihre Dolche gezückt, die nun von den drei Mönchen mit einer raschen Handbewegung gesegnet werden. Die Soprane, die Tenöre, die Bässe stürzen sich mit Wutschreien aufs *Allegro furioso*, und aus einem dramatischen Sechsachtel machen sie einen solchen für eine Quadrille. Schließlich rennen sie von der Bühne und heulen dazu:

Um Mitternacht,
Kein Lärm mehr!
Gott will's so!
Ja,
Um Mitternacht.

In diesem Augenblick hat auch das Publikum sich erhoben. Große Erregung in den Logen, im Parterre und auf den Rängen! Es macht den Anschein, als wollten sich sämtliche Zuschauer auf die Bühne stürzen, Bürgermeister van Tricasse allen voran, um sich dort mit den Verschwörern zusammenzutun und die Hugenotten zu vernichten, deren religiöse Überzeugung zwar eigentlich auch die ihre ist... Es gibt Applaus, Zurufe ertönen, es wird Beifall gebrüllt! Tatanémance rückt mit zitternder Hand an ihrem birnengrünen Häubchen. Und die Lampen im Saal verbreiten grelles Licht...

Anstatt langsam den Samtvorhang zur Seite zu schieben, zerreißt ihn Raoul mit großartiger Gebärde – und steht Valentine gegenüber.

Endlich! Nun kommt das herrliche Duett, und diesmal wird es als *Allegro vivace* gegeben. Raoul wartet aber nicht auf die Fragen der Valentine, so wenig wie Valentine auf die Antworten Raouls zu warten gedenkt. Die herrliche Stelle:

Gefahr droht
und die Zeit flieht...

wird zu einer jener reißerischen Zweiviertel-Passagen, welche Offenbach so berühmt gemacht haben und mit denen er jede Art von Verschwörern zum Tanzen bringt. Das *Andante amoroso:*

Du hast's gesagt!
Ja, Du liebst mich!

ist nur noch ein *Vivace furioso*, und das Cello im Orchester gibt sich keine Mühe mehr, den Schmelz in der Stimme des Sängers nachzuahmen, wie das in der Partitur des Meisters vorgeschrieben wird. Vergeblich schreit Raoul:

Sprich weiter und verlängere
Meines Herzens unwiderstehlichen Schlaf!

Valentine aber kann unmöglich etwas verlängern! Ein ungewohntes Feuer scheint sie zu verzehren. Und seine *si* und seine *do* gehen offenbar schon über seine Kräfte, denn sie tönen erschreckend grell. Er gebärdet sich wie wild, er verwirft die Hände, er ist Feuer und Flamme.

Jetzt vernimmt man Geläute. Doch wie atemlos läutet diese Glocke! Der Glöckner, der am Strick zieht, hat sich offensichtlich auch nicht mehr in der Gewalt. Es tönt, als würde eine furchtbare Sturmglocke geläutet, die an Heftigkeit mit dem entfesselten Orchester um die Wette lärmt.

Und endlich kommt nun auch die Stretta, die diesen wunderbaren Akt beschließt:

Keine Liebe, keine Trunkenheit mehr,
O Reue, wie bedrückst du mich!

Der Komponist schreibt dafür ein *Allegro con moto* vor. Doch heute wird es zum *Prestissimo*, und auch dies noch zu einem völlig gehetzten. Es tönt genau wie ein vorüberdonnernder Schnellzug. Und da setzt auch die Sturmglocke wieder ein. Valentine sinkt ohnmächtig um. Raoul wirft sich aus dem Fenster...

Es war höchste Zeit. Das vollkommen trunkene Orchester hätte unmöglich weiterspielen können. Der Taktstock des Dirigenten bestand nur noch aus einem Stückchen zerbrochenen Holzes, denn er war am Souffleurkasten zuschanden geschlagen worden. Die Saiten der Geigen sind gesprungen und die Hälse verdreht. In seiner Ekstase hat der Paukenschläger seine Kesselpauken zusammengeschlagen. Der Kontrabassist hockt oben auf seinem Klangkörper! Der Klarinettist hat das Mundstück seines Instruments glatt verschluckt, und der Zweite Oboist zerkaut sein Schilfmundstück! Die Führung der Posaune ist verkrümmt, und der Hornist kriegt seine Hand nicht mehr aus dem Trichter seines Waldhorns...

Und erst das Publikum! Das Publikum! Es hechelt, es ist entflammt, es gestikuliert, es tobt! Alle Gesichter sind gerötet, als hätte eine Feuersbrunst die Menschen von innen her angefallen. Die Leute geraten sich gegenseitig in die Haare, sie drängeln einander am Ausgang zur Seite, die Männer ohne Hut, die Frauen ohne Mantel! Sie stoßen sich in den Gängen, zerdrücken sich gegen-

seitig in den Türen, sie schreien sich an, schlagen aufeinander ein! ... Von Autorität ist keine Spur mehr vorhanden. Es gibt hier keinen Bürgermeister mehr! Alle sind sie durch diese höllische Überreizung einander gleich geworden ...

Und dann, draußen auf der Gasse, wie ein jeder sich auf den Heimweg macht, gewinnt sogleich jeder seine ihm vertraute Ruhe wieder und sucht friedlich sein Haus auf – innerlich voll wirrer Erinnerung an das eben Verspürte.

Der vierte Akt der *Hugenotten*, der sonst sechs Stunden beanspruchte und der diesmal um halb fünf begann, war um zwölf Minuten vor fünf zu Ende!

Er hatte genau achtzehn Minuten gedauert!

VIII

DER KLASSISCHE DEUTSCHE WALZER WIRD ZUM RASENDEN WIRBEL

Wenn auch die Zuschauer nach dem Verlassen des Theaters ihre ihnen angestammte Ruhe wiederfanden, wenn sie auch friedlich in ihre Wohnungen heimkehrten – wobei sie sich einer vorübergehenden Stumpfsinnigkeit bewußt waren –, hatten sie nichtsdestoweniger eine außerordentliche Erregung durchgemacht, so daß sie nun erschöpft und zerschlagen in ihre Betten fielen, als hätten sie sich irgendwo überfressen.

Nun, am Tage darauf kam einem jeden von ihnen das Erlebnis des vergangenen Abends wieder ins Bewußtsein zurück. Denn dem einen fehlte der Hut, der im Gedränge verloren gegangen war, dem andern ein Rockschoß, der ihm im Theater abgerissen wurde; wieder ein anderer vermißte einen seiner feinen braunellenfarbigen Schuhe, und einer Frau fehlte der Prunkschleier. Langsam kehrte so einem jeden der Bürger die Erinnerung an das Geschehene zurück, und mit der Erinnerung auch die Scham über seine unverzeihliche Unbeherrschtheit. Das Ganze kam ihnen allen vor wie eine Orgie, an der sie ungewollt die Helden gespielt hatten! Sie sprachen kein Wort mehr davon, sie wollten auch nicht mehr daran denken.

Doch der verdutzteste Mensch in der ganzen Stadt war bestimmt der Bürgermeister van Tricasse. Am folgenden Morgen konnte er beim Aufwachen seine Perücke nirgends finden. Lottchen hatte sie daraufhin überall gesucht, aber nicht gefunden. Nichts! Die Perücke war auf dem Schlachtfeld liegengeblieben. Sie jedoch durch den vereidigten Ausrufer der Stadt suchen zu lassen, kam gar nicht in Frage. Da war es immer noch besser, diesen falschen Kopfschmuck zu opfern als sich öffentlich derart bloßzustellen. Schließlich hatte man doch die Ehre, der erste Mann der Stadt zu sein.

Der würdige van Tricasse wälzte diese Gedanken, während er ausgestreckt unter seinen Decken lag. Sein Körper war wie zerschlagen, sein Kopf war schwer, die Zunge pelzig, die Brust wie ausgebrannt. Er verspürte nicht die geringste Lust aufzustehen, ganz im Gegenteil! Und an diesem Morgen arbeitete sein Gehirn so fieberhaft, wie es seit ungefähr vierzig Jahren nicht mehr gearbeitet hatte. Der würdige Stadtvater ging im Geiste noch einmal alle die Vorfälle der unverständlichen Theateraufführung durch. Er verglich sie mit den Vorfällen der letzten Tage im Hause des Dr. Ox. Er suchte nach der Ursache dieser eigenartigen Erregbarkeit, die sich bei zwei verschiedenen Gelegenheiten an seinen verläßlichsten Beamten bemerkbar gemacht hatte.

›Was geht eigentlich vor?‹ fragte er sich. ›Welch ein Schwindelgeist hat sich denn meiner friedlichen Stadt Quiquendone bemächtigt? Ja, werden wir denn alle verrückt? Sollte die ganze Stadt in ein riesiges Spital verwandelt werden? Schließlich waren wir ja alle anwesend, gestern abend: Amtspersonen, Stadträte, Richter, Advokaten, Ärzte und andere Akademiker – und alle, wenn ich mich richtig erinnere, sind wir diesem Anfall von Tobsucht unterlegen! Was war wohl in jener teuflischen Musik enthalten? Es ist einfach unerklärlich! Denn ich zum Beispiel hatte ja nichts gegessen oder getrunken, was in mir eine derartige Hochstimmung hätte auslösen können. Nein, gestern hatte ich eine Scheibe zerkochtes Kalbfleisch zum Mittagessen, ein paar Löffelchen gezuckerten Spinat, Eierschnee und zwei Gläschen Bier, mit klarem Wasser vermengt. So was kann doch einfach nicht dergestalt zu Kopfe steigen! Nein! Es gibt da etwas, was ich mir nicht erklären kann; und da ich letzten

Endes für die Handlungen meiner Bürger verantwortlich bin, werde ich eben eine Untersuchung einleiten.‹

Doch auch die vom Stadtrat beschlossene Untersuchung förderte nichts Neues zutage. Waren auch die Geschehnisse allgemein bekannt, so entzogen sich die Ursachen dazu der Weisheit der Stadtväter. Im übrigen hatten sich die Gemüter wieder beruhigt, und mit der Ruhe hatte bereits auch das Vergessen dieser Ausschweifungen begonnen. Die Lokalzeitungen vermieden es, von der Geschichte auch nur anzufangen, und die Besprechung der Aufführung, die im *Mémorial de Quiquendone* erschien, erlaubte sich keine Anspielung auf den Fieberzustand des gesamten Publikums.

Und doch, wenn auch die Stadt langsam wieder in ihre übliche Lethargie zurückversank, wenn sie scheinbar so flämisch wurde, wie sie vor diesen Ereignissen gewesen, so fühlte man doch untrüglich, daß Charakter und Temperament der Einwohner sich nach und nach zu verändern begannen. Man hätte ganz eigentlich mit dem Arzt Dominique Custos sagen können: ›den Leuten wachsen Nerven‹.

Immerhin möchten wir hier eine Erklärung anführen. Diese unwiderlegliche Veränderung – die übrigens auch nicht unbestritten war – gab es nur unter ganz bestimmten Umständen. Solange die Bewohner von Quiquendone durch die Gassen ihrer Stadt spazierten, im Freien also, auf den

Plätzen und der Vaar entlang, waren sie die gutmütigen, eiskalten, methodischen Menschen, die sie schon immer waren. Desgleichen wenn sie sich in ihren Wohnungen aufhielten, wo die einen ihre Handarbeiten verrichteten, die andern mit dem Kopfe arbeiteten – diese also nichts taten, jene dafür nichts dachten. Ihr Privatleben spielte sich im stillen ab, träge, vegetativ wie eh und je. Weder Streit noch Vorwürfe in den Haushaltungen waren zu vernehmen, die Herzen schlugen nicht ein bißchen schneller, und die Gehirnmasse wurde nicht überanstrengt. Der Pulsdurchschnitt war derselbe wie vordem, in der guten alten Zeit, nämlich fünfzig bis zweiundfünfzig Schläge in der Minute.

Das war ja nun aber das unerklärliche Phänomen, das die genialsten Physiologen des Jahrhunderts zuschanden werden ließ: wenn sich die Bewohner von Quiquendone auch in ihrem Privatleben nicht änderten, so durchliefen sie anderseits sichtlich eine Metamorphose in ihren gemeinschaftlichen Beziehungen, in ihrem Verhältnis von Mensch zu Mensch.

Konnten sie denn überhaupt noch in einem öffentlichen Gebäude zusammenkommen? Das ›ging nicht mehr‹, wie sich Kommissar Passauf ausdrückte. An der Börse, im Stadthaus, im Amphitheater der Akademie, an den Sitzungen des Stadtrats sowie anläßlich der Tagungen ihrer Gelehrten – überall entstand eine Art Wiederbelebung; eine eigenartige Überreizung bemächtigte sich der Mitglieder, kaum saßen sie beisammen. Nach einer Stunde waren die Beziehungen schon recht sauer. Und zwei Stunden darauf hatten sich die Diskussionen zu Auseinandersetzungen verschlechtert. Die Köpfe wurden heiß, die ersten Beleidigungen flogen durch die gespannte Atmosphäre. Sogar in der Kirche konnten die Gläubigen der Predigt des Herrn Pfarrer Stabel nicht mehr kaltblütig zuhören, der im übrigen auf seiner Kanzel viel heftiger gestikulierte und seine Gemeinde bedeutend strenger verwarnte, als er das früher zu tun pflegte. Schließlich führte dieser Zustand zu neuen, schwereren Zerwürfnissen – leider muß es gesagt sein –, als es dasjenige zwischen Dr. Custos und Advokat Schut gewesen. Und wenn solche Zwischenfälle bis dahin nie der Intervention der Behörden bedurften, so nur deshalb, weil die Streithähne, sobald sie in ihren eigenen vier Wänden waren, ihre Gemütsruhe wiederfanden und sogar die ausgeteilten und empfangenen Beleidigungen sogleich vergessen hatten.

Und trotz alledem erfaßten diese Leute mit ihrem beweglichen Geiste nicht, was es mit dem sonderbaren Benehmen auf sich hatte, was in ihnen eigentlich vorging. Ein einziger in der ganzen Stadt, der Mann nämlich, dem der Stadtrat seit dreißig Jahren das Amt abzusprechen gedachte, der Bürgerkommissar Passauf also, hatte die Bemerkung fallen lassen, diese Überreizung zeige sich niemals in den Privathäusern der Bürger, aber sehr deutlich sogar in den öffentlichen Gebäuden; und er fragte sich, nicht ohne eine gewisse Besorgnis, was wohl geschehen werde, wenn eines Tages dieser krankhafte Zustand sich auch in den Privathäusern breitmachen könnte und wenn die Epidemie, wie er es nannte, sich auf den Gassen und Plätzen der Stadt bemerkbar mache. Dann gäbe es kein Vergessen der Beleidigungen mehr, keine Ruhe, keine Pause in diesen Delirien – nein, eine permanente Entzündung würde Platz greifen, die unweigerlich jeden Bewohner von Quiquendone gegen seinen Nachbarn hetzen werde.

›Was dann?‹ fragte sich Kommissar Passauf mit Entsetzen. ›Wie diese rasenden Wilden bändigen? Wie die aufgestachelten Temperamente wieder in normale Bahnen lenken? Dann wird mein Amt keine angenehme Sache mehr sein, und es ist dann nur recht und billig, wenn der Rat mein Gehalt verdoppelt ... es sei denn, ich müsse mich selbst verhaften ... wegen Vergehens gegen die öffentliche Ordnung!‹

Es wird sich gleich zeigen, daß diese durchaus richtigen Befürchtungen nach und nach Wirklichkeit wurden. Von der Börse, von der Kirche, dem Theater, dem Gemeindehaus, von der Akademie und der Markthalle aus drang schleichend das Übel in die Privathäuser ein, und das kaum vierzehn Tage nach der furchtbaren Aufführung der *Hugenotten*.

Die ersten Symptome der Epidemie machten

sich im Hause des Bankdirektors Collaert bemerkbar.

Dieser reiche Herr gab einen Ball – oder wenigstens eine Soirée dansante – für die angesehensten Persönlichkeiten der Stadt. Er hatte einige Monate zuvor eine Anleihe von dreißigtausend Franken emittiert, die nun zu drei Vierteln unterzeichnet war, und um diesen finanziellen Erfolg anzuerkennen, hatte er seine Empfangsräume für seine Landsleute freigegeben und ein Fest veranstaltet.

Es ist ja bekannt, wie diese flämischen Empfänge verlaufen: ruhig, gesetzt, denn es wird im allgemeinen nur Bier und Sirup ausgeschenkt. Es sind Gespräche über das Wetter, über die zu erwartende Ernte, den guten Zustand der Gärten, die Pflege der Blumen, insbesondere der Tulpen, zu hören. Von Zeit zu Zeit wird getanzt, langsam und bedächtig, als wäre es ein Menuett; dann wieder kommt ein Walzer, aber ein Walzer von der deutschen Sorte, bei dem man höchstens eine und eine halbe Drehung in der Minute ausführt und bei dem die Paare sich auf deutsche Art umschlingen: nämlich so weit voneinander entfernt, als ihre Arme das ermöglichen. In diesem Stil gehen die üblichen Bälle in der besseren Gesellschaft von Quiquendone vor sich. Die Polka wurde zwar auf den Vierviertelkakt umgeschrieben, vermochte sich jedoch nicht einzubürgern. Die Tänzer blieben einfach immer hinter dem Orchester zurück, so langsam der Takt auch angeschlagen wurde. Darum hatte man auf diesen Tanz verzichten müssen.

Diese friedlichen Veranstaltungen, die besonders den jungen Leuten zusagten, hatten bis jetzt nie zu ärgerlichen Ausbrüchen Anlaß gegeben. Warum also schienen an jenem Abend nun, beim Bankdirektor Collaert, die Gläser mit Sirup sich in einen zu Kopfe steigenden Wein zu verwandeln, in prickelnden Champagner, in feurigen Punsch? Weshalb packte gegen den Höhepunkt des Festes eine unerklärliche Art von Trunkenheit alle Gäste? Warum wurde plötzlich das sanfte Menuett zu einem venezianischen Springtanz? Und weshalb spielten die Musikanten immer schneller? Wie kam es, daß auf einmal – wie damals im Theater – die Kerzen mit ungewöhnlichem Glanz zu leuchten anfingen? Ging denn auf einmal ein elektrischer Strom durch die Empfangsräume des Bankiers? Und was war der Grund, weshalb sich die Paare enger umschlangen, die Hände sich fanden und heiß drückten? Daß die Darbietung ›Herrensolo‹ mit einigen unbeherrschten Schritten anfing, dieser Hirtentanz, der sonst immer so würdig, so feierlich, so majestätisch und korrekt getanzt wurde, wie kam das wohl? …

Ach! Welcher Ödipus hätte all diese unlöslichen Fragen enträtselt? Kommissar Passauf, der bei dem Feste zugegen war, sah das Gewitter wohl heraufziehen, konnte es jedoch nicht ablenken, konnte ihm nicht entfliehen, fühlte selber, wie die

Trunkenheit ihm ins Gehirn stieg. All seine physiologischen Fähigkeiten – und auch die leidenschaftlichen – wuchsen beängstigend. Man konnte ihn beobachten, wie er zu verschiedenen Malen auf die Süßigkeiten losstürzte und die Platten abräumte, als käme er soeben aus einer langen Diätkur.

Unterdessen hatte die Lebhaftigkeit des Tanzvergnügens noch zugenommen. Ein langanhaltendes Geraune – es tönte fast wie ein tiefes Brummen – entrang sich der Brust der Tanzenden. Und sie tanzten, tanzten in der Tat! Die Füße wirbelten mit wachsender Leidenschaftlichkeit durcheinander. Die Gesichter liefen purpurrot an wie Silenblüten. Die Augen begannen zu blitzen wie Karfunkel. Die allgemeine Gärung hatte ihren Höhepunkt erreicht.

Und als nun das Orchester den Walzer aus dem ›Freischütz‹ zu spielen begann, als die Musikanten diesen Walzer mit fliegenden Armen zu interpretieren begannen ... ha!, da war es nicht mehr ein Walzer, sondern ein irrsinniger Wirbel, ein schwindelerregendes Drehen, eine Rotation, die des flammenden Taktstocks eines Mephisto würdig gewesen wäre! Und dann folgte ein Galopp, ein höllischer Galopp – eine ganze Stunde lang dauerte er –, ohne daß jemand hätte Einhalt gebieten können, ohne Ende. Und er riß durch seine heimliche Triebfeder alles mit sich, durch die Säle, die Empfangszimmer, die Vorzimmer, die Treppen hinauf, vom Keller zum Estrich in diesem geräumigen

Hause: Jünglinge, Mädchen, Väter, Mütter, Leute jeden Alters, Gewichts und Geschlechts. Da rannten mit: der dicke Bankier Collaert und seine Frau, die Stadträte und Behördemitglieder, der Oberrichter; und Niklausse mit seiner Gattin, Madame van Tricasse und der Bürgermeister van Tricasse, ja sogar Kommissar Passauf war dabei, und er konnte sich nachher nie daran erinnern, wer seine reizende Partnerin in jener Nacht der Trunkenheit gewesen war.

Doch ›sie‹ vergaß ihn nie. Und von dem Tage an erlebte ›sie‹ in ihren Träumen immer wieder den lichterloh brennenden Kommissar, den sie dabei in einer leidenschaftlichen Umarmung festhielt! Und ›sie‹, das war niemand anderes als die liebenswürdige Tatanémance!

IX

DR. OX UND SEIN ASSISTENT WECHSELN BLOSS EIN PAAR WORTE

»Na und, Ygène?«

»Nun ja, Meister, alles ist bereit! Die Rohre sind alle gelegt.«

»Endlich! Nun können wir in großem Maßstabe operieren, an den Massen!«

X

WIR ERLEBEN, WIE DIE EPIDEMIE DIE GANZE STADT ERFASST UND WELCHE WIRKUNG SIE ZEITIGT

In den folgenden drei Monaten verschlimmerte sich das Übel, anstatt sich zu verlieren. Von den Privathäusern aus verbreitete sich die Epidemie nun auch auf den Gassen. Die Stadt Quiquendone war nicht wiederzuerkennen.

Das noch verblüffendere Phänomen aber als die bereits erwähnten war, daß sowohl Tier- als auch Pflanzenwelt von dem seltsamen Einfluß nicht verschont blieb.

Nach dem normalen Verlauf der Dinge sind Epidemien auf ganz bestimmte Arten gerichtet. Die, welche den Menschen befallen, verschonen die Tiere; die, welche die Tiere angreifen, verschonen die Pflanzen. Wer hat schon ein Pferd mit den Spitzen Blattern gesehen? Oder einen Menschen mit Rinderpest? Und noch nie haben Schafe die Kartoffelkrankheit bekommen... Doch diesmal schienen alle Naturgesetze auf den Kopf gestellt. Nicht nur hatten sich Charakter, Temperament und Ideen der Bewohner und Bewohnerinnen von Quiquendone gründlich verändert. Nein, auch die Haustiere, die Hunde, die Katzen, die Ochsen und die Pferde fielen der Wirkung dieser Epidemie zum Opfer, als hätte ihr gewohntes Milieu sich gewandelt. Sogar die Pflanzen ›emanzipierten sich‹, wenn es gestattet ist, diese Bezeichnung hier anzuwenden ...

Nein, wirklich! In den Gärten, den Gemüsebeeten, in den Obstgärten offenbarten sich die sonderbarsten Zeichen. Die Kletterpflanzen kletterten noch viel mutiger als zuvor. Die Büsche ›büschelten‹ viel konzentrierter. Die Stauden entwickelten sich zu Bäumen. Kaum gesät, steckte das Getreide bereits seine grünen Köpfchen aus dem Boden. Und in derselben Zeit, in der sie unter günstigsten Umständen früher um zwei Millimeter gewachsen, wuchsen die Halme nun um eine Daumenlänge. Spargeln wurden plötzlich sechzig Zentimeter lang. Artischocken sahen aus wie Melonen, Melonen erreichten an Größe die Kürbisse, diese wurden zu Riesenexemplaren, und die Riesenkürbisse waren so groß wie im Glockenturm die große Glocke, die, ich lüge nicht, neun Fuß Durchmesser aufwies ... Der Blumenkohl bildete einen wahren Strauch, und die Pilze sahen aus wie Regenschirme.

Die Früchte taten es dem Gemüse gleich: Es erforderte zwei Mann, um eine Erdbeere vertilgen zu können, und vier, um eine Birne zu verzehren. Die Weintrauben erinnerten an jene phänomenale, von Poussin so wunderbar nachgebildete Traube, welche die Kundschafter aus dem Gelobten Land zurückbrachten!

Und erst die Blumen: Große Veilchen parfümierten die Luft in weitem Umkreis; übertrieben

große Rosen zeigten viel stärkere Farben als vorher; die Fliederbüsche bildeten innert weniger Tage wahre Gehaue; Geranien, Margriten, Dahlien, Kamelien und Rhododendren wuchsen schon mitten auf den Straßen und erstickten sich gegenseitig. Da genügte kein einfaches Gartenmesser mehr. Und dann die Tulpen, diese liebenswerten Liliazeen, die des Flamen größte Freude sind: welche innere Bewegung verursachten sie ihren Liebhabern! Der ehrenhafte van Bistrom wäre eines Tages beinahe rückwärts umgefallen, als er in seinem Garten eine einfache *Tulipa gesneriana* erblickte, aber was für eine! Enorm, ungeheuerlich, riesig war sie, und ihr Kelch diente einer ganzen Rotkehlchenfamilie als Nest!

Die ganze Stadt kam gelaufen, um diese phänomenale Tulpe zu sehen. Sie erhielt den Namen *Tulipa quiquendonia.*

Doch ach! Wenn zwar die Pflanzen und Blumen so rasch wuchsen, daß man ihr Wachstum mit den Augen verfolgen konnte, wenn zwar die Gemüse kolossale Proportionen annahmen und die lebhaften Farben sowie ihr Duft Augen und Nase trunken machten, so verwelkten sie anderseits recht rasch. Diese Luft, die sie absorbierten, brannte sie sehr schnell aus, und sie standen bald einmal ab, erschöpft, verwelkt, verzehrt.

Das war auch das Schicksal der berühmten Tulpe, die nach wenigen Tagen des Glanzes in sich zusammenfiel!

So erging es den Haustieren, vom Haushund bis zum Schwein im Stall, vom Kanarienvogel in seinem Käfig bis zum Truthahn im Hühnerhof.

Hier ist zu bemerken, daß diese Tiere üblicherweise nicht weniger phlegmatisch waren als ihre

Herren. Hunde und Katzen vegetierten mehr, als daß sie wirklich lebten. Nie war von ihnen ein Seufzer der Zufriedenheit, nie eine Zornesäußerung zu vernehmen. Die Hunde wedelten mit ihren Schwänzen ungefähr so heftig, als seien sie aus Bronze gegossen. Es war seit undenklichen Zeiten nicht vorgekommen, daß ein Hund jemanden gebissen, daß eine Katze jemanden gekratzt hatte. Und wenn man von einem tollwütigen Hund etwas hörte, so verwies man die Geschichte ins Reich der Fabel, zählte sie zusammen mit dem Vogel Greif und ähnlichen Tieren zu der Menagerie der Apokalypse.

Doch wie hatte sich das geändert in den paar Monaten, von denen wir jeden kleinsten Zwischenfall wiederzugeben bemüht sind! Hunde und Katzen fingen an, ihre Zähne, ihre Krallen zu zeigen. Es waren sogar – nach wiederholten Angriffen – einige Hinrichtungen nötig. Zum erstenmal sah man ferner ein Pferd die Trense zwischen die Zähne nehmen und durch die Gassen von Quiquendone wild davonrasen; man sah einen Ochsen mit gesenkten Hörnern auf einen Artgenossen losgehen, einen Esel umfallen und die vier Beine in die Höhe strecken, wobei er – mitten auf dem Saint-Ernuph-Platz – ein Geschrei ausstieß, das ›nichts Tierisches mehr‹ an sich hatte; ja es kam sogar vor, daß ein Schaf, ein ganz gewöhnliches Schaf, tapfer seine Koteletten gegen das Messer des Metzgers verteidigte!

Bürgermeister van Tricasse sah sich gezwungen, besondere Polizeiverordnungen über Haustiere zu erlassen, da diese von einer Art Wahnsinn gepackt schienen und die Straßen von Quiquendone unsicher machten.

Doch ach!, wenn die Tiere verrückt waren, so waren es die Menschen nicht minder. Weder Junge noch Alte wurden von der Plage verschont.

Die Säuglinge wurden bald einmal unerträglich, sie, die bis dahin so einfach aufzuziehen gewesen waren. Und Oberrichter Honoré Syntax mußte zum erstenmal in der Familie für seine Nachkommenschaft die Peitsche gebrauchen ...

Im Gymnasium gab es so etwas wie Meuterei, und die Wörterbücher beschrieben bedauerliche Flugbahnen durch die Klassenzimmer ... Man konnte die Schüler einfach nicht mehr drinnen behalten, und übrigens griff die Überreizung auch auf die Professoren über: sie muteten ihren Schülern unerhörte Aufgaben zu.

Ein weiteres Phänomen: Die Leute von Quiquendone, die doch bis dato so enthaltsam gelebt hatten und Schlagrahm als wichtigste Nahrung zu sich genommen hatten, begingen nun wahre Ausschweifungen im Gebiet des Essens und des Trinkens. Ihre übliche Diät war ihnen nicht mehr gut genug. Jeder Magen wurde zu einem Schlund, und dieser Schlund wollte mit allen Mitteln energisch vollgestopft sein. Der Nahrungsmittelverbrauch der Stadt verdreifachte sich. Anstelle von zwei

Mahlzeiten wurden jetzt deren sechs verschlungen. Zahlreiche Verdauungsstörungen wurden gemeldet. Stadtrat Niklausse brachte es nicht mehr fertig, seinen Hunger zu befriedigen. Und Bürgermeister van Tricasse versuchte umsonst, seinen rasenden Durst zu stillen, obgleich er jetzt schon von morgens bis abends aus seinem halben Rausch nicht mehr herauskam.

Schließlich zeigten sich die alarmierendsten Symptome, ja sie vermehrten sich von Tag zu Tag.

Man konnte regelrecht betrunkene Menschen sehen, und unter diesen befanden sich sogar die angesehensten Bürger!

Dem Dr. Custos gaben die vielen Magenkrämpfe enorm zu tun, doch auch Nervenentzündungen und eigentliche Nervenkrankheiten traten nun sehr häufig auf, was ihm bewies, bis zu welch hohem Grade der Überreizung die Nerven der Bevölkerung gelangt waren.

Es gab täglich Streit und Auseinandersetzungen, und das auf den früher so stillen und menschenleeren Gassen von Quiquendone, die jetzt ständig gedrängt voll waren – denn keinen litt es mehr bei sich zuhause.

Eine neue Polizeitruppe mußte geschaffen werden, damit die Störer der öffentlichen Ordnung erfaßt werden konnten.

Ein Arrestlokal wurde im Gemeindehaus eingerichtet, das denn auch sofort Tag und Nacht mit widerspenstigen Streithähnen zum Bersten voll war. Kommissar Passauf war jeweils zum Umfallen müde.

Eine Ehe wurde schon nach weniger als zwei Monaten geschlossen – was bis jetzt noch nie vorgekommen war. O ja!, der Sohn des Steuereinnehmers Rupp heiratete die Tochter der schönen Augustine von Rovere, und zwar bloß siebenundfünfzig Tage nachdem er um ihre Hand angehalten hatte!

Weitere Heiraten wurden beschlossen, die zu anderen Zeiten noch auf viele Jahre hinaus bloß als Projekt existiert hätten. Das paßte dem Bürgermeister durchaus nicht, und er spürte, wie auch seine Tochter, die entzückende Suzel, ihm langsam entglitt.

Und was nun die liebe Tatanémance betrifft: sie hatte es gewagt, den Kommissar Passauf über die Möglichkeit einer ehelichen Verbindung auszuhorchen, die ihr alle Elemente des Glücks zu enthalten schien: Reichtum, Würde, Jugend!...

Um das Maß voll zu machen, geschah das Abscheulichste: ein Duell fand statt! Tatsächlich, ein Duell auf Pistolen, auf Sattelpistolen sogar, auf siebzig Schritte, mit freiem Kugelwechsel! Und zwischen wem? Unsere Leser werden's nicht glauben: zwischen Herrn Frantz Niklausse, dem sanften Angelrutenfischer, und dem Sohn des vermöglichen Bankiers, dem jungen Simon Collaert.

Und der Grund zum Duell war die Tochter des Bürgermeisters in Person, in die Simon sterblich verliebt war und die er nicht den Absichten eines kühnen Rivalen abtreten wollte.

XI

DIE LEUTE VON QUIQUENDONE FASSEN EINEN HEROISCHEN ENTSCHLUSS

Der bejammernswerte Zustand der Bevölkerung von Quiquendone scheint klar zu sein: In den Köpfen gärte es. Sie kannten sich nicht mehr, sie erkannten sich nicht wieder. Aus den friedlichsten Leuten waren nun Händelsucher geworden. Man brauchte sie bloß ein bißchen schief anzusehen, und schon schickten sie einem den Sekundanten ins Haus. Ein paar ließen sich einen Schnauzbart wachsen, und einige von denen – es waren die größten Streithähne – drehten ihn gar martialisch nach oben.

Unter solchen Bedingungen wurden natürlich die Verwaltung der Stadt und die Aufrechterhaltung der Ordnung auf den Gassen und in den öffentlichen Gebäuden immer schwieriger; denn diese Ämter waren für derartige Zustände eigentlich nicht eingerichtet. Der Bürgermeister – dieser würdige van Tricasse, den wir als einen so sanften, so farblosen Menschen kennengelernt haben, der niemals imstande war, irgend etwas zu entscheiden – derselbe Bürgermeister kam aus dem Zorn nicht mehr heraus. Sein Haus widerhallte von seinem Geschrei. Er erließ zwanzig Vorschriften im Tage, schimpfte mit seinen Beamten und schien willens, höchstpersönlich seine Verwaltungsbeschlüsse auszuführen.

Ha! Wie sich alles verwandelt hatte! Gemütliches, ruhiges Bürgermeisterhaus, behäbige flämische Behausung, was war denn aus der ganzen Beschaulichkeit geworden? Was für häusliche Szenen es da drinnen nun täglich gab! Madame van Tricasse war ein zänkisches, launisches, alles heruntermachendes Weib geworden. Ihrem Manne mochte es ab und zu gelingen, sie zu überbrüllen, doch nicht, sie zum Schweigen zu bringen. Der Jähzorn dieser tapferen Dame fand an allem und jedem Nahrung. Nichts war ihr mehr recht! Die Dienstboten waren nichts mehr wert. Überall gab's Verspätungen. Sie gab Lottchen und sogar Tatanémance die Schuld daran; ihre Schwägerin, eben Tatanémance, war stets nicht weniger schlecht aufgelegt und maulte ebenso sauer zurück. Natürlich hielt Herr van Tricasse seinem Dienstmädchen Lottchen die Stange, wie das ja in den besten Haushaltungen so Brauch ist. Und das war dann wieder ein Grund zu ständiger Erregung für ›Madame Bourgmestre‹ – es hagelte Rügen, Auseinandersetzungen, Streit und nicht endenwollende Szenen!

»Was haben wir denn eigentlich?« schrie der unglückliche Bürgermeister. »Ja, was ist denn das für ein Feuer, das uns verzehrt? Sind wir denn vom

Teufel besessen? Ach, Madame van Tricasse, Madame van Tricasse! Wenn Sie so weiterfahren, werden Sie mich noch vor Ihnen ins Grab bringen, und dann verfälsche ich die ganze schöne Familientradition!«

Der Leser hat bestimmt jene äußerst seltsame Besonderheit nicht vergessen, nämlich daß Herr van Tricasse Witwer werden und sich dann wieder verheiraten mußte, damit die Kette des Schicklichen nicht unterbrochen würde.

Diese Geistesverfassung brachte aber noch ganz andere Wirkungen hervor, sonderbare, interessante, die wiederzugeben sich wohl lohnen dürfte. Die unglaubliche Erregung, deren Ursache uns vorläufig noch nicht klar ist, führte zu physiologischen Regenerationserscheinungen, die man nie und nimmer erwartet hätte. Talente, die sonst im Verborgenen geblüht hätten, stachen plötzlich aus der Masse heraus. Fähigkeiten enthüllten sich. Künstler, die bis dahin recht durchschnittlich waren, erschienen plötzlich in einem neuen Licht. Männer von Format tauchten in der Politik sowohl wie in der Literatur auf. Aus den schwierigsten Diskussionen erwuchsen wahre Redner, die auch bei den vertracktesten Themen ihre Hörer begeisterten – die im übrigen bereits begeisterungsfähig hergekommen waren. Von den Ratssitzungen flog der Funke in die öffentlichen Versammlungen. Ein Klub wurde gegründet, und zwanzig Zeitungen wurden in Quiquendone gedruckt: *Der Wächter von Quiquendone, Der Überparteiliche von Quiquendone, Der Radikale von Quiquendone, Der Heißsporn von Quiquendone*, und wie sie alle hießen. Und alle waren im Zorn verfaßt und behandelten die kniffligsten sozialen Probleme.

Aber wozu denn das alles?, wird der Leser fragen. Nun, für alles und für nichts, wie man's nimmt. Zum Beispiel zankte man über den Audenarde-Turm, der schon bedenklich schief stand und den die einen abreißen lassen, die andern restaurieren wollten; oder über die Polizei-Erlasse, die der Stadtrat herausgab und gegen welche üble Elemente zu kämpfen versuchten; über das Ausfegen der Bachbetten und die Reinigung der Kanalisation, und so weiter und so fort. Ja, wenn die hitzigen Redner sich wenigstens mit der Stadtverwaltung allein abgegeben hätten! O nein, sie mußten weit darüber hinausgehen, sie wurden von ihrem eigenen Redestrom fortgespült, und wenn es keine Vorsehung gegeben hätte, dann hätten sie todsicher ihre Nächsten in einen Krieg hineingezerrt, hineingestoßen, hineingestürzt.

Denn Quiquendone hatte in der Tat seit acht- oder neunhundert Jahren einen erstklassigen *casus belli* zur Hand; doch hütete es ihn eifersüchtig, als wäre es eine Reliquie, so daß es schien, die Geschichte werde sich noch völlig verflüchtigen und zu nichts mehr taugen.

Und dieser *casus belli* war folgendermaßen entstanden:

Es ist ganz allgemein wenig bekannt, daß Quiquendone in diesem behäbigen Ecklein von Flandern eine Nachbarin besitzt, die kleine Stadt Virgamen nämlich. Die Grenzen der beiden Gemeinden stoßen aneinander.

Nun, also: Im Jahre 1135, eine geraume Zeit vor der Abreise des Grafen Baudouin ins Heilige Land, verirrte sich auf das Gemeindegebiet von Quiquendone eine Kuh aus Virgamen – nicht etwa die Kuh eines Bewohners jenes Städtchens, sondern eine Gemeindekuh, bitteschön! – und weidete nun dort. Doch hatte der unselige Wiederkäuer *von der Wiese kaum dreimal die Breite seiner Zunge abgerupft*. Doch das Delikt, der Mißbrauch, das Verbrechen – oder wie man dem sagen will – war nun einmal begangen und wurde pflichtschuldigst in einem Protokoll jener Zeit festgehalten. Doch, doch! Damals begannen die Magistraten sich in der Kunst des Schreibens zu üben!

»Wir werden uns rächen, sobald die Zeit gekommen ist«, stellte der damalige Bürgermeister Natalis van Tricasse – der zweiunddreißigste Vorläufer des gegenwärtigen Stadtvaters – ruhig fest. »Die Virgamenen werden wegen der Wartezeit schon nicht zu kurz kommen!«

Die Virgamenen waren darauf vorbereitet. Sie warteten also ab und dachten, die Erinnerung an die Beleidigung werde sich mit der Zeit etwas verlieren; und tatsächlich hörten sie ein paar Jahrhunderte lang nichts mehr davon und lebten mit ihren Nachbarn von Quiquendone im besten Einvernehmen.

Doch hatten sie die Rechnung ohne den Wirt gemacht, oder vielmehr ohne die seltsame Epidemie, die den Charakter ihrer Nachbarn grundlegend veränderte. Denn nun erwachte in den Herzen die so lange vergessene Rache.

Es geschah im Klub an der Rue Monstrelet. Der vor Wut kochende Advokat Schut warf seinen Zuhörern ganz einfach das Problem an den Kopf, und durch den Gebrauch der bei solchen Reden üblichen Ausdrücke und Gleichnisse stachelte er sie zu flammender Leidenschaft auf. Er erinnerte die Zuhörer an das damalige Delikt, er erinnerte vor allem an das Unrecht, das der Gemeinde Quiquendone zugefügt wurde, was eine »eifersüchtig auf ihre Rechte bedachte Gemeinde« nicht auf sich sitzen lassen könne. Er unterstrich die noch immer lebendige Beleidigung, wies auf die noch immer blutende Wunde. Er sprach von einem gewissen Kopfnicken der Leute von Virgamen, das beweise, wie sehr sie die Leute von Quiquendone verachteten. Er flehte seine Mitbürger inständig an, welche diese tödliche Beleidigung jahrhundertelang – unbewußt vielleicht – ertragen hätten. Er beschwor seine »Kinder der alten Stadt«, kein anderes Ziel mehr vor Augen zu haben als eine drastische Forderung nach Reparationen! Und schließlich rief er »alle lebenden Kräfte« der Nation zum Kampfe auf.

Mit was für einem Enthusiasmus diese für ihre Ohren völlig neuen Kampfesworte aufgenommen wurden, das läßt sich nicht in Worte kleiden, das kann man nur nachfühlen. Alle Zuhörer hatten sich erhoben, und mit hocherhobenen Armen verlangten sie laut schreiend: »Krieg!!« Nie zuvor hatte Advokat Schut einen derartigen Erfolg zu verzeichnen, und, das müssen wir zugeben, es war ein sehr, sehr schöner Erfolg.

Der Bürgermeister, der Stadtrat und alle Honoratioren, die an dieser denkwürdigen Sitzung teilnahmen, hätten sich umsonst gegen den öffentlichen Ansturm zu stemmen versucht. Übrigens verspürten sie dazu auch nicht die geringste Lust, und wenn nicht lauter, so brüllten sie doch ebenso laut wie alle andern:

»Zur Grenze! Zur Grenze!«

Da sich die Grenze bloß drei Kilometer außerhalb der Stadtmauer von Quiquendone befand, liefen die Virgamenen wirklich eine ernstliche Gefahr; denn die Invasion in ihr Land konnte geschehen, ehe sie sich überhaupt zurechtfinden konnten.

Zwar wollte der ehrenwerte Apotheker Josse Liefrinck – der als einziger in dieser ernsten Lage seinen gesunden Menschenverstand bewahrt hatte – den andern klarmachen, daß doch keine Gewehre, keine Kanonen und keine Generäle vorhanden seien.

Mit einigen Faustschlägen wurde ihm erwidert:

die Generäle, die Kanonen und die Gewehre seien rasch improvisiert, und das gute Recht und die Liebe zur Stadt genügten vollkommen, denn diese beiden seien es, die ein Volk unbesiegbar machten.

Daraufhin ergriff der Bürgermeister persönlich das Wort, und in einer hervorragend improvisierten Rede ließ er über jene Kleinmütigen und Verzagten, welche ihre Angst durch den Schleier der Vorsicht bemänteln, ein wahres Strafgericht ergehen. Und dann zerriß er den besagten Schleier mit patriotischer Hand. Es schien, als würde der Saal unter dem donnernden Applaus zusammenbrechen.

Einer verlangte, man müsse sogleich abstimmen.

Die Abstimmung verlief eindeutig, und nun brauste der Schrei: »Nach Virgamen! Nach Virgamen!« mit verdoppelter Stärke auf.

Der Bürgermeister wandte sich nun der Aufgabe zu, die Armeen in Bewegung zu setzen, und im Namen der Stadt versprach er demjenigen seiner zukünftigen Generäle, der siegreich heimkehre, die Ehrung durch einen Triumphzug im Stile der alten Römer.

Doch Apotheker Josse Liefrinck, der Dickkopf, gab sich nicht so leicht geschlagen, obgleich er es in Wirklichkeit schon war; er wünschte noch eine Bemerkung machen zu dürfen. Er gab zu bedenken, daß im alten Rom ein Triumphzug nur den siegreichen Generälen zugebilligt wurde, die fünftausend Feinde getötet hatten.

»Na, und? Na, und ...« schrien die Zuhörer dazwischen.

».... und Virgamen hat höchstens dreitausendfünfhundertsiebenzig Einwohner! Es dürfte schwer halten, mehrere Male denselben Mann umzubringen...«

Der unselige Logiker konnte nicht mehr ausreden, und zerschlagen und fast gerädert wurde er vor die Tür gesetzt.

»Mitbürger«, rief hierauf Sylvester Pulmacher, der für gewöhnlich einen kleinen Spezereiladen führte, »Mitbürger! Ungeachtet dessen, was der feige Pillendreher da gesagt hat, verpflichte ich mich, allein fünftausend Virgamenen zu töten, falls ihr meine Dienste annehmt.«

»Fünftausendfünfhundert!« schrie nun ein noch glühenderer Patriot.

»Sechstausendsechshundert!« steigerte der Spezereihändler sein Angebot.

»Siebentausend!« brüllte der Feinbäcker aus der Rue Hemling, Jean Orbideck, der drauf und dran war, mit seinen Sahnetörtchen ein Vermögen zu machen.

»Zugeschlagen!« rief Bürgermeister van Tricasse, als er sah, daß kein höheres Angebot mehr zu erwarten war.

Und so wurde Feinbäcker Jean Orbideck kommandierender General der Armee von Quiquendone.

XII

ASSISTENT YGÈNE MACHT ZWAR EINEN VERNÜNFTIGEN VORSCHLAG, WIRD ABER VON DR. OX HEFTIG ABGEWIESEN

»Nun wären wir so weit, Meister«, meinte tags darauf Assistent Ygène, während er ganze Kübel von Schwefelsäure in den galvanischen Trogapparat goß.

»Nun, also«, gab Dr. Ox zurück, »hatte ich nicht recht? Sie sehen ja jetzt, auf welch schwachen Füßen nicht nur die körperliche Entwicklung einer Nation, sondern auch ihre Moral, ihre Würde, ihre Talente und ihr politischer Verstand stehen! Das Ganze ist bloß eine Frage von Molekülen...«

»Ohne Zweifel, aber...«

»Aber?«

»Finden Sie nicht selbst, die Sache sei jetzt weit genug gegangen und wir sollten diese armen Teufel nicht so maßlos überreizen?«

»Neinneinnein!« protestierte Dr. Ox. »Ich will bis zuallerletzt experimentieren!«

»Wie Sie meinen, Meister. Immerhin scheint mir das Experiment schlüssig zu sein, und ich glaube, es werde langsam Zeit zum...«

»Zum?«

»Zum Schließen der Hahnen.«

»Das fehlte gerade noch!« brüllte nun seinerseits Dr. Ox. »Lassen Sie sich etwas Derartiges einfallen, und ich erwürge Sie mit meinen eigenen Händen!«

XIII

ES ZEIGT SICH WIEDER EINMAL, DASS MAN – VON HOHER WARTE AUS – ÜBER ALLEM KLEINLICHEN MENSCHSEIN STEHT

»Was sagten Sie da?« fragte Bürgermeister van Tricasse den Stadtrat Niklausse.

»Ich sagte, dieser Krieg sei notwendig«, antwortete in festem Tone der Stadtrat, »und die Zeit sei da, für die Beleidigung Rache zu nehmen.«

»Nun, und ich sage Ihnen«, gab der Bürgermeister giftig zurück, »ich sage Ihnen noch einmal: wenn die Bevölkerung von Quiquendone diese Gelegenheit nicht wahrnimmt, sich zu ihrem Recht zu verhelfen, dann ist sie ihres Namens unwürdig.«

»Und ich unterstütze Sie in der Ansicht, daß wir unverzüglich unsere Truppen zusammenziehen und sie nach vorn werfen müssen.«

»Also wirklich, Herr!« antwortete van Tricasse, »und mit *mir* reden Sie so?«

»Mit Ihnen, Herr Bürgermeister, und Sie sollen die Wahrheit hören, so unerbittlich sie auch sein mag.«

»Und auch Sie sollen sie hören, Herr Stadtrat«, nahm nun der empörte van Tricasse wieder das

Wort. »Und aus meinem Mund wird sie besser tönen als aus Ihrem! Ja doch, Herr Stadtrat, ja doch! Jede Verzögerung wäre entehrend. Seit neunhundert Jahren wartet die Stadt Quiquendone darauf, Rache zu nehmen, und was Sie auch dazu sagen mögen, ob es Ihnen paßt oder nicht, wir marschieren gegen den Feind.«

»Ach so, Sie nehmen das so auf?« erhitzte sich nun der Stadtrat. »Nun gut, mein Herr, dann marschieren wir eben ohne Sie, wenn es Ihnen nicht paßt, mitzumachen.«

»Der Platz des Bürgermeisters ist in der ersten Reihe, Herr.«

»Aber auch der des Stadtrats, Herr!«

»Sie beleidigen mich mit jedem Wort und arbeiten mir all meinen Wünschen entgegen!« schrie ihn der Bürgermeister hierauf an, und er ballte seine Fäuste, als gedenke er sie als trommelnde Projektile zu gebrauchen.

»Auch Sie beleidigen mich, weil Sie meinen Patriotismus anzweifeln«, schrie Niklausse zurück und setzte sich ebenfalls in Positur.

»Ich erkläre Ihnen, daß die Armee von Quiquendone sich in weniger als zwei Tagen in Marsch setzen wird!«

»Und ich wiederhole Ihnen, Herrrr, daß die achtundvierzig Stunden nicht verstrichen sein werden, wenn wir uns gegen den Feind in Marsch gesetzt haben!«

Aus dem eben gehörten Fragment ist rasch her-

auszumerken, daß die beiden Diskussionspartner genau dieselben Ideen verfochten. Beide wollten den Krieg. Aber ihre Überreizung zwang sie zum Streitgespräch. Niklausse hörte nicht auf van Tricasse, und dieser hörte nicht auf den Stadtrat. Sie hätten nicht heftiger aneinandergeraten können, wenn jeder eine gegenteilige Ansicht verfochten hätte, wenn also der Bürgermeister den Krieg gewollt hätte und Niklausse den Frieden. Die beiden alten Freunde warfen sich wütende Blicke zu. An ihrer beschleunigten Herztätigkeit, ihren geröteten Gesichtern, ihren verengerten Pupillen, ihren bebenden Muskeln und an ihren vor Wut brüllenden Stimmen konnte man merken, daß sie in den nächsten Sekunden aufeinander losstürzen würden.

Doch da schlug eine große Uhr die Stunde und hielt dadurch die beiden Kampfhähne davon ab, sich in die Haare zu geraten.

»Endlich ist die Zeit gekommen«, rief der Bürgermeister aus.

»Welche Zeit?« erkundigte sich der Stadtrat verblüfft.

»Die Zeit, auf den Kirchturm zu steigen, natürlich!«

»Stimmt. Und ob's Ihnen gefällt oder nicht, dort gehe ich hin, Herr Bürgermeister.«

»Ich auch.«

»Also los, kommen Sie hinaus!«

»Gehen wir hinaus!«

Die letzten Worte könnten uns zu glauben verleiten, daß ein Duell im Anzuge sei und die beiden Gegner sich aufs Terrain begaben. Doch dem war nicht so. Es war nämlich abgemacht, daß die beiden Stadtväter sich ins Rathaus begeben würden, dort auf den berühmten Turm steigen, der das Stadthaus um viele Meter überragte, und von dort aus die umliegende Gegend studieren wollten, damit auch bestimmt die besten strategischen Positionen von ihren Truppen besetzt werden könnten.

Obschon sie beide in diesem Punkte vollkommen einer Meinung waren, hörten sie während des Ganges dorthin keine Sekunde auf, sich mit verflixtester Heftigkeit zu zanken. Ihre lauten Stimmen waren durch alle Gassen zu vernehmen; doch da sämtliche Passanten mit demselben enormen Stimmvolumen miteinander verkehrten, schien die Erbitterung der beiden eine völlig natürliche Sache, und keiner achtete besonders auf sie. Bei diesen Zuständen wäre ein stiller Mensch als eine Art Ungeheuer aufgefallen.

Als der Bürgermeister und der Stadtrat beim Aufgang zum Turm angekommen waren, hatte sich ihre Wut bis zum Platzen gesteigert. Nun waren sie nicht mehr zornrot, sie waren käsweiß vor Wut. Diese schreckliche Diskussion hatte in ihren Eingeweiden einen spastischen Zustand geschaffen – dabei waren sie im Grunde ja gleicher Meinung! –, und es ist ja bestens bekannt, daß eine derartige Blässe der Beweis dafür ist, daß der Zorn die äußerste Grenze des Ertragbaren erreicht hat.

Am Fuße der engen Treppe zum Turm gab es dann doch noch eine regelrechte Explosion: Wer von beiden durfte als erster einsteigen, welcher von beiden zuerst die Wendeltreppe betreten? Der

Wahrheit zuliebe müssen wir verraten, daß es ein Geschubse gab und daß Stadtrat Niklausse vollständig vergaß, was er seinem Vorgesetzten, dem höchsten Würdenträger der Stadt, schuldig war. Er stieß van Tricasse ungehörig zur Seite und stürzte sich als erster in die finstere Treppenschraube.

Beide eilten die Treppe hinauf, und zwar zuerst auf allen vieren, während sie sich die übelsten Schimpfworte an den Kopf warfen. Es war also zu erwarten, daß oben im Turm ein schrecklicher Ausgang des Streites folgen werde. Der Turm lag dreihundertsiebenundfünfzig Fuß über dem Straßenpflaster ...

Doch den beiden Feinden ging bald einmal der Schnauf aus, und eine Minute später, auf der vierundzwanzigsten Stufe, bewegten sie sich nur noch sehr schwerfällig und schnauften mit gewaltigem Lärm.

Doch dann – war es eine Folge ihrer Atembeschwerden? – nahm ihr Zorn langsam ab, sie belegten einander nicht mehr mit unpassenden Scheltworten. Sie schwiegen, und – wie seltsam! – es schien, als nehme ihre Gereiztheit in dem Maße ab, in dem sie nach oben stiegen. So etwas wie Friede senkte sich auf ihren Geist. Die Wallungen im Gehirn verloren sich, wie das bei einer Kaffeemaschine geschieht, wenn man sie vom Feuer nimmt. Warum wohl?

Auf dieses Warum können wir überhaupt keine Antwort geben. Doch es ist wahr, daß – als die beiden auf einer gewissen Stufe, auf einer Höhe von zweihundertsiebzig Fuß über dem Niveau der Stadt angelangt waren – die beiden Gegner sich hinsetzten und sich zum erstenmal viel ruhiger und ohne Zorn anguckten.

»Wie hoch das ist!« sagte der Bürgermeister und wischte sich mit dem Taschentuch über das hochrote Gesicht.

»Sehr hoch!« antwortete der Stadtrat. »Wissen Sie, daß wir Sankt Michael von Hamburg um vierzehn Fuß übertreffen?«

»Ich weiß es«, gab der Bürgermeister mit einem Anflug von Eitelkeit zurück, was wir ihm verzeihen wollen – war er doch der oberste Würdenträger der Stadt.

Nach wenigen Augenblicken setzten die beiden Stadtväter ihren Marsch nach oben fort, wobei sie neugierige Blicke durch die in die Turmmauer geschnittenen Schießscharten warfen. Der Bürgermeister hatte sich an die Spitze der Karawane gestellt, ohne daß der Stadtrat den kleinsten Einwand dagegen erhoben hätte. Es geschah sogar, daß er kurz vor der dreihundertundvierten Stufe den Bürgermeister hilfreich in die Nieren stieß, weil dieser vollkommen erschöpft war. Der Bürgermeister ließ es geschehen, und als sie auf der Plattform des Turmes ankamen, sagte er:

»Danke, Niklausse! Ich werde Ihnen auch wieder einmal etwas zuliebe tun.«

Eben waren sie noch zwei wilde Tiere gewesen,

die sich zu zerreißen anschickten – eben noch, unten am Turm. Jetzt waren sie wiederum zwei Freunde, die friedlich zusammen die Höhe erklommen hatten.

Das Wetter war herrlich. Es war Mai. Die Sonne hatte allen Dunst aufgesogen. Welch reine, klare Luft hier oben! Das Auge konnte in weitem Umkreis jeden kleinsten Gegenstand deutlich erkennen. Sie konnten in einer Entfernung von wenigen Meilen sogar die blendend weißen Stadtmauern von Virgamen erblicken, die roten Hausdächer, die mal nach links, mal nach rechts zeigten, die lichtübergossenen Kirchtürme. Dort lag sie, die Stadt, die sie von vornherein der Plünderung und dem Feuer geweiht hatten!

Bürgermeister und Stadtrat hatten sich nebeneinander auf eine kleine Steinbank gesetzt, wie das bei zwei wackeren Männern der Fall ist, deren Seelen in enger Sympathie sich anziehen. Schnaufend genossen sie den Ausblick, und nach ein paar Augenblicken der Stille rief der Bürgermeister aus:

»Wie schön das ist!«

»Ja, es ist bewundernswert!« kam das Echo des Stadtrats. »Und scheint Ihnen nicht auch, mein werter van Tricasse, die Menschheit sei eher dazu bestimmt, auf solchen Höhen zu wohnen, anstatt direkt auf der Rinde unseres Erdballs herumzukriechen?«

»Auch ich denke so, braver Niklausse, auch ich bin dieser Ansicht. Man erfaßt hier oben viel besser die Empfindung, die von der Natur ausgeht! Man nimmt sie mit allen Sinnen in sich auf! Auf solcher Höhe sollten Philosophen geboren werden, hier oben sollten weise Menschen wohnen – weit über dem Alltagselend dieser Welt!«

»Wollen wir mal um den Söller herumspazieren?« schlug der Stadtrat vor.

»Spazieren wir also mal um den Söller herum!« pflichtete der Bürgermeister bei.

Und die beiden Freunde, die sich mittlerweile untergehakt hatten und die nun wieder wie ehemals zwischen ihren Gesprächen lange Pausen einschalteten, besahen sich gemeinsam den weiten Horizont.

»Es müssen wenigstens siebzehn Jahre her sein, seit ich hier oben war«, rechnete van Tricasse aus.

»Ich glaube, ich war überhaupt noch nie da oben«, antwortete Niklausse, »und ich bedaure das sehr, denn von hier oben ist der Ausblick unerreicht! Und sehen Sie nur, mein Freund, wie hübsch das Flüßchen, die Vaar, sich zwischen den Bäumen hindurchschlängelt!«

»Ja, und dort drüben sieht man die Höhen von Saint-Hermandad! Wie anmutig sie den Horizont abschließen! Und sehen Sie dort jene Abgrenzung, von grünen Bäumen gebildet; wie malerisch arbeitet doch die Natur! Ah, die Natur, die Natur! Wie könnte der Mensch es wagen, jemals seine Hand gegen sie zu erheben?«

»Es ist bezaubernd schön, mein lieber Freund«,

erwiderte der Stadtrat. »Sehen Sie doch die weidenden Herden in den grünenden Wiesen, diese Rinder, diese Kühe, diese Schafe ...«

»Und die Landarbeiter dort auf dem Wege zur Arbeit! Man könnte sie für Hirten in Arkadien halten. Ihnen fehlt bloß noch der Dudelsack!«

»Und über all dem, über diesem fruchtbaren Land der schöne blaue Himmel, den nicht das kleinste Wölkchen trübt! Ah, man könnte hier oben zum Dichter werden! Ich verstehe eigentlich nicht, warum der heilige Simon auf der Säule nicht der größte Dichter der Welt wurde.«

»Vielleicht war seine Säule nicht hoch genug«, vermutete der andere mit sanftem Lächeln.

In diesem Augenblick begann das Glockenspiel zu läuten. Die klaren Glocken spielten gerade eine ihrer melodiösesten Weisen. Die beiden Freunde lauschten verzückt.

Dann aber bemerkte mit ruhiger Stimme der Bürgermeister:

»Ja, sagen Sie einmal, Freund Niklausse, weshalb sind wir eigentlich auf diesen Turm heraufgeklettert?«

»Ich glaube in der Tat«, murmelte der Stadtrat, »wir lassen uns von unseren Träumen dahintreiben . . .«

»Weshalb sind wir hier heraufgekommen?« beharrte der Bürgermeister.

»Wir sind gekommen, um diese reine Luft einzuatmen, die von den menschlichen Schwächen nicht verseucht ist«, vermutete Niklausse.

»Nun, wollen wir wieder hinunter, Freund Niklausse?«

»Wir wollen wieder hinunter, Freund van Tricasse.«

Die beiden Stadtväter warfen einen letzten Blick

auf die herrliche Aussicht, die sich ihren Augen bot. Dann stieg der Bürgermeister als erster die Treppe hinab und nahm gemessen Stufe um Stufe. Der Stadtrat folgte ihm auf dem Fuße. Die beiden Herren waren wieder auf jener Stufe angelangt, wo sie sich beim Aufstieg ausgeruht hatten. Ihre Wangen waren schon jetzt wieder sehr gerötet. Sie hielten einen Moment inne und setzten dann den Abstieg fort.

Eine Minute später bat van Tricasse den Stadtrat, er möge doch etwas langsamer gehen, er habe es nicht so gern, wenn jener ihm zu dicht auf den Fersen gehe, das ›störe ihn‹.

Es störte ihn mehr, als er sagte, denn zwanzig Stufen weiter unten befahl er dem Stadtrat zu warten, damit er ein wenig Vorsprung bekomme.

Der Stadtrat erwiderte, er habe keine Lust, auf einem Bein zu warten, nur um es dem Bürgermeister recht zu machen; und er blieb keineswegs stehen.

Van Tricasse warf ihm dafür ein hartes Schimpfwort an den Kopf.

Der Stadtrat revanchierte sich mit einer verletzenden Anspielung auf das Alter des Bürgermeisters, der durch Familientradition gezwungen sei, ein zweitesmal zu heiraten...

Der Bürgermeister nahm noch einmal zwanzig Stufen und ließ Niklausse mit scharfen Worten wissen, er lasse sich nicht so einfach überholen.

Niklausse seinerseits bemerkte spöttisch, er

werde den andern auf jeden Fall überholen. Und da die Wendeltreppe sehr eng war, gab es einen Zusammenstoß zwischen den beiden Würdenträgern, die sich nun wieder in völliger Dunkelheit befanden.

Schimpfworte wie ›Flegel‹ und ›Tölpel‹ waren nun bereits wieder die sanftesten, die sie einander an den Kopf warfen.

»Wir werden ja sehen, Sie dummer Tropf«, schrie der Bürgermeister, »wir werden ja sehen, was für eine Figur Sie in diesem Krieg machen werden und in welcher Reihe Sie marschieren!«

»Bestimmt in der Reihe, die vor der Ihren sein wird, alter Trottel!«

Andere Ausrufe folgten, und es hörte sich an, als ob menschliche Körper sich am Boden wälzten ...

Was war geschehen? Wieso wechselten die Stimmungen derart rasch? Wie kam es, daß sich die Schafe vom Söller zweihundert Fuß weiter unten in reißende Tiger verwandelten?

Wie dem auch sei, der Wächter des Turmes hörte den Spektakel und kam die hintere Türe öffnen – just in dem Moment, als die beiden Gegner, die sich bereits übel zugerichtet hatten, mit hervorquellenden Augen einander ganze Haarbüschel ausrissen, die glücklicherweise zu einer Perücke gehörten.

»Sie werden mir Genugtuung leisten!« schrie der Bürgermeister und hielt dem andern die Faust unter die Nase.

»Wann immer es beliebt!« heulte der Stadtrat, indem er sich etwas unsicher auf seinem rechten Fuße wiegte.

Der Wächter war seinerseits überreizt und fand daher an diesem herausfordernden Schauspiel nichts Ungewöhnliches. Ich weiß nicht, was für eine innere Erregung ihn dazu brachte, sich einzumischen. Doch er beherrschte sich, ging statt dessen von Haus zu Haus und erzählte im ganzen Quartier von dem kommenden Duell zwischen dem Bürgermeister und dem Stadtrat Niklausse.

XIV

DIE GESCHICHTE SPITZT SICH DERART ZU, DASS DIE BEWOHNER VON QUIQUENDONE, DIE LESER UND SOGAR DER AUTOR DIE AUGENBLICKLICHE LÖSUNG DES KNOTENS FORDERN

Der eben geschilderte Zwischenfall beweist, bis zu welcher Siedehitze die Bevölkerung von Quiquendone gebracht worden war. Die zwei ältesten Freunde der Stadt, die zwei sanftesten – das heißt bis zum Einbruch des seltsamen Übels waren sie es – hatte es bis zu diesem Grad von Gewalttätigkeit getrieben! Und das bloß einige Minuten nachdem ihre ehemalige Zuneigung, ihr liebenswürdiges Benehmen, ihr bedächtiges Temperament auf dem Stadthausturm wieder die Oberhand gewonnen hatten!

Als Dr. Ox von der Sache erfuhr, konnte er sich vor Freude kaum fassen. Er widersetzte sich den Einwänden seines Assistenten, der vorauszusehen glaubte, daß die ganze Geschichte ein ungutes Ende nehmen wollte. Im übrigen waren die beiden genauso unter dem Einfluß einer allgemeinen Überreizung. Sie waren nicht weniger erregt als der Rest der Bevölkerung, und ihre Auseinandersetzungen glichen aufs Haar denen zwischen Bürgermeister und Stadtrat.

Anderseits muß gesagt sein, daß ein Problem alle andern in den Schatten stellte: das Problem

Virgamen. Niemand hatte mehr das Recht, sein Blut unnötig zu vergießen, wenn es doch bis zum letzten Tropfen dem Vaterland gehörte.

Die Situation war in der Tat sehr ernst, und es gab kein Zurück mehr.

Bürgermeister van Tricasse hatte nämlich trotz seinem kriegerischen Feuer beschlossen, sich erst nach einer vorbereitenden Warnung auf seinen Feind – die Stadt Virgamen – zu stürzen. Er hatte sich daher seines Feldhüters, eines Mannes namens Hottering, bedient, um die Virgamenen gerichtlich zu mahnen, die Übertretung des Gesetzes, begangen im Jahre 1135 auf dem Gebiet von Quiquendone, wiedergutzumachen.

Die Behörden von Virgamen verstanden anfänglich überhaupt nicht, worum es sich handelte, und der Feldhüter wurde ungeachtet seiner offiziellen Mission recht herrenmäßig vor die Tür gesetzt.

Darauf schickte van Tricasse einen Adjutanten seines Feinbäcker-Generals aus, den Bürger Hildevert Shuman, einen Gerstenzuckerfabrikanten, einen Mann, der sehr bestimmt, sehr energisch aufzutreten verstand. Der mußte den Virgamenen einen Auszug aus dem Protokoll überbringen, das im Jahre 1135 verfaßt worden war, und zwar von keinem Geringeren als von Bürgermeister Natalis van Tricasse.

Die Behörden von Virgamen wollten schier platzen vor Lachen, und sie verfuhren mit dem Adjutanten genauso wie mit dem Feldhüter.

Hierauf versammelte der Bürgermeister alle angesehenen Bürger um sich. Mit ihnen verfaßte er einen geharnischten Brief in Form eines Ultimatums an die feindliche Stadt. Der *casus belli* war darin sauber aufgesetzt, und es wurde der schuldigen Stadt ein Ultimatum von vierundzwanzig Stunden gestellt, den Schaden und die Beleidigung wiedergutzumachen.

Der Brief ging ab und kam sogleich wieder zurück – aber zerrissen in winzige Fetzchen, was natürlich ebenso viele Beleidigungen wie Fetzchen darstellte. Die Bewohner von Virgamen kannten ja seit Jahren die Langmut der Leute von Quiquendone, und darum machten sie sich lustig über sie, über ihre Beschwerde, über den *casus belli* und über ihr Ultimatum.

Nun gab es nur noch eines: zu den Waffen zu greifen, den Kriegsgott anzurufen und nach preußischem Muster sich auf die Virgamenen zu stürzen, ehe die bereit waren.

Das war es, was der Rat in einer feierlichen Sitzung beschloß, während welcher die Schreie, die Verwünschungen und die drohenden Gebärden Ausdruck einer Heftigkeit sondergleichen bildeten.

Eine Versammlung von Verrückten, eine Zusammenkunft von Besessenen, ein Klub von aus dem Häuschen Geratenen hätte nicht lärmiger sein können.

Sobald die Kriegserklärung bekanntgegeben war, sammelte General Jean Orbideck seine Truppen, das heißt zweitausenddreihundertdreiundneunzig Krieger aus einer Bevölkerung von zweitausenddreihundertdreiundneunzig Seelen... Frauen, Kinder und Greise hatten sich den erwachsenen Männern angeschlossen. Jedes schneidende oder schlagfähige Instrument wurde als Waffe mitgeführt. Die Gewehre in der ganzen Stadt wurden requiriert. Es waren deren fünf gefunden worden, zwei davon ohne Abzugshahn. Sie wurden der Vorhut zugeteilt. Die Artillerie bestand aus der alten Feldschlange, die im Schloßhof stand und die im Jahre 1339 beim Angriff auf Quesnoy erbeutet wurde. Es war eine jener ersten Feuerwaffen, die in den Geschichtsbüchern erwähnt werden und mit der seit fünf Jahrhunderten nicht mehr geschossen worden war. Übrigens gab es für dieses Prachtstück keine Munition – zum Glück für die, die es hätten abfeuern müssen. Doch auch so konnte diese Kriegsmaschine dem Feind eine gewisse Furcht einjagen. An Hieb- und Stichwaffen hatte man einiges aus dem Museum geholt: Feuersteinbeile, Spieße, Streitäxte, zweischneidige Franzisken, fränkische Lanzen, Knebelspieße, Dolche voll Grünspan, Degen und so fort. Dann hatte man aus den sonderbarsten Arsenalen, zum Beispiel aus den Bureaux und aus den Küchen, gewisse Gegenstände als Waffen herbeigeschleppt. Doch der Mut, das gute Recht, der Haß gegen alles Fremde, der

Wunsch nach Rache mußten eben bessere Waffen ersetzen – wenigstens hoffte man das – und anstelle von modernen Maschinengewehren und Hinterladerkanonen eingesetzt werden.

Es gab eine Heerschau. Kein einziger Bürger fehlte beim Appell. General Orbideck saß nicht sehr sicher auf seinem Schlachtroß, das übrigens ein hinterhältiges Tier war: dreimal fiel der General vor versammelter Armee in den Staub. Doch er stand jedesmal unversehrt wieder auf, was als günstiges Omen gewertet wurde. Der Bürgermeister, der Stadtrat, der Bürgerkommissar, der Oberrichter, der Steuereinnehmer, der Bankier und der Rektor – kurz, alle angesehenen Bürger der Stadt marschierten voran. Keine Träne wurde vergossen, weder von den Müttern noch von den Schwestern oder den kleinen Mädchen. Sie stießen im Gegenteil ihre Gatten, ihre Brüder in den Kampf und folgten hintennach, gewissermaßen als Nachhut. Sie standen unter dem Befehl der mutigen Madame van Tricasse.

Das Horn des Ausrufers Jean Mistrol ertönte. Die Armee schwärmte aus, und unter wildem Kriegsgeschrei marschierte sie in Richtung Audenarde-Pforte.

In dem Augenblick, als das vorderste Glied der Kolonne im Begriff war, aus der Umfriedung der Stadt hinauszutreten, stürzte sich ihnen ein Mann entgegen:

»Haltet!! Haltet doch an! Ihr seid ja verrückt! Laßt das Dreinschlagen! Laßt mich den Hahn zudrehen! Ihr seid gar nicht blutdürstig! Ihr seid brave, sanfte und friedliebende Bürger! Und wenn euch jetzt ein inneres Feuer zu verbrennen scheint, so ist daran bloß mein Meister schuld, Dr. Ox nämlich! Das Ganze ist ein Experiment! Unter dem Vorwand, eure Stadt mit oxyhydrischem Gas zu beleuchten, hat er eine Sättigung der Luft ...«

Der Assistent war völlig aus dem Häuschen. Doch er konnte seine Ansprache nicht zu Ende bringen. Im gleichen Augenblick, als er das Geheimnis des Doktors verraten wollte, stürzte sich Dr. Ox selber in maßloser Wut auf den unglückseligen Ygène und verschloß ihm den Mund mit Faustschlägen.

Es gab eine Schlägerei. Der Bürgermeister, der Stadtrat und alle Honoratioren, die bei den ersten Worten des Assistenten stehengeblieben waren, stürzten sich, ihrerseits völlig außer sich, auf die beiden Fremden. Sie hörten weder auf den einen noch auf den andern. Dr. Ox und sein Gehilfe wurden zerzaust und geschlagen und wären im Gefängnis gelandet – wie van Tricasse bereits befohlen hatte – als ...

XV

DIE BOMBE PLATZT

... als sich eine fürchterliche Explosion ereignete. Die ganze Atmosphäre, die Quiquendone einhüllte, schien plötzlich brennend heiß zu werden. Eine Flamme von phänomenaler Heftigkeit und Macht schoß wie ein Meteor zum Himmel auf. Wäre es Nacht gewesen, man hätte sie bestimmt auf zehn Meilen im Umkreis gesehen.

Die ganze Armee von Quiquendone lag am Boden wie eine Armee von Kapuzinern ... Glücklicherweise wurde niemand verletzt. Ja, ein paar Schürfungen und kleine Wehwehs gab's schon, das war aber auch alles. Der Feinbäcker, der diesmal nicht vom Pferd gefallen war, hatte einen angesengten Helmbusch, war im übrigen aber nicht versehrt.

Was war geschehen?

Eine einfache Sache, wie sich gleich darauf herausstellte: die Gasfabrik war in die Luft geflogen. Wahrscheinlich war während der Abwesenheit des Doktors und seines Assistenten irgend jemand unvorsichtig gewesen. Es hat sich nie herausgestellt, wie oder warum sich eine Verbindung zwischen dem Sauerstofftank und dem Wasserstoffbehälter gebildet hatte. Aus der Verbindung der beiden Gase hatte sich ein explosiver Stoff entwickelt, an

den dann durch Unachtsamkeit ein Funke gekommen sein mußte.

Das änderte nun wieder alles. – Doch als die Armee sich aus dem Staub erhob, waren Dr. Ox und Assistent Ygène verschwunden.

XVI

HIER MERKT DER INTELLIGENTE LESER, DASS ER, TROTZ ALLER VORSICHTSMASSNAHMEN DES AUTORS, RICHTIG GERATEN HAT

Nach der Explosion war Quiquendone augenblicklich wieder zu der friedlichen, phlegmatischen und flämischen Stadt geworden, die sie schon immer gewesen war.

Nach der Explosion, die im übrigen keine allzu große Bewegung hervorrief, suchte jeder – ohne genau zu wissen warum, gewissermaßen automatisch – sein Zuhause auf, wobei der Bürgermeister sich auf den Arm des Stadtrats stützte, Advokat Schut ging am Arm von Dr. Custos, Frantz Niklausse am Arm seines Rivalen Simon Collaert – ein jeder war ruhig, machte keinen Lärm, ja keiner wußte, was eigentlich geschehen war. Virgamen und der Rachefeldzug waren bereits vergessen. Der General kehrte zu seinen Konfitüren zurück, und sein Adjutant kümmerte sich wieder um seinen Gerstenzucker.

Alles war wieder zu seiner Gemütsruhe zurückgekehrt, alles lebte wieder sein gewohntes Leben, Mensch und Tier, Tier und Pflanze, ja sogar der Turm von Audenarde, den die Explosion – Explosionen bringen manchmal erstaunliche Sachen fertig! – wieder geradegerichtet hatte!

Seither hörst du dort kein lautes Wort mehr,

nie gibt es in Quiquendone eine Auseinandersetzung. Keine Politik, kein Klub, kein Prozeß, keine Stadtwache mehr! Die Stelle des Kommissars Passauf wurde wieder ein sorgenfreier Posten, und wenn ihm sein Gehalt nicht gekürzt wurde, so nur deshalb, weil Bürgermeister und Stadtrat sich zu keiner Entscheidung in dieser Sache aufraffen konnten. Doch von Zeit zu Zeit spielte der Kommissar in Tatanémances Träumen eine gewisse Rolle...

Der Rivale unseres Frantz aber überließ großzügig Suzel, die Charmante, ihrem Schatz, der sich beeilte, sie zu heiraten, und zwar bereits fünf oder sechs Jahre nach jenen Ereignissen.

Madame van Tricasse starb zehn Jahre darauf, und nach einem züchtigen Zeitabstand heiratete der Bürgermeister Fräulein Pélagie van Tricasse, seine Base, unter den glücklichsten Umständen... für die vom Schicksal begünstigte Sterbliche nämlich, die ihn überleben würde.

XVII

DIE THEORIE DES DR. OX WIRD ERLÄUTERT

Was hatte nun eigentlich dieser geheimnisvolle Dr. Ox unternommen? Ein versponnenes Experiment, nichts weiter.

Nachdem er seine Leitungen gelegt, hatte er die

öffentlichen Gebäude mit reinem Sauerstoff gefüllt, ohne je ein Atom Wasserstoff beizugeben. Dann hatte er dasselbe bei den Privathäusern und schließlich sogar in den Gassen der Stadt Quiquendone praktiziert.

Dieses geschmack- und geruchlose Gas, in solch starken Mengen der Atmosphäre beigegeben, erzeugt beim Einatmen im menschlichen Organismus ernste Komplikationen. Wenn der Mensch in einer mit Sauerstoff angereicherten Luft lebt, wird er erregt, überreizt, ja er verbrennt gewissermaßen!

Kaum aber wird er wieder einer normalen Atmosphäre ausgesetzt, ist er wieder, was er vorher war, wie der Fall des Stadtrates und des Bürgermeisters beweist – als sie oben auf dem Stadthausturm in normaler, atembarer Luft standen, da ja der Sauerstoff durch sein größeres spezifisches Gewicht in den unteren Luftschichten bleibt.

Anderseits wollen wir feststellen, daß Menschen, die in diesem Gasgemisch leben, das Körper und Geist gleichermaßen verändert, rascher sterben, wie jene dummen Kerle, die ein ausschweifendes Leben führen!

Eine glückliche Sache für die Leute von Quiquendone, jene Explosion. Sie brachte das gefährliche Experiment des Dr. Ox zu einem vorschnellen Ende, weil dessen Fabrik in die Luft flog.

Zusammenfassend und abschließend fragen wir: Sind denn die Tugend, Mut, Talent, Geist, Vorstellungskraft, alle jene menschlichen Vorzüge und Fähigkeiten, nur eine Frage der Sauerstoffmenge?

Das jedenfalls ist die Theorie des Dr. Ox; wir aber haben das Recht, ihr nicht beizupflichten, und was uns persönlich betrifft, so lehnen wir sie in Bausch und Bogen ab, ungeachtet des phantastischen Experimentes, das mit der Stadt Quiquendone unternommen wurde.

FRRITT-FLACC

I

Frritt! ... heult der entfesselte Sturmwind.

Flacc! ... Wie ein Sturzbach strömt der Regen! Und der aufheulende Wind biegt die Wipfel der Bäume tief herunter, und alle verbeugen sich nach Wolsinien hinüber. Dann wirft er sich mit unbändiger Wucht gegen die Flanke der Crimma-Berge. Der ganzen Küste entlang werden die mächtigen Felsen unaufhörlich von den Brechern des weiten Megalocrid-Meeres ausgewaschen.

Gleich am Hafen liegt, fast versteckt, die kleine Stadt Luktrop. Sie zählt einige hundert Häuser und grün überwachsene Stadttürme, die die Stadt mehr schlecht als recht vor den heftigen Stürmen, die vom Meere hereinbrausen, zu schützen versuchen. Vier, fünf leicht ansteigende Gassen, die eher Schluchten ähneln, mit Uferkies gepflästert und von Schlacken und Lavaasche verschmutzt. Schlacken und Asche werden von dem Vulkankegel ausgespuckt, der sich drohend im Hintergrund zum Himmel reckt. Der große Vulkan liegt nicht weit vor der Stadt. Es ist der Vanglor. Tagsüber entlädt sich der Überdruck aus seinem Innern in Form von Schwefeldämpfen. In der Nacht hingegen speit der Vanglor in Intervallen von einer Minute gewaltige Flammen aus. Wie ein Leuchtturm zeigt er den Hafen von Luktrop auf hundertfünfzig Meilen in der Runde jedem der verschiedenen Küstenschiffe an, deren Bug die Gewässer des Megalocrid-Meeres durchpflügt.

Auf der anderen Seite der Stadt liegen aufgetürmt ein paar Ruinen aus der crimmerischen Zeit. Weiter draußen erhebt sich die fast arabisch anmutende Vorstadt. Sie hat eine Kasbah aufzuweisen, weißgetünchte Häusermauern, runde Hausdächer und Terrassen, die in der glühenden Sonne sengen ... ein wirres Durcheinander von Steinhaufen, als hätte der Zufall sie dort zusammengewürfelt – Spielzeugwürfel, in der Tat, deren Augen von der Patina der Zeit erblindet sind.

Unter anderen Gebäuden sticht besonders das ›Sechs-Vier‹ hervor, ein Haus, das seinen Namen der bizarren Konstruktion verdankt; denn es brüstet sich unter seinem viereckigen Dach mit einer Fassade, die auf der einen Seite sechs, auf der anderen bloß vier Fenster besitzt.

Die Stadt wird von einem Glockenturm überragt, dem Turm der heiligen Philfilene. Im Turm hängen die Glocken offen da, so daß der Sturmwind sie manchmal zum Schwingen bringt. Ein schlechtes Zeichen! sagen dann die Leute von Luktrop, und sie bekommen es mit der Angst zu tun.

So also sieht Luktrop aus. Außerhalb der Stadt gibt es freilich noch eine ganze Anzahl von Elendshütten. Sie stehen überall zwischen Ginster und Heidekraut verstreut – wie in der Bretagne. Doch wir befinden uns nicht in der Bretagne. Vielleicht sonstwo in Frankreich? Ich weiß es nicht. Irgendwo in Europa? Ich habe keine Ahnung.

Jedenfalls braucht ihr Luktrop auf keiner Landkarte zu suchen – nicht einmal in Stielers Atlas!

II

›Bang.‹ Schüchtern fällt der Türklopfer gegen die schmale Pforte des Hauses, das ›Sechs-Vier‹ heißt. Die Eingangstür ist linkerhand, in einen Winkel der Messaglière-Gasse eingelassen, und sie führt in eines der komfortabelsten Häuser – wenn sich dieses Wort überhaupt auf ein Haus von Luktrop anwenden läßt. Auch ist es eines der reichsten – falls es Reichtum bedeutet, wenn man (sei es ein gutes oder ein schlechtes Jahr) sich einige Tausende zusammengerafft hat.

Auf das Klopfen läßt sich sofort ein wildes Kläffen vernehmen, das in ein Geheul übergeht, wie man sich etwa das Gebelfer eines Wolfes vorzustellen hat. Dann geht ein Schiebefenster über der Türe zum ›Sechs-Vier‹ auf, und eine keifende Stimme, die obendrein schlechte Laune verrät, schreit hinunter:

»In drei Teufels Namen! Wer stört mich da?«

Und die zaghafte Stimme eines vor Kälte und Regennässe zitternden Mädchens erkundigt sich, ob der Herr Doktor Trifulgas zu Hause sei. Das Kind ist in einen ärmlichen Überwurf gehüllt.

»Ja und nein – je nachdem!«

»Ich komme wegen meines Vaters. Er liegt im Sterben.«

»Und wo liegt er im Sterben?«

»Im Karniu-Tal, vier Meilen von hier.«

»Und wie heißt er?«

»Vort Kartif.«

III

Ein harter Mann, dieser Dr. Trifulgas, ein mitleidloser Mann; Patienten nimmt er nur gegen Vorausbezahlung an. Sein Hund heißt Hurzof; er ist eine Kreuzung zwischen Bulldogge und Spaniel und dürfte mehr Herz haben als sein Herr. Das ›Sechs-Vier-Haus‹ bleibt den Armen verschlossen, öffnet sich nur den Reichen. Und im übrigen gibt es für diese ganz strikte Tarife: das und das Honorar bei Typhusfieber, soundsoviel bei hohem Blutdruck, soundsoviel für die Behandlung von Herzbeutelerkrankungen – für jede der vielen Krankheiten, die die Ärzte im Dutzend erfinden, besteht ein ganz bestimmter Honoraransatz ...

Und nun dieser Fischer Kartif: ein armer Teufel aus einer elenden Familie. Wozu hätte sich da der Doktor Trifulgas bemühen sollen, und erst noch in einer solchen Sturmnacht!

»Schon allein für die Mühe des Aufstehens müßten die mir eigentlich zehn Fretzer bezahlen«, brummt der Arzt, während er sich wieder in sein Bett legt.

Noch sind keine weiteren zwanzig Minuten verstrichen – und schon wieder schlägt der Türklopfer des ›Sechs-Vier-Hauses‹ gegen die Pforte.

Fluchend wälzt sich der Arzt aus seinem Bett und beugt sich aus dem Fenster:

»Wer ist da?« brüllt er.

»Ich bin's, die Frau von Vort Kartif.«

»Vom Fischer im Karniu-Tal?«

»Ja. Und wenn Ihr Euch weigert, stirbt er!«

»Ja nun? Bist du eben Witwe!«

»Ich habe zwanzig Fretzer mitgebracht.«

»Zwanzig Fretzer, um bis ins Karniu-Tal zu kommen ... vier Meilen von hier!«

»Erbarmt Euch!«

»Scher dich zum Teufel!«

Und das Fenster schlägt wieder zu. Zwanzig Fretzer! Ein großartiges Honorar! Dafür soll er sich einen Schnupfen oder gar einen steifen Hals holen – und gerade heute, wo er doch morgen wieder in Kiltreno erwartet wird, beim reichen Edzingov, beim Mann mit dem Zipperlein, dessen Gicht er, zur Melodie von fünfzig klimpernden Fretzern für jeden Besuch, ausbeutet!

Mit dieser herrlichen Aussicht schläft Dr. Trifulgas besser und tiefer ein als zuvor ...

IV

Frritt! ... Flacc! ... Und dann wieder: Bang! Bumm! Bumm! ... Ins Geheul des Sturmes mischt sich diesmal ein dreimaliges Klopfen gegen die Tür des Arztes. Eine energischere Hand scheint jetzt den Klopfer zu betätigen. Der Arzt hat etwas geschlafen. Jetzt wacht er auf – aber in welcher Stimmung! Kaum hat er sein Fenster aufgemacht, da prasselt schon der Sturm wie Maschinengewehrfeuer herein …

»Ich komme wegen des Fischers …«

»Was? Schon wieder wegen des Fischers …«

»Ich bin seine Mutter!«

»Oh! Daß doch die Mutter, die Frau und die Tochter mit ihm verrecken würden!«

»Er hat einen Schlaganfall erlitten! …«

»Soll er sehen, wie er damit fertig wird!«

»Wir haben etwas Geld bekommen«, beginnt die Alte mühsam wieder. »Ein Vorschuß auf das Haus, das uns Dontrup, der Mann aus der Messaglière-Gasse, abkaufen will. Wenn Ihr nicht kommt, hat meine Enkelin keinen Vater, meine Tochter keinen Mann und ich keinen Sohn mehr! …«

Erbarmungswürdig und schrecklich zugleich, diese Worte aus dem Munde der Alten – und zu denken, daß unterdessen der Sturmwind das Blut in ihren Adern zu Eis werden läßt, daß der Regen sie dazu bis auf die Knochen durchweicht.

»Ein Schlaganfall? Das macht zweihundert Fretzer!« stellt Dr. Trifulgas hartherzig fest.

»Wir haben aber bloß hundertundzwanzig!«

»Dann gute Nacht!«

Wieder wird das Fenster zugeschlagen.

Doch dann überlegt der Arzt: Hundertzwanzig Fretzer für anderthalb Stunden Wegs, dazu kommt eine halbe Stunde Konsultation – das macht immerhin noch sechzig Fretzer die Stunde, also einen Fretzer für jede Minute. Ein kleiner Profit zwar, doch immerhin: nicht zu verachten.

Anstatt sich also wieder in sein Himmelbett zu legen, schlüpft der Arzt in sein Samtwams, zieht die schweren Stiefel an, wickelt sich in seine Pelerine, stülpt den Regenhut auf den Kopf, zwängt die Hände in Pelzhandschuhe. Er läßt die Lampe brennen, die auf sein Handbuch scheint – es ist auf Seite 197 aufgeschlagen. Dann stößt er die Türe zum Hause ›Sechs-Vier‹ auf und bleibt auf der Schwelle stehen.

Dort steht sie, die Alte, auf ihren Stock gestützt – ein von achtzig Jahren Elend ausgemergeltes Menschlein.

»Wo hast du die hundertzwanzig Fretzer?«

»Da sind sie – und möge Gott Euch die Summe verhundertfachen!«

»Gott! Geld von Gott! Hat je ein Mensch so etwas gesehen oder gehört?«

Der Doktor pfeift seinem Hund Hurzof, hängt ihm eine kleine Laterne an die Schnauze und schlägt den Weg zum Meeresufer ein.

Die Alte dicht hinter ihm drein.

V

Welch ein Wetter! Die Glocken von Sankt Philfilene fangen unter dem Druck des Sturmwindes zu schwingen an. Ein schlechtes Omen! Quatsch! Dr. Trifulgas ist nicht abergläubisch. Er glaubt an nichts, an gar nichts, nicht einmal an seine Wissenschaft – es sei denn an das, was sie ihm einbringt...

Welch ein Wetter, welch ein Weg! Geröll und Schlacken. Das Geröll ist vom Seetang schlüpfrig, und die Schlacken bersten beim Drauftreten krachend auseinander, als schlüge man mit einem Hammer darauf.

Das einzige Licht kommt von der Laterne, die Hurzof in der Schnauze trägt – ein unbestimmter, flackernder Schein. Aber hin und wieder schlagen aus dem Vulkan Vanglor große Stichflammen, in deren Mitte sich gigantische, unheimliche Silhouetten abzuzeichnen scheinen. Wer weiß, was sich auf dem untersten Grunde des unergründlichen Kraters befindet... Vielleicht sind es die Seelen der Verdammten, die sich beim Heraustreten in Schatten auflösen?...

Der Arzt und die Alte folgen dem gewundenen Pfad, der sich dem Meeresufer entlangzieht. Die See leuchtet in leichenfahlem Weiß. Auf der Höhe der Brandung, wo die Wellen sich brechen, wird das phosphoreszierende Leuchten besonders stark. Es sieht aus, als würfe das Meer schimmernde Würmer auf den Strand...

Die beiden kämpfen sich bis zu einer Biegung des leicht ansteigenden Pfades zwischen zerfurchten Dünen durch, dort, wo die Binsen und der Ginster sich aneinander reiben und dabei einen Ton erzeugen wie Klingen, die sich kreuzen …

Der Hund hat sich an seinen Meister gedrängt, wie um ihm zu sagen: ›Schon wieder hundertzwanzig Fretzer für den Tresor, was?! So wird man reich! Eine Maß Wein mehr aus dem Rebberg! Einen Teller mehr Essen auf den Abendtisch! Und der treue Hurzof kriegt ebenfalls etwas mehr zu fressen! Darum pflegen wir die reichen Patienten und lassen sie zu Ader – an ihrem Geldbeutel ...‹

Und grad da bleibt die Alte stehen. Mit zitterndem Finger zeigt sie auf einen rötlichen Schimmer in der Dunkelheit. Dort – dort ist das Haus von Vort Kartif, dem armen Fischer!

»Dort?« fragt kurz der Arzt.

»Ja«, antwortet die Alte. Der Hund knurrt befriedigt dazu.

Plötzlich fängt der Vulkan Vanglor an zu speien, begleitet von einem Beben, das aus seinem tiefsten Grund heraufzubrechen scheint. Züngelnde Flammengarben schießen durch die Wolken hindurch zum Zenit empor.

Dr. Trifulgas liegt am Boden – vom unerwarteten Erdstoß umgeworfen. Er flucht wie ein Christ, rappelt sich auf, sieht sich um. Die Alte steht nicht mehr hinter ihm. Ist sie in eine Erdspalte hinein verschwunden? Hat sie sich in wallenden Nebel aufgelöst? ...

Der Hund jedenfalls ist noch da. Er sitzt auf seinen Hinterläufen, die Schnauze offen; die Laterne ist verlöscht.

»Komm! Wir wollen weiter!« murmelt Dr. Trifulgas.

Denn der ehrenwerte Mann hat ja seine hundertzwanzig Fretzer schon bekommen. Nun muß er sich diese auch noch verdienen.

VI

Jetzt gibt es nur noch den schimmernden Punkt, eine halbe Meile weiter – dort drüben. Das muß die Lampe des Sterbenden sein – des Toten vielleicht. Dort ist es, das Haus des Fischers. Die Alte hat es ihm ja mit dem Finger gewiesen. Ein Zweifel ist ausgeschlossen.

Im heulenden Sturmwind, durch den prasselnden Regen eilt Dr. Trifulgas dahin. Und nun beginnt das Haus sich deutlicher abzuzeichnen. Völlig einsam steht es mitten im Ödland.

Eigenartig: es gleicht auffallend dem Hause des Doktors, dem ›Sechs-Vier-Haus‹ in Luktrop. Dieselbe Verteilung der Fenster an der Fassade, dieselbe schmale Spitzbogentür! . . .

Dr. Trifulgas läuft darauf zu, so rasch der Sturm ihm das gestattet. Die Tür ist angelehnt, er muß sie bloß aufstoßen. Er tut es, tritt ein – der Sturmwind schlägt sie hinter ihm zu, schnell, brutal.

Der Hund Hurzof ist draußen geblieben. In regelmäßigen Abständen heult er auf – wie die

Psalmodierer das mit den einzelnen Strophen eines Psalmes zu halten pflegen.

Wie seltsam! Dr. Trifulgas hat das ganz bestimmte Gefühl, er betrete sein eigenes Haus. Und doch hat er sich nicht verirrt, ist er nicht im Kreise gelaufen ... Er ist tatsächlich im Karniu-Tal und nicht in Luktrop. Trotzdem: er betritt den gleichen Hausflur, niedrig und gewölbt, sieht dieselbe hölzerne Wendeltreppe mit genau demselben Treppengeländer, das von vielen Händen glattgeschliffen ist ...

Er steigt die Treppe hinauf, erreicht den obersten Treppenabsatz. Unter einer Türe schimmert etwas Licht in den Gang heraus – gerade wie bei ihm zuhause, im ›Sechs-Vier-Haus‹! ...

Ist er das Opfer einer Halluzination? Im unbestimmten Licht sieht er sein eigenes Zimmer vor sich: das gelbe Ruhebett rechts drüben, links die Truhe aus Birnbaumholz – und dort steht der Tresor, gespickt voll, in den er die hundertzwanzig Fretzer zu legen gedenkt! Dort steht sein lederbezogener Ohrensessel; weiter drüben sein Tisch mit den gedrechselten Beinen – und obendrauf liegt im ersterbenden Lampenschein sein Handbuch, mit der aufgeschlagenen Seite 197!

»Was ist denn los mit mir?« murmelt er leise vor sich hin.

Was mit ihm los ist? Angst hat er. Seine Pupillen sind unnatürlich geweitet. Sein Körper zieht sich zusammen, versucht sich in sich selbst zu verkrie-

chen. Kalter Schweiß bricht ihm am ganzen Körper aus, ein Schauder schüttelt ihn.

So beeil dich doch! Die Lampe hat kein Öl mehr und wird gleich verlöschen wie der Sterbende dort drüben ...

Ja, da steht das Bett – *sein* Bett mit den vier Pfosten und dem Himmel darüber, ebenso lang wie breit, und mit den großgeblumten Vorhängen davor.

Kann dies überhaupt das Lager eines elenden Fischers sein?

Mit zitternden Fingern packt der Arzt die Bettvorhänge, reißt sie auseinander, starrt ...

Der Sterbende liegt in seinen Kissen, sein Gesicht ist unbedeckt; er bewegt sich nicht, als hätte er soeben seinen Geist ausgehaucht.

Der Arzt beugt sich über ihn ...

Ein entsetzlicher Schrei entfährt ihm – ein unheimliches Hundegeheul antwortet von draußen ...

Der Sterbende ist nicht der Fischer Vort Kartif! ... Der Mann da vor ihm ist Dr. Trifulgas! ... Er, er selbst ist es, den der Schlaganfall getroffen hat! Ein Hirnschlag mit augenblicklicher Ansammlung von Blutwasser im Gehirn, mit völliger Lähmung des Körpers auf der der Verletzung entgegengesetzten Seite!

Ihn sind sie holen gekommen, für ihn selbst haben sie die hundertzwanzig Fretzer bezahlt. Weil er aus verhärtetem Herzen heraus sich geweigert hat, den mittellosen Fischer zu pflegen! Und nun soll er, er selbst, sterben!

Dr. Trifulgas kommt beinahe um den Verstand ... er fühlt sich verloren. Die Todesgefahr wächst von Minute zu Minute. Nicht nur erlahmen ihm sämtliche Körperreaktionen, er spürt, wie seine Herzschläge, sein Atem aussetzen. Aber noch hat er das Bewußtsein nicht verloren!

Was tun? Der Blutandrang muß durch einen Aderlaß verringert werden. Dr. Trifulgas stirbt, wenn er zögert...

Zu jener Zeit wurde noch sehr oft zu Ader gelassen, und wie heute noch gelang es den Ärzten, alle Schlaganfälligen, die nicht daran sterben sollten, zu heilen.

Dr. Trifulgas packt sein Besteck, reißt den Schnepper heraus, sticht in den Arm seines Doppelgängers – kein Blut! Er massiert energisch dessen Brust – seine eigene hört zu atmen auf... Er brennt die Fußsohlen des Doppelgängers mit heißen Steinen – seine eigenen werden eiskalt.

Da richtet sich der Doppelgänger noch einmal vom Lager auf, scheint sich gegen etwas zu wehren – stößt ein letztes Röcheln aus...

Und ungeachtet alles dessen, was ihm die Wissenschaft hat beibringen können, *stirbt Dr. Trifulgas unter seinen eigenen Händen*... Frritt!... Flacc!...

VII

Am folgenden Morgen fand man im Hause ›Sechs-Vier‹ nur noch eine Leiche vor – die Leiche von Dr. Trifulgas. Er wurde in einen Sarg gelegt und mit großem Prunk auf dem Friedhof von Luktrop beigesetzt, nachdem er so viele andere Mitbürger dorthin gebracht hatte – ganz genau nach Rezept...

Der alte Hurzof aber soll seit jener Nacht heulend durch das Ödland geistern, mit einer brennenden Laterne in der Schnauze – eine verdammte Seele.

Ich weiß nicht, ob sich das alles genauso zugetragen hat; aber in Wolsinien passieren ja die unglaublichsten Dinge – besonders um die Stadt Luktrop herum!...

Im übrigen möchte ich wiederholen: man suche diese Stadt auf keiner Landkarte! Nicht einmal die besten Geographen haben sich über ihre genaue Lage, über ihre geographische Breite zum Beispiel, einigen können – auch nicht über ihre geographische Länge.

DER EWIGE ADAM

Geschrieben von Jules Verne in seinen letzten Jahren. Bis dato unverlegt, zeigt diese Novelle die Eigenheit, daß sie zu eher pessimistischen Schlüssen gelangt, ganz entgegen dem unverwüstlichen Optimismus, wie er sich in den *Voyages Extraordinaires* so belebend durchsetzt.

M. J. V.

Der Zartog Sofr-Aï-Sr – will heißen: Doktor, dritter männlicher Vertreter der hundertsten Generation des Geschlechts der Sofr – ging mit langsamen Schritten die Hauptstraße von Basidra, der Hauptstadt des Hars-Iten-Schu, entlang, früher *Reich der vier Meere* genannt. Und tatsächlich wurde dieses riesige Land von vier Meeren begrenzt: durch die Tubelone oder auch das Nordmeer, die Ehone oder das Südmeer, die Spone oder Ostmeer und die Merone oder Westmeer. Das Land selber wies recht unregelmäßige Umrisse auf, und seine äußersten Punkte reichten vom vierten östlichen Längengrad zum zweiundsechzigsten westlichen, vom vierundfünfzigsten nördlichen Breitengrad bis zum fünfundfünfzigsten südlichen. Was nun die Ausdehnung seiner Meere angeht, so ließ sich ihre Größe nur annähernd schätzen, da sie alle ineinanderflossen. Ein Seefahrer, der also von irgendeinem Ufer des Landes ausfuhr, immer geradeaus, mußte zwangsweise schließlich am gegenüberliegenden Ufer landen. Denn auf der ganzen Erdkugel gab es kein anderes Land als dieses Hars-Iten-Schu.

Sofr ging – wir sagten es schon – langsamen Schrittes; denn erstens war es sehr heiß: eben begann die brennendheiße Jahreszeit, und auf Basidra – das am Ufer des Spone-Schu oder Ostmeeres lag, weniger als zwanzig Grade nördlich des Äquators – fiel ein Katarakt glühender Sonnenstrahlen von dem im Zenith stehenden Gestirn.

Doch noch mehr als Müdigkeit und Hitze verlangsamte das Gewicht seiner Gedanken die Schritte des weisen Zartog. Während er sich mit zerstreuter Hand die Schweißtropfen von der Stirne wischte, erinnerte er sich wieder der soeben beendigten Sitzung, bei der so viele blendende Redner – unter die selber zu gehören er sich die Ehre gab – so prächtig das Jubiläum des hundertfünfundneunzigsten Bestehens des Reiches gefeiert hatten.

Die einen hatten einen Überblick über die Geschichte der Menschheit entworfen. Sie hatten das Mahart-Iten-Schu, das Land der vier Meere also, beschrieben, wie es ursprünglich von einer unglaublich großen Zahl von wilden Völkern bewohnt gewesen sei, die aber nichts voneinander wußten. Auf diese Völkerstämme sollen die ältesten Überlieferungen zurückgehen. Was aber vor diesen Völkern war, davon wußte keiner zu berichten; kaum vermochten die Naturwissenschaften hier ein schwaches Licht in das undurchdringliche Dunkel der Urzeit zu werfen. Auf jeden Fall entzogen sich diese fernen Zeiten der historischen Kritik, deren erste Ansätze sich aus den sehr ungenauen Kenntnissen über die weitherum zerstreuten Völker der Vorzeit bildeten.

Während mehr als achttausend Jahren hatte die mit der Zeit immer vollständiger und genauer werdende Geschichte des Mahart-Iten-Schu eigentlich nichts anderes zu melden als von Kampf und Krieg, erst von Mann zu Mann, dann von Familie zu Familie und schließlich von Stamm zu Stamm. Das einzige Ziel, das dabei jedes Lebewesen, jede kleinere oder größere Gemeinschaft zu verfolgen schien, war das des Sieges über den Rivalen, den man hierauf seinen eigenen Gesetzen zu unterwerfen versuchte, was mit unterschiedlichem Erfolg – und oft auch ohne – geschah.

Nach jenen ersten achttausend Jahren wurde dann das Erinnerungsvermögen des Menschen etwas besser. Zu Beginn der zweiten der vier Epochen, in welche man allgemein die Annalen des Mahart-Iten-Schu einzuteilen pflegte, begann dann die eigentliche Geschichte an die Stelle der Legende zu treten. Im übrigen – ob wir's nun Legende oder Geschichte nennen – änderte der Inhalt jener Erzählungen kaum: Massaker und Totschlag, immer noch dasselbe – nun aber nicht mehr zwischen den verschiedenen Stämmen, sondern zwischen ganzen Völkern; sonst aber war diese zweite Epoche, alles in allem genommen, von der ersten nicht sehr verschieden.

Dasselbe läßt sich von der dritten Epoche melden, die vor kaum zweihundert Jahren zu Ende gegangen war, nachdem sie an die sechs Jahrhunderte gedauert hatte. Wenn irgend etwas, so war diese dritte Epoche eher noch entsetzlicher, noch blutiger verlaufen. Die Menschen hatten sich in dieser Zeit zu ungezählten Armeen zusammengetan und mit unstillbarer Wut die Erde mit ihrem Blut getränkt.

Etwas weniger als acht Jahrhunderte vor jenem Tage, als der Zartog Sofr durch die Hauptstraße von Basidra ging, hatte sich die Menschheit in einem gewaltigen Umbruch befunden. Die Waffen, das Feuer und die Gewalt hatten bereits ihr Teil daran geleistet, die Schwachen waren den Starken unterlegen. Und die Menschen, die das Mahart-Iten-Schu damals bevölkerten, bildeten drei gleich starke Nationen, unter denen die Unterschiede zwischen Siegern und Besiegten sich abgeschliffen hatten. Da aber hatte es eine der drei Nationen unternommen, die andern zwei sich zu unterwerfen. In der Mitte des Kontinents wohnten die Andarti-Ha-Sammgor, die *Menschen mit den Bronzegesichtern,* eine kampfesfreudige und fruchtbare Nation. Diese versuchte nun die andern zwei gnadenlos auszurotten und besiegte in jahrhundertelangen Kriegen sowohl die Andarti-Mahart-Horis – die *Menschen des Schneelandes* im Süden – als auch die Andarti-Mitra-Psul, die *Menschen des Fixsternes,* welche im Norden und im Westen des Kontinents wohnten.

An die zweihundert Jahre waren seit der allerletzten Revolte zwischen den beiden übrigbleibenden Völkern verflossen, die in Strömen von Blut ausgegangen war, und die Erde erlebte endlich eine Periode des Friedens. Es war dies die vierte Epoche der Menschheitsgeschichte. Ein einziges

Reich war an die Stelle der drei früheren getreten, und alle Menschen gehorchten dem Gesetz von Basidra. Die politische Einheit war dazu angetan, die drei Rassen zu verschmelzen. Keiner redete mehr von den *Menschen mit den Bronzegesichtern,* von den *Menschen des Schneelandes* oder von den *Menschen des Fixsterns,* denn die Erde trug nun bloß noch ein einziges Volk, das der Andart'-Iten-Schu, *Menschen der vier Meere,* die alle andern in sich schlossen.

Doch nun, nach diesen zweihundert Jahren des Friedens, schien sich eine fünfte Epoche anzukünden. Seit einiger Zeit kursierten – unerklärlich woher – üble Gerüchte. Denker waren aufgestanden, die in den Seelen der Menschen Erinnerungen aus alten Zeiten wachzurufen versuchten, Erinnerungen, von denen man angenommen hatte, sie seien längst ausgelöscht. In neuer Form erlebte der Rassengedanke seine Wiederauferstehung, in neuer Terminologie. Es wurde ständig von ›Atavismus‹ geredet, von ›Affinitäten‹, von ›Nationalitäten‹ und dergleichen mehr – alles Wortschöpfungen neuerer Art, die, offenbar aus einem inneren Bedürfnis heraus, im Nu die Stadt eroberten. – Interessengruppen, die sich nach Heimatgemeinden, nach physischen Gesichtspunkten, nach moralischen Tendenzen oder ganz einfach nach Wohngebieten oder klimatischer Zugehörigkeit richteten, bildeten sich und wuchsen zusehends, wurden aktiv. Wie sollte diese Entwicklung ausgehen? Sollte das kaum erstandene Reich wieder auseinanderfallen? Würde das Mahart-Iten-Schu wieder in eine Unzahl von Nationen aufgeteilt, oder würde zumindest – damit die Einheit beibehalten werde – wieder ein Blutbad angerichtet, wie es während Jahrtausenden der Fall gewesen, als die Erde noch ein riesiges Beinhaus war? ...

Sofr verwarf diesen Gedanken mit einer unwilligen Bewegung seines Kopfes. Weder er noch sonst einer konnte die Zukunft lesen. Warum also dieser ungewissen Ereignisse wegen, die vielleicht gar nie eintraten, den Kopf hängen lassen? Und übrigens war heute kaum der Tag, diesen finsteren Hypothesen nachzuhängen. Der heutige Tag war der Freude gewidmet, und da durfte man einzig und allein an die Größe des Mogar-Si, des zwölften Kaisers des Hars-Iten-Schu, denken, unter dessen Zepter die Welt einer glorreichen Bestimmung entgegenging.

Und überdies mangelte es einem Zartog nicht an Gründen zum Fröhlichsein. Außer dem Historiker, der die Jahrbücher des Mahart-Iten-Schu studiert hatte, war von einer Plejade von Wissenschaftlern (aus Anlaß des großartigen Geburtstages) entsprechend ihren Spezialgebieten die Bilanz menschlichen Wissens zusammengetragen worden. Sie hatten dabei die Stufe der Errungenschaften ihres Jahrhunderts festgelegt, die die Menschen ihrer Zeit besonders hochstellte. Nun, wenn der Historiker in einem gewissen Sinne betrübliche Überlegungen angestellt hatte, indem er mitteilte, welch ein langer und gewundener Weg hatte zurückgelegt werden müssen, um die Menschen aus ihrer ursprünglichen Vertiertheit zu lösen, hatten die übrigen Gelehrten dem berechtigten Stolz ihrer Zuhörer Nahrung verliehen.

Wahrlich, der Vergleich zwischen dem, was der Mensch gewesen, als er nackt und unbewaffnet auf diese Welt gekommen, und dem, was er heutzutage war, mußte wohl Bewunderung erregen. Trotz Zwietracht und brudermörderischem Haß hatte er doch nicht einen Augenblick seinen Kampf gegen die Natur unterbrochen und unaufhörlich seinen Sieg über sie erweitert. Sein Triumphmarsch, der erst langsam begonnen, hatte sich in den eben vergangenen zweihundert Jahren beschleunigt, und die Stabilität der politischen Einrichtungen sowie der Weltfriede, der eine direkte Folge davon war, hatten einen wunderbaren Aufschwung der Wissenschaft hervorgebracht. Die Menschheit hatte nicht mehr bloß ihre Arme und Beine gebraucht, sondern auch einmal den Kopf; sie hatte zu denken begonnen, anstatt sich in sinnlosen Kriegen auszugeben – und deshalb war sie in den letzten zwei Jahrhunderten immer rascher vorwärtsgekommen in der Erkenntnis und in der Bezwingung der Materie...

In großen Zügen skizzierte Sofr – während er in der glühenden Sonne auf der langen Hauptstraße von Basidra dahinging – das Bild der menschlichen Eroberungen.

Der Mensch hatte – in dunkler Vorzeit bereits – die Schrift erfunden, damit er seine Gedanken festzuhalten vermochte; dann – und das war auch schon über fünfhundert Jahre her – hatte er eine Methode erfunden, das geschriebene Wort in einer Unzahl von Exemplaren zu vervielfältigen, wofür er sich einer Gußform bediente, die ein für allemal feststand. Aus dieser Erfindung wurden eigentlich alle anderen entwickelt. Dank ihr war der Geist in Schwung gekommen, hatte sich die Intelligenz des Einzelnen um diejenige seines Nächsten vermehrt, hatten sich die Entdeckungen in theoretischer und praktischer Reihenfolge wunderbar vervielfältigt. Heute wurden sie kaum mehr gezählt.

Der Mensch war dann ins Erdinnere vorgedrungen und förderte von dort Kohle zutage, die ihm freigebig ihre Wärme abgab. Er hatte die latente Kraft im Wasser befreit, und der Dampf zog von da an auf Eisenschienen schwere Lastzüge oder betätigte ungezählte Kraftmaschinen, die fein und genau arbeiteten; dank diesen Maschinen wiederum vermochte der Mensch Pflanzenfasern zu verarbeiten, Metalle, Marmor und Felsen. Auf einem weniger konkreten – oder wenigstens nicht direkt anwendbaren, weniger unmittelbaren – Gebiet drang er nach und nach in das Geheimnis der Zahlen ein und erforschte, immer näher an die Unendlichkeit heranrückend, die mathematischen Wahrheiten.

Gestützt auf diese vermochte er die Himmelsräume zu durchfliegen. Er erkannte, daß die Sonne bloß ein Stern auf dem Wege durchs All war, der seine Bahn nach strengen Gesetzen durchmaß und seine sieben Planeten[1] mit sich zog auf seiner leuchtenden Bahn. Er kannte die Kunst, gewisse chemische Stoffe so zu verbinden, daß neue entstanden, die mit den ersten nichts mehr gemeinsam hatten. Er beherrschte ferner die Kunst, gewisse andere Stoffe in ihre wesentlichen Bestandteile zu zerlegen. Er konnte den Schall, die Hitze, das Licht analysieren und ihre Gesetzmäßigkeit und Beschaffenheit bestimmen. Fünfzig Jahre zuvor hatte er gelernt, jene Kraft selber zu produzieren, die sich im Donner und in den Blitzen äußert, und sie sich sogleich zum Sklaven gemacht. Schon gelang es, mit diesem Mittel den geschriebenen Gedanken auf unerrechenbare Distanzen zu übertragen; morgen würde er den Schall übertragen können, übermorgen zweifellos sogar das Licht[2] ... Ja, der Mensch war groß, größer als das gewaltige Universum, über das er eines Tages, in naher Zukunft, vollkommen Herr sein würde ...

[1] Die Andart'-Iten-Schu wußten also noch nichts von Neptun.

[2] Wir sehen: die Andart'-Iten-Schu kannten zwar den Telegraphen, nicht aber das Telephon oder das elektrische Licht zur Zeit, als der Zartog Sofr-Aï-Sr diese Beobachtungen anstellte.

Es wäre also dieses letzte Problem noch zu lösen, damit man der ganzen Wahrheit habhaft werden konnte: Dieser Mensch, der Herr der Welt, wer war er? Wo kam er her? Auf welch unbekannte Ziele richtete er sein unermüdliches Streben?

Über genau dieses weitgespannte Thema hatte der Zartog Sofr soeben im Verlauf der Feier, von der er jetzt kam, gesprochen. Selbstverständlich hatte er den Fragenkomplex nur anschneiden können, da ein derartiges Problem in der Tat unlösbar blieb und es auf lange Sicht bleiben würde. Einige schwache Strahlen begannen zwar das Geheimnis etwas anzuleuchten. Und hatte nicht eben unser Zartog Sofr die lichtstärksten dieser Strahlen ausgesandt, als er die schrittweisen Beobachtungen seiner Vorläufer systematisierte und einordnete und dann seine persönlichen Beobachtungen anfügte: Er war bei seinem Gesetz der Entwicklung der lebenden Materie angekommen, einem universell anerkannten Gesetz, das heute keiner mehr zu widerlegen sich erdreistete.

Diese Theorie beruhte auf einer dreifachen Basis.

Erstens einmal beruhte sie auf der geologischen Wissenschaft, die an dem Tage geboren wurde, als der Mensch erstmals ins Erdinnere vorstieß, und sie wurde in dem Maße vervollkommnet, in dem die Entwicklung der Bergwerkindustrie voranschritt. Die Erdrinde kannte man nun so ausgezeichnet, daß man ihr Alter auf vierhunderttausend Jahre festlegen durfte, das Alter des Mahart-

Iten-Schu auf zwanzigtausend Jahre, so wie es jetzt war. In früheren Zeiten aber hatte dieser Kontinent unter dem Meer geschlummert, was sich aus der dicken Schicht von alluvialem Lehm beweisen ließ, der überall, ohne den geringsten Unterbruch, die darunterliegenden Gesteinsschichten bedeckte. Durch welchen Mechanismus war der Kontinent aus dem Wasser gehoben worden? Zweifellos durch eine Kontraktion der erkaltenden Erdkugel. Wie die Dinge in dieser Beziehung auch liegen mochten, das Auftauchen des Mahart-Iten-Schu aus dem Meer mußte jedenfalls als gegebene Tatsache hingenommen werden.

Die beiden andern Grundlagen waren Sofr aus den Naturwissenschaften gegeben worden. Er konnte die enge Verwandtschaft der Pflanzen untereinander beweisen, die enge gegenseitige Verwandtschaft unter den Tieren. Sofr war aber noch weiter gegangen: er wollte den über jeden Zweifel erhabenen Beweis aufstellen, daß fast sämtliche existierenden Pflanzen von einer Meerpflanze und daß fast alle auf der Erde lebenden Tiere – sogar die Vögel – von Meertieren abstammten. Durch langsame, aber stetige Evolution hatten sich diese Tiere und Pflanzen ihren wechselnden Lebensbedingungen angepaßt – erst an die in der Nähe bestehenden, dann an weiter von ihrem ursprünglichen Leben entfernte – und hatten so von Stadium zu Stadium alle die lebenden Formen geboren, die die Erde und den Himmel bevölkerten.

Leider war diese Theorie nicht hieb- und stichfest. Daß die Lebewesen der animalischen und der vegetabilen Welt von Vorfahren aus dem Meer abstammten, das schien für fast alle diese Lebewesen zuzutreffen, aber eben nicht für alle. Es gab in der Tat ein paar Pflanzen und einige Tiere, bei denen es schlechthin ausgeschlossen schien, ihnen Verwandtschaft mit Meertieren nachzuweisen. Das war der eine der schwachen Punkte in Sofrs Theorie.

Der Mensch – und da konnte auch Sofr sich der Tatsache nicht verschließen – der Mensch war der andere schwache Punkt. Zwischen Mensch und Tier schien keine Verwandtschaft nachweisbar. Klar, die Funktionen und Ureigenschaften, wie zum Beispiel die Atmung, die Ernährung und die Bewegungsfähigkeit, waren dieselben und geschahen auf dieselbe Weise oder offenbarten sich als einigermaßen ähnlich, doch da bestand die unüberbrückbare Kluft der äußeren Formen, der Anzahl und Aufteilung der inneren Organe. Wenn sich eine Kette mit nur wenigen fehlenden Gliedern für den Fall der Pflanzen und Tiere für Sofrs Theorie nachweisen ließ, so war anderseits eine entsprechende Verwandtschaft für den Menschen nicht nachweisbar, ja unzulässig. Um die Theorie von der Evolution unbeschadet aufrechterhalten zu können, war man deshalb gezwungen, die frei erfundene Hypothese eines gemeinsamen Stammes für alle Wassertiere zu erfinden und für den Menschen einen Stamm, dessen frühere Daseinsform durch nichts, absolut nichts nachzuweisen war.

Eine kurze Zeit hatte Sofr gehofft, im Erdboden gewisse für seine Theorie günstige Argumente zu finden. Auf seine Anregung hin und unter seiner Führung waren während langer Jahre Grabungen durchgeführt worden, mit dem Resultat, daß die Funde den Erwartungen des Planers diametral entgegenstanden.

Nachdem die oberste dünne Schicht Humus, bestehend aus zersetzten Pflanzen und Tieren, ähnlich denen, die man alle Tage sehen konnte, durchbrochen war, war man auf die dicke marine Lehmschicht gestoßen, wo die Spuren der Vergangenheit ganz anders aussehen. In diesem Lehm gab es nun nichts, das an die gegenwärtige Flora oder Fauna erinnerte, dafür eine Unzahl ausschließlich mariner Fossile, deren Verwandte noch heute hauptsächlich in den Ozeanen um das Mahart-Iten-Schu lebten.

Was war daraus anderes zu schließen, als daß die Geologen recht hatten mit ihrer Behauptung, der Kontinent habe in früheren Zeiten den Boden dieser Ozeane gebildet, und daß Sofr auch nicht unrecht hatte mit seiner These vom Ursprung der zeitgenössischen Flora und Fauna? Denn da die Tierordnungen des Meeres und die auf dem Trokkenen lebenden Ordnungen – mit Ausnahme von ein paar derart selten auftretenden Arten, daß man sie als Ungeheuerlichkeiten zu klassieren berechtigt war – die einzigen waren, von denen sich

Spuren finden ließen, so waren doch bestimmt diese aus jenen hervorgegangen ...

Leider wurden – sehr zum Nachteile dieser Theorie – auch noch andere Funde gemacht. Weit verstreut in der ganzen Dicke des Humus und bis in die oberen Schichten des Lehms fanden sich massenhaft menschliche Knochen. Nichts Außerordentliches konnte aus den Skelettfragmenten abgeleitet werden, und Sofr mußte seine Suche nach den Zwischengliedern aufgeben, die seine Theorie bestätigt hätten: Die Knochenreste waren menschlicher Herkunft, nichts mehr, nichts weniger.

Etwas bemerkenswert Eigenartiges ließ sich immerhin recht bald feststellen: Von einer bestimmten Epoche an, die sich möglicherweise auf etwa zwei- bis dreitausend Jahre rückwärts schätzen ließ, das heißt entsprechend dem Alter der aufgefundenen Knochenreste, wurden die menschlichen Schädel kleiner. Im Gegensatz dazu war festzustellen, daß *vor* der eben erwähnten Zeitspanne – je weiter man also in die Urzeit vordrang – die Schädel wieder größer waren, folglich auch die Hirnmasse, die sie beherbergt hatten. Die maximale Größe fand sich ausgerechnet unter den im übrigen sehr seltenen Überresten der obersten Lehmschicht. Die gewissenhafte Untersuchung jener ehrwürdigen Überbleibsel gestattete keinen Zweifel daran, daß die Menschen jener fernen Epoche eine ihren Nachkommen weit überlegene Hirnmasse aufzuweisen hatten – nicht ausgenommen die Zeitgenossen des

Zartog Sofr. Infolgedessen mußte während hundertsechzig oder hundertsiebenzig Jahrhunderten eine Regression stattgefunden haben, die dann wiederum von einem neuen Aufstieg abgelöst wurde.

Sofr, verwirrt durch diese seltsamen Funde, verfolgte seine Forschungen weiter. Die Lehmschicht wurde immer tiefer erforscht, bis zu einer Dicke, die wenigstens fünfzehn- bis zwanzigtausend Jahre alt sein mußte. Jenseits dieser Schicht fand man dann eine uralte Lage von Humus, und unter dieser Lage kam der nackte Fels von verschiedener Beschaffenheit. Was aber das Erstaunen der Forscher auf den Gipfel brachte, waren einige dort angetroffene, unbestreitbar menschliche Überreste. Es handelte sich um Knochenteilchen, die zu menschlichen Skeletten gehört hatten, ferner um Fragmente von Waffen oder Werkzeugen, um Töpfereiprodukte, um Fetzchen von Inschriften in einer noch unbekannten Sprache, um Feuersteine, die auf künstlerische Art behauen schienen, teils in Form von fast unversehrten Statuen und zart behauenen Kapitellen und dergleichen mehr. Aus den angetroffenen Funden mußte man logischerweise schließen, daß vor ungefähr vierzigtausend Jahren, also etwa zwanzigtausend Jahre vor der Zeit, in der man die ersten Menschen vermutet hatte, bereits Menschen an derselben Stelle gelebt und wahrscheinlich eine schon sehr hohe zivilisatorische Stufe erreicht haben mußten.

Das jedenfalls war die allgemeine und anerkannte Schlußfolgerung. Doch auch hier gab es wenigstens einen, der damit nicht einverstanden war: dieser eine war kein anderer als Sofr. Zuzugeben, daß andere menschliche Wesen – getrennt von ihren Nachfolgern durch einen Abgrund von mindestens zwanzigtausend Jahren – als erste die Erde bevölkert haben sollten, das war seiner Ansicht nach einfach irrsinnig. Woher sollten in diesem Falle deren Nachkommen, von denen sich nicht die geringste Spur finden ließ, gekommen sein? Da war es schon besser, noch zuzuwarten, als eine derart absurde Hypothese anzunehmen. Daß diese Tatsachen vorderhand unerklärlich waren, bedeutete nicht, daß sie es auch in Zukunft bleiben würden. Eines Tages würde dies alles klar werden. Bis dahin sollte man sich darüber gar nicht Rechenschaft abzulegen versuchen, sondern sich an die Grundsätze halten, die als einzige die reine Logik befriedigen:

Das planetare Leben läßt sich in zwei Phasen gliedern: vor dem Menschen – seit dem Menschen. Während der ersten Phase ist die Erde in ständiger Umwandlung begriffen und daher unbewohnbar und unbewohnt. Während der zweiten ist die Erdrinde in einen Zustand der Kohäsion getreten und erlaubt eine gewisse Stabilität. Und sofort – da nun eine solide Grundlage vorhanden ist – erscheint das Leben. Es beginnt mit den einfachsten Formen, kompliziert sich dann ständig, um schließlich im

Menschen seinen Höhepunkt zu finden, die letzte, höchste Vollkommenheit. Und kaum ist der Mensch auf der Welt, arbeitet er auch schon unermüdlich an seinem Erfolg, an seinem Aufstieg. Mit langsamem, stetigem Schritt nähert er sich seinem Ziel, der vollkommenen Erkenntnis, der absoluten Beherrschung des Universums.

Mitgerissen von der eigenen brennenden Überzeugungskraft seiner Theorien, war Sofr am eigenen Hause vorbeigestürmt. Nun machte er rechtsumkehrt und schimpfte:

›Was denn! Soll ich denn zugeben, daß der Mensch schon vor vierzigtausend Jahren eine Zivilisation erreicht haben soll, die der unsrigen entspricht oder sie gar noch übertroffen haben soll? Daß seine Erkenntnisse, seine Errungenschaften verschwunden sein sollen, ohne die geringste Spur zu hinterlassen, in einem Maße, daß seine Nachkommen sich gezwungen sehen, das ganze Werk von vorn zu beginnen, als seien sie die Pioniere einer vor ihnen völlig unbewohnten Welt? ... Das hieße ja die Zukunft verleugnen, hieße, daß unsre Anstrengungen nichtig sind und daß aller Fortschritt so flüchtig und unsicher ist wie die Schaumkrone auf einer Welle!‹ Sofr blieb vor seinem Hause stehen:

›Upsa ni! ... Hartschok! ... (Nein, nein, wahrlich nicht! ...), Andart mir'hoë spha! ...‹ (Der Mensch ist Herr über die Dinge! ...) – murmelte er und stieß die Haustür auf.

Nachdem sich der Zartog einige Augenblicke ausgeruht hatte, speiste er mit gutem Appetit, dann legte er sich zur täglichen Mittagsrast lang hin. Doch die Probleme, die er gewälzt hatte, als er auf dem Heimweg war, beschäftigten ihn immer noch und verjagten seinen Schlaf.

So groß seine Sehnsucht war, die unwiderlegliche Einheit in den Methoden der Natur festzulegen, hatte er doch einen zu kritischen Geist, als daß er nicht erkannt hätte, auf wie schwachen Füßen seine Theorie stand, wenn man sie vom Standpunkt der Entstehung und Wandlung des Menschen aus betrachtete. Die Tatsachen auf eine vorläufige Hypothese zurechtzubiegen, den andern gegenüber recht zu behalten, heißt eben noch nicht, vor sich selber recht zu haben ...

Wäre Sofr kein wirklicher Gelehrter gewesen – und er war ein sehr bedeutender sogar –, wenn er zu den Ungebildeten gehört hätte, dann wäre er nicht in einem derartigen Dilemma gewesen. Denn das breite Volk verlor sich nicht in tiefen Spekulationen, sondern war es zufrieden, mit geschlossenen Augen die alte Legende als wahr zu akzeptieren, daß man sich seit undenklichen Zeiten vom Vater auf den Sohn fortpflanzte. Und wenn es darum ging, das Geheimnis der Entstehung des Menschen zu erklären, dann nahm das Volk ein anderes Geheimnis zu Hilfe: die überirdische Macht. Eines schönen Tages hatte diese überirdische Macht aus dem Nichts Hedom und Hiva erschaffen, den ersten Mann und die erste Frau, deren Nachkommen dann die Erde zu bevölkern begannen. So reihte sich eines ganz einfach an das nächste.

Allzu einfach! dachte Sofr. Wenn man am Rande des Begreifens ist, dann ist es natürlich etwas sehr Einfaches, die Gottheit zu Hilfe zu holen: so wird es aber auch sinnlos, die Rätsel des Universums zu lösen, denn in dieser Weise sind sie, kaum gestellt, auch schon aus der Welt geschafft.

Wenn doch wenigstens die Volkslegende auch nur den Anschein einer seriösen Grundlage besessen hätte! ... Doch sie hing in der Luft. Es war nichts als eine Tradition aus den Zeitaltern der Dummheit, die sich dann von Ära zu Ära weitervererbte. Bis der Name *Hedom!* auftauchte ... Woher dieses bizarre Wortgebilde mit dem fremden Klang, das gar nicht zu der Sprache der Andart'-Iten-Schu zu gehören schien? An dieser einzigen philologischen Schwierigkeit war eine Unzahl von Wissenschaftlern bleich und sprachlos hängen geblieben, ohne eine befriedigende Antwort darauf zu finden ... Quatsch! Hirngespinste sind das, unwürdig, das Interesse eines Zartog zu erwecken! ...

Gereizt begab sich Sofr in seinen Garten hinunter. Überdies pflegte er das zu dieser Stunde immer zu tun. Die sinkende Sonne brannte nun weniger unbarmherzig herunter, und eine feuchte Brise hatte sich vom Spone-Schu her erhoben. Der Zartog schlenderte durch die Alleen, im Schatten der Bäume, deren Blätter im Meerwinde raschelten, und ganz allmählich beruhigten sich seine Nerven, und er fand sein Gleichgewicht wieder. Es gelang ihm auch, seine quälenden Gedanken abzuschütteln, die Luft im Freien zu genießen, Freude an den reifenden Früchten und dem üppigen Garten mit seinen vielen Blumen in ihrer ganzen Pracht zu empfinden.

Zufälligerweise führte ihn sein Spaziergang in die Nähe seines Hauses, wo eine größere Ausgrabung begonnen war. Viele Geräte lagen am Rande der aufgeworfenen Grube. Hier sollte nächstens sein neues Laboratorium erstehen, das er zweimal so groß wie das frühere bauen lassen wollte. An diesem Feiertage jedoch hatten die Erdarbeiter ihre Arbeit im Stich gelassen, um sich dem Vergnügen zu widmen.

Sofr schätzte eben die bereits geleistete und noch zu besorgende Arbeit in Gedanken ab – als ihm aus dem Halbdunkel der Grube ein glänzendes Etwas entgegenleuchtete. Das packte ihn, und er stieg auf den Boden der ausgehobenen Grube, wo er ein ganz eigenartiges Ding von der es zur Hälfte bedeckenden Erde befreite.

Sofr stieg mit seinem Fund wieder an die Oberfläche und besah sich das Ding aus der Nähe. Es war eine Art Behälter aus einem ihm unbekannten Metall, grau, körnig, das vom langen Ruhen in der Erde stumpf geworden war. Ungefähr in einem Drittel seiner Gesamtlänge befand sich eine Kerbe, die andeutete, daß der Behälter aus zwei ineinandergefügten Teilen bestand. Sofr versuchte ihn dort zu öffnen.

Schon beim ersten Versuch löste sich das vom Zahn der Zeit zermürbte Metall in Staub auf und enthüllte den zweiten, darin enthaltenen Gegenstand.

Die Substanz dieses zweiten Gegenstandes war dem Zartog so unbekannt wie das Metall der Hülle, das ihn bis jetzt beschützt hatte. Es kam eine Rolle von übereinanderliegenden Blättern zum Vorschein, die mit eigenartigen Zeichen beschriftet schienen. Doch nach der Regelmäßigkeit der Zeichen mußte es sich wohl um eine Schrift handeln. Eine allerdings unbekannte Schrift, wie Sofr sie nie zuvor gesehen hatte. Auch annähernd nicht.

Der Zartog begann vor Erregung zu zittern und rannte mit seinem Fund ins Laboratorium, wo er sich einschloß und sich nun ganz dem kostbaren Dokument zu widmen begann.

Doch! das waren eindeutig Schriftzeichen! Anderseits war er ebenso sicher, daß diese Schrift keiner der ihm bekannten glich, die seit der Menschheitsgeschichte irgendwo auf Erden praktiziert worden war.

Wo kam dieses Dokument her? Was bedeutete es? Das waren die zwei Fragen, die sich Sofrs Gehirn aufdrängten.

Konnte er die erste beantworten, dann war die Antwort auf die zweite einfach. Er mußte also erst einmal lesen können – dann übersetzen. Denn es war *a priori* anzunehmen, daß die Sprache des Dokumentes ebenso fremd sein würde wie dessen Schrift.

Das sollte doch nicht unmöglich sein? Der Zartog Sofr machte sich sogleich an die Arbeit, denn er war sicher, daß die Schrift entziffert werden konnte.

Lange Jahre dauerte diese Arbeit. Sofr gab nicht nach. Ohne sich je entmutigen zu lassen, verfolgte er methodisch das Studium des geheimnisvollen Dokuments, und Schritt für Schritt begann er klar zu sehen. Endlich kam der Tag, an dem er unter großem Zögern und vielen Schwierigkeiten das Dokument in die Sprache der *Menschen der vier Meere* zu übersetzen vermochte.

Nun, als dieser Tag endlich da war, las der Zartog Sofr-Aï-Sr das Folgende:

Rosario, den 24. Mai 2 . . . .

Ich setze diese Art Datum vor den Beginn meiner Erzählung, obgleich sie in Tat und Wahrheit viel neueren Datums ist und auch anderswo spielt. Doch wenn es sich um dergleichen Dinge handelt, ist die Reihenfolge imperativ gegeben, und deshalb habe ich mich auch für die Form des *journal* entschlossen, das einen Tag-für-Tag-Bericht erstattet.

Am 24. Mai also beginnt die Wiedergabe der schrecklichen Ereignisse, die ich hier für die nach mir Kommenden niederzuschreiben gedenke, falls die Menschheit noch das Recht hat, auf irgendeine Zukunft zu zählen.

In welcher Sprache soll ich schreiben? Englisch, Spanisch, die ich beide fließend spreche? Nein! Ich schreibe in der Sprache meiner Heimat: Französisch.

An jenem 24. Mai hatte ich ein paar Freunde in meine Villa nach Rosario eingeladen.

Rosario ist – oder, vielmehr, war – eine mexikanische Stadt am Ufer des Pazifischen Ozeans, ein wenig südlich des Golfs von Kalifornien. Zehn Jahre vorher hatte ich mich dort niedergelassen, um die Leitung einer Silbermine, die ich erworben hatte, persönlich zu übernehmen. Meine Geschäfte hatten ganz plötzlich einen unerhörten Aufschwung genommen. Ich war zum reichen, zum sehr reichen Mann geworden – wie lächerlich mich das heute dünkt! –, und ich hatte schon Pläne für meine baldige Rückkehr nach Frankreich, in mein Heimatland, geschmiedet.

Mein Landhaus – eines der luxuriösesten in dieser Gegend – stand auf dem höchsten Punkt eines großen Parks, der sanft gegen das Meer abfiel, dann aber in einem jähen Felsabsturz von über hundert Metern sein Ende fand; hinter dem Landhaus stieg das Terrain wieder an, und man konnte auf gewundenen Pfaden den Berggrat, der über fünfzehnhundert Meter Höhe aufwies, erreichen. Das war für mich oft ein angenehmer Spaziergang – zwar hatte ich den Aufstieg auch etwa mit meinem

Wagen bewältigt – ein ausgezeichneter und starker Phaeton war's, mit einem Fünfunddreißig-Pferdestärken-Motor, eine der allerbesten französischen Marken.

Ich wohnte in Rosario mit meinem Sohn zusammen, einem hübschen Kerl von zwanzig Jahren, als weit entfernte Blutsverwandte von uns starben und ich deren Tochter Helene – die ich sehr gerne hatte – zu uns ins Haus nahm. Sie war eine mittellose Waise. Seit jenem Todesfall waren nun fünf Jahre verstrichen. Mein Sohn Jean war jetzt fünfundzwanzig, mein Mündel Helene zwanzig. In meinem Herzen hatte ich die beiden füreinander bestimmt.

Unser Hauspersonal bestand aus dem Kammerdiener Germain, aus Modeste Simonat, dem in allen Situationen tüchtigen Chauffeur, und aus zwei Stubenmädchen namens Edith und Mary. Sie waren die Töchter meines Gärtners, George Raleigh, und dessen Ehefrau Anna.

An jenem 24. Mai saßen wir zu acht um meinen Eßtisch herum, im Scheine von elektrischen Lampen, die ihren Strom aus Elementen in meinem Garten bezogen. Außer dem Hausherrn waren zugegen: sein Sohn und sein Mündel, dann fünf andere Tischgenossen, von denen drei zur angelsächsischen Rasse und zwei zur mexikanischen gehörten.

Dr. Bathurst war unter jenen, Dr. Moreno unter diesen. Sie waren beide Gelehrte im wahrsten Sinne des Wortes, was sie aber nicht hinderte, des öfteren

verschiedener Meinung zu sein. Und übrigens gute Kerle und die besten Freunde der Welt.

Die beiden andern Angelsachsen hießen Williamson, Besitzer eines großen Fischereiunternehmens von Rosario, und Rowling, ein kühner Bursche, der außerhalb der Stadt eine Früchte- und Gemüsezucht betrieb, womit er sich ein großes Vermögen zu erwerben im Begriffe war.

Der letzte der geladenen Gäste war Señor Mendoza, der Gerichtspräsident von Rosario, ein geachteter Mann, ein kultivierter Geist und ein unbestechlicher Richter obendrein.

Wir gelangten ohne bemerkenswerte Unterbrechung ans Ende unserer Mahlzeit. Was bis dahin gesprochen wurde – ich habe es vergessen. Ganz im Gegensatz dazu standen hingegen die Worte, die fielen, als wir unsere Zigarren anzündeten.

Nicht etwa, daß jene Äußerungen besonderes Gewicht in sich getragen hätten; doch der Terror, der auf sie folgte, verlieh ihnen eine pikante Bedeutung, und deswegen haben sie sich mir unauslöschlich eingeprägt.

Wir waren – in welchem Zusammenhang, ist ja gleichgültig – auf den wunderbaren Fortschritt der Menschheit zu sprechen gekommen. Und irgendwann sagte Dr. Bathurst:

»Es stimmt schon: wenn Adam (als Engländer sprach er das Wort wie *Aedem* aus) und Eva (er sagte natürlich *Iiv*) wieder auf die Erde zurückkämen, dann wären sie baß erstaunt.«

Das war der Beginn unserer Diskussion. Als feuriger Darwinist und überzeugter Anhänger der natürlichen Selektion verlangte nun Moreno in ironischem Tone von Bathurst zu wissen, ob er denn ernsthaft an die Legende vom irdischen Paradies glaube. Bathurst antwortete, er glaube wenigstens an Gott, und da die Existenz von Adam und Eva durch die Bibel bestätigt werde, werde er es sich versagen, darüber zu streiten. Moreno gab zurück, er selber glaube bestimmt nicht weniger an Gott als sein Gesprächspartner, daß aber der erste Mann und die erste Frau nichts weiter sein könnten als ein Mythos, als ein Symbol, und daß es infolgedessen bestimmt nicht unfromm sei, anzunehmen, die Bibel habe auf diese Weise den Lebensatem versinnbildlichen wollen, den die schöpferische Macht in die erste Zelle eingehaucht, welcher dann alle übrigen entstammt seien. Bathurst erwiderte, diese Erklärung genüge nur scheinbar. Was ihn persönlich betreffe, so finde er, es sei schmeichelhafter, das direkte Werk der Gottheit zu sein, als von ihr über das Zwischenglied von mehr oder weniger affenhaften Prototypen abzustammen ...

Ich sah den Moment kommen, da die Diskussion hitzig würde – als sie ebenso jäh endete, wie sie begonnen hatte. Die beiden Gegner hatten zufällig ein anderes Gebiet gefunden, auf dem sie einer Meinung sein konnten. Es ging übrigens meistens so.

Diesmal kamen die zwei Streithähne auf das erste Thema zurück und bewunderten gemeinsam die hohe Kulturstufe, die die Menschheit erreicht hatte – sei jetzt ihr Ursprung wie er wolle –; und sie zählten stolz alle die Eroberungen auf. Alle wurden durchgesprochen. Bathurst rühmte die Chemie, die so weit vorgerückt sei, daß sie am Verschwinden sei, weil sie sich mit der Physik zu verschmelzen drohte, so daß die beiden Wissenschaften nur noch eine einzige sein würden, die sich als Forschungsziel die immanente Energie gesetzt habe. Moreno lobte seinerseits die Medizin und besonders die Chirurgie, dank denen man heute in die tiefinnersten Lebensvorgänge hineinzusehen vermöge und durch deren wunderbare Entdeckungen man in naher Zukunft auf die Unsterblichkeit der lebenden Organismen hoffen dürfe. Und hierauf beglückwünschten sich die beiden zu der hohen Stufe, welche die Astronomie erreicht habe. War man denn nicht schon mit den sieben Planeten des Sonnensystems in Verbindung? Und nächstens würden die Sterne drankommen ...[1]

Ermüdet von ihrer Begeisterung, schalteten die beiden Lobesredner eine kurze Pause ein. Das nutzten die andern Tischgenossen, um ihrerseits rasch ein Wort einzuwerfen. Man schnitt das weitläufige Gebiet der praktischen Erfindungen an, die so grundlegend die Lebensbedingungen der Menschheit verändert hatten. Es wurde von Eisenbahnen und Dampfschiffen geschwärmt, die den Transport

[1] Aus diesen Worten können wir schließen, daß, sobald dieses Tagebuch geschrieben sein wird, das Sonnensystem mehr als acht Planeten zählen wird, daß also logischerweise der Mensch einen oder gar mehrere entdeckt haben wird, die noch weiter weg kreisen als Neptun.

von schwerer Fracht revolutioniert hatten, von den wirtschaftlichen Flugapparaten, die von den Reisenden mit viel Zeit benutzt werden, von den pneumatischen Untergrundbahnen oder den elektronischen Verkehrsmitteln, die alle Kontinente und alle Meere durchfahren und von den Menschen benutzt werden, die es wirklich eilig haben. Es wurde geschwärmt von all den unzähligen Maschinen, von denen die eine genialer ausgedacht war als die andere und von denen eine einzige in gewissen Industrien die Arbeit von hundert Menschen zu verrichten vermag. Es wurde geschwärmt von der Druckerkunst, von der Photographie in Farben und mit Blitzlicht, von der photographischen Wiedergabe von Tönen, von der Wärme und von allen Vibrationen der Luft. Und vor allem schwärmten sie von der Elektrizität, diesem geschmeidigen, gehorsamen und in seinem Wesen, in seinen Eigenschaften so genau bekannten Hilfsmittel, das uns gestattet, ohne die geringste materielle Verbindung irgendeinen Mechanismus in Gang zu setzen, ein Meerschiff, ein Unterseeboot oder ein Flugzeug anzutreiben; das uns gestattet, einander zu schreiben, miteinander zu sprechen oder uns zu sehen – alles auf allergrößte Entfernungen.

Kurz, es hörte sich an wie eine regelrechte Dithyrambe, in welche auch ich einstimmte, ich muß es gestehen. In diesem einen Punkte war man sich jedenfalls einig, daß die Menschheit ein bis dato unvergleichliches intellektuelles Niveau erreicht habe, was uns zu dem Glauben berechtige, daß der Sieg über die Natur ein endgültiger sei.

»Immerhin«, gab Präsident Mendoza mit seiner Fistelstimme zu bedenken, als auf unsere Schlußfolgerung hin eine Stille eingetreten war, »immerhin habe ich mir sagen lassen, daß die heute spurlos verschwundenen Völker eine ebenso hochentwikkelte Zivilisation, der unsrigen ebenbürtig, entwickelt hatten.«

»Welche Völker?« wollte die ganze Tafelrunde wie aus einem Munde wissen.

»Ach, die ... die Babylonier, zum Beispiel.«

Das hatte einen unbändigen Lacherfolg. Die Babylonier mit uns modernen Menschen vergleichen zu wollen!

»Die Ägypter«, fuhr Don Mendoza unbeirrt fort.

Das Gelächter wurde noch stärker.

»Dann waren da noch die Atlantiden, die nur deshalb zur Legende geworden sind, weil wir keine Kenntnisse darüber haben. Zählt nun noch eine Unzahl anderer Völker hinzu, die sogar noch vor den Atlantiden lebten: sie alle entstanden, gediehen – und löschten wieder aus, ohne daß wir die geringsten Kenntnisse von ihnen haben!«

Da Don Mendoza auf seinem Paradoxon beharrte, taten wir so, als nähmen wir ihn ernst, um ihn nicht zu beleidigen.

»Also jetzt hören Sie mal zu, lieber Präsident«, begann behutsam Moreno, in einem Ton, den man einem Kinde gegenüber anschlägt, dem man Vernunft beizubringen versucht, »Sie wollen doch nicht im Ernst behaupten, daß man diese Völker von ehemals mit uns vergleichen kann? . . . In moralischer Hinsicht, ja, mag sein, daß sie da vielleicht auf derselben kulturellen Stufe gestanden haben mögen, aber in materieller Hinsicht . . .«

»Wieso denn nicht?« wehrte sich Don Mendoza.

»Weil der eigentliche Erfolg unserer Erfindungen«, warf nun Bathurst nachdrücklich ein, »darin besteht, daß sie sich augenblicklich über die ganze Erde verbreiten: der Untergang eines einzigen Volkes oder auch der einer ganzen Anzahl von Völkern würde doch die Summe des von ihnen erreichten Fortschrittes nicht tangieren. Denn um den menschlichen Fortschritt auszulöschen, müßte ja die ganze Menschheit auf einen Schlag verschwinden! Ist das vielleicht, frage ich Sie, eine zulässige Hypothese?«

Während wir so diskutierten, entstanden immer neue Wirkungen aus neuen Ursachen in der Unendlichkeit des Universums, und innerhalb von weniger als einer Minute nach der Frage, die Dr. Bathurst soeben gestellt hatte, sollte sich die Skepsis von Mendoza nur allzu deutlich bewahrheiten. Doch wir hatten ja noch keine Ahnung davon, sondern diskutierten friedlich weiter, die einen gemütlich in ihren Stühlen zurückliegend, die andern mit den Ellenbogen auf dem Tisch, doch alle mit mitleidigem Blick Mendoza betrachtend, von dem wir das Gefühl hatten, er sei durch die Replik Bathursts völlig geschlagen.

»Erstens einmal«, nahm der Präsident das Gespräch wieder auf, »ist es glaubhaft, daß die Erde in früheren Zeiten weniger Bewohner aufwies als heute, so daß sehr wohl ein einziges Volk universelles Wissen auf sich vereinigen konnte. Und weiterhin sehe ich *a priori* nichts Absurdes in der Möglichkeit, daß die ganze Erdoberfläche auf einmal in Bewegung geraten könnte.«

»Na, na, na!« riefen wir alle miteinander aus.

Und genau in dem Augenblick geschah's, in dem Moment kam die Sintflut... Eben hatten wir alle noch »Na, na, na!« ausgerufen, als sich ein schreckliches Krachen vernehmen ließ. Der Fußboden bebte und wich von unseren Füßen weg, das ganze Landhaus begann in seinen Grundfesten zu schwanken.

Wir stießen und schlugen einander, um zum Ausgang zu kommen; gepackt von unsagbarem Entsetzen, stürzten wir ins Freie.

Kaum waren wir draußen, stürzte das Haus in sich zusammen und begrub den Gerichtspräsidenten Mendoza und meinen Kammerdiener Germain unter sich. Ein paar Augenblicke waren wir völlig bestürzt, was sicher begreiflich ist, und eben hatten wir den Entschluß gefaßt, den beiden zu Hilfe zu eilen, als wir Raleigh mit seiner Frau vom unteren Garten her auf uns zustürzen sahen.

»Das Meer!... das Meer!...« schrie er aus vollem Halse.

Ich drehte mich zum Ozean um – und blieb erstarrt und wie gelähmt stehen. Ich glaube nicht, daß ich mir dessen, was ich erblickte, völlig bewußt war, hatte aber sicher das deutliche Gefühl, daß die vertraute Aussicht sich verändert hatte. Mußte einem denn nicht das Herz vor Entsetzen stillstehen beim Anblick der Natur, von der wir eben noch festgestellt hatten, daß sie an sich unveränderlich bleibe? Und nun hatte sie sich in wenigen Sekunden seltsam verändert!

Immerhin hatte ich bald einmal meine Kaltblütigkeit wiedergewonnen. Die eigentliche Überlegenheit des Menschen liegt ja nicht darin, die Natur zu beherrschen oder zu besiegen; es geht für den denkenden Menschen darum, sie zu verstehen, das ungeheure Universum im Mikrokosmos des Gehirns festzuhalten; und für den handelnden Menschen geht es darum, bei einer Revolte der Materie ruhig Blut zu bewahren und zu sagen: ›Mich zu zerstören vermagst du meinetwegen, mich aufzuwühlen aber niemals! . . .‹

Sobald ich meine Beherrschung wiedererlangt hatte, begriff ich auch, inwiefern das Bild vor meinen Augen von dem vertrauten abwich. Der Felsabsturz war verschwunden, ganz einfach weg, und mein Garten begann genau auf Meeresspiegelhöhe. Das Meer hatte bereits das Gärtnerhaus verschlungen, und die Wellen leckten an den tiefstliegenden Blumenbeeten.

Da kaum anzunehmen war, daß das Meer in

dieser kurzen Zeit so gestiegen war, mußte man logischerweise schließen, daß das Land sich gesenkt hatte, und zwar über hundert Meter – der Felsabsturz hatte ja diese Höhe gehabt –, doch mußte alles mit einer gewissen Sanftheit geschehen sein, denn wir hatten ja kaum viel davon bemerkt, und das erklärte auch die relative Ruhe des Meeres.

Ein kurzer Blick überzeugte mich, daß meine Hypothese korrekt war, bewies mir aber auch, daß das Absinken noch weiterging. Das Meer kam uns stetig näher, und das mit einer Geschwindigkeit, die bei zwei Metern in der Sekunde liegen mußte – das heißt also sieben bis acht Kilometer in der Stunde. – Infolgedessen mußten wir bei der Entfernung der am nächsten stehenden Wellen innerhalb von etwa drei Minuten ebenfalls verschlungen sein, sollte das Tempo des Absinkens dasselbe bleiben. Mein Entschluß kam blitzschnell:

»Ins Auto!« schrie ich den andern zu.

Sie hatten sofort verstanden, und wir alle rannten zur Garage, rissen den Wagen heraus und füllten im Nu den Tank bis obenhin mit Benzin. Dann sprangen wir aufs Geratewohl in den Wagen. Mein Chauffeur Simonat setzte den Motor in Gang, sprang hinters Steuerrad, schaltete, und im vierten Gang fuhren wir aufs Tor zu, das Raleigh für uns offenhielt. Dann rannte er hinterher, konnte sich gerade noch anklammern und kauerte auch schon auf den Hinterfedern des Autos.

Es war höchste Zeit! Gerade als das Auto die

Straße erreichte, fegte die erste Welle heran und netzte die Räder bis zu den Naben. Bah! Von jetzt an konnten wir uns über die Verfolgung durch das Meer lustig machen. Obgleich mein Wagen schwer überladen war, würde uns meine vorzügliche Maschine aus dem Bereich der Wellen entführen, das heißt falls der Sturz in den Abgrund sich nicht endlos hinausziehen sollte... Nun, wir hatten doch immerhin einigen Spielraum vor uns: mindestens zwei Stunden Aufstieg und eine Höhe von nahezu fünfzehnhundert Metern...

Bald hingegen wurde mir klar, daß es noch zu früh war zum Frohlocken. Nachdem nämlich der erste Anlauf des Wagens uns etwa zwanzig Meter vom Wasser weggetragen hatte, nützte alles Gasgeben unseres guten Simonat nichts: die Distanz zwischen uns und dem Meer blieb stets dieselbe. Ohne Zweifel wurde der Wagen durch die übermäßige Last gebremst. Was wir auch unternahmen, unsere Geschwindigkeit entsprach genau dem Absinken des Landes – das Meer blieb uns auf den Fersen.

Bald wurde uns diese ungemütliche Lage deutlich, und alle, außer Simonat, der sich mit dem Steuern des Autos befassen mußte, drehten sich um und wollten auf die eben zurückgelegte Strecke blikken. Nichts war mehr zu sehen als Wasser. So rasch wir den Weg hinter uns brachten, so rasch versank er hinter uns im Wasser. Dabei schien das Meer nun völlig ruhig. Kaum daß hie und da eine Welle sich

am immer neuen Strand brach. Es sah aus wie ein friedlicher See, der geheimnisvoll ständig anschwoll und wuchs, und es gab wohl nichts Tragischeres als die Verfolgung des Wagens durch das stille Wasser.

Umsonst flohen wir vor ihm, das Meer stieg unaufhaltsam mit uns in die Höhe ...

Bei einer Wegbiegung meinte Simonat, ohne die Augen von der Straße zu heben: »Hier sind wir auf halber Höhe. Noch eine Stunde geht's aufwärts.«

Uns schauderte: Was nun! In einer Stunde würden wir die Paßhöhe erreicht haben, und dann mußten wir hinunter, gejagt vom Wasser, das uns einholen würde, uns wie eine Lawine unter sich begrabend! ...

Die Stunde verstrich, ohne daß unsere Lage sich wesentlich verändert hätte. Schon tauchte über uns der Gipfel des Küstengebirges auf – als der Wagen plötzlich einen heftigen Satz zur Seite machte, der ihn beinahe an der Böschung zerschmettern ließ. Gleichzeitig schwoll hinter uns eine riesige Welle an, überflutete die Straße und brandete um unseren Wagen, der von Gischt eingehüllt wurde... Sollten wir doch noch alle verschlungen werden? ...

Nein! Das Wasser ebbte zurück, während der Motor plötzlich rascher zu keuchen begann und sein Tempo beschleunigte.

Was war schuld an der unerwarteten Beschleunigung? Ein Aufschrei von Anna Raleigh verriet es uns: sie hatte eben entdeckt, daß ihr Mann nicht mehr am Wagen hing. Zweifellos hatte die Welle den Unglücklichen weggerissen, und darum auch zog der Wagen wegen der Gewichtsverminderung besser an.

Doch dann blieb er plötzlich stehen.

»Was ist los?« schrie ich Simonat zu, »eine Panne?«

Aber auch unter diesen tragischen Umständen behauptete sich der Berufsstolz des Chauffeurs. Er zuckte bloß mit den Schultern, was so viel heißen sollte wie: für einen Chauffeur wie mich gibt's keine Pannen. Er zeigte nur wortlos auf die Straße vor uns. Da wurde mir klar, warum wir anhielten.

Keine zehn Meter vor uns war die Straße wie abgeschnitten. Abgeschnitten war das richtige Wort: als hätte einer mit einem riesigen Messer den Schnitt gemacht. Jenseits der scharfen Kante, die das Ende der Straße bildete – nichts, Leere, ein dämmeriger Abgrund, auf dessen Grunde man nichts zu unterscheiden vermochte.

Wir wandten uns um, verzweifelt, gewiß, daß unser letztes Stündlein geschlagen habe. Der Ozean, der uns bis hierher verfolgt hatte, mußte uns ja in wenigen Sekunden verschlingen ...

Und dann stießen wir alle – außer Anna und ihren Mädchen, die zum Herzzerbrechen schluchzten – einen Freudenschrei aus: Nein, das Wasser stieg nicht mehr, oder vielmehr die Erde hatte aufgehört zu versinken. Ohne Zweifel war der Stoß, den wir vor ein paar Augenblicken verspürt hatten, das Ende der Naturerscheinung gewesen. Der Ozean lag still hinter uns, sein Spiegel lag ungefähr hundert Meter unterhalb der Stelle, an der wir zusammengedrängt neben dem immer noch ratternden Wagen standen; er erinnerte uns an ein großes Tier nach einem raschen Lauf.

Sollte es uns doch noch gelingen, uns aus der bösen Lage zu befreien? Das würden wir erst am folgenden Morgen wissen. Bis es so weit war, mußten wir uns gedulden. Einer nach dem andern legten wir uns auf den Boden, und ich glaube fast – Gott verzeihe mir! – ich schlief sogleich ein! ...

In der Nacht

Ich werde durch ein furchtbares Brausen geweckt. Wieviel Uhr ist es? Ich weiß es nicht. Jedenfalls umgibt uns immer noch finstere Nacht.

Der Lärm steigt aus dem undurchdringlichen Abgrund, in den die Straße gestürzt ist, herauf. Was geht vor? ... Ich könnte schwören, der donnernde Lärm komme von großen Wassermassen, die in hohem Falle stürzen, von gewaltigen Wellen, die aneinanderprallen ... Ja, das muß es sein, denn ganze Wolken von Gischt steigen auf und durchnässen uns.

Dann wird es langsam stiller ... und dann hört man gar nichts mehr ... Der Himmel wird heller ... dann ist's Tag.

25. Mai

Welche Qual, so langsam über unsere wirkliche Lage aufgeklärt zu werden! Erst können wir nur die unmittelbare Umgebung erkennen, doch der

Umkreis wächst, wächst ständig, als würde unsere Hoffnung nach und nach eine Unzahl von Schleiern heben – endlich ist's heller Tag. Er zerstört unsere letzten Illusionen.

Unsere Lage ist äußerst einfach in ein paar Worten zu schildern: wir sind auf einer Insel. Das Meer umgibt uns von allen Seiten. Gestern noch lagen da vor uns unzählige Berggipfel, von denen ein paar sogar den, auf dem wir uns jetzt befinden, überragten. Diese Gipfel sind alle verschwunden, während der unsre – viel bescheidener als die andern – unerklärlicherweise auf seinem Sturz ins Meer aufgehalten wurde. Um uns statt der Berge eine endlose Wasserwüste. Wir stehen auf dem einzigen Fleckchen Erde, das bis zum ungeheuren Horizont noch zu entdecken ist.

Ein einziger Blick genügt, uns das Ausmaß unsres Inselchens erkennen zu lassen, auf dem wir durch einen außerordentlichen Glücksfall Asyl gefunden haben: Wirklich, es ist klein genug, tausend Meter höchstens ist es lang und fünfhundert breit. Der Berg fällt nach Norden, Westen und Süden sanft zum Meere ab und ist noch etwa hundert Meter hoch. Im Osten hingegen fällt die kleine Insel in einem Felsabsturz jäh ins Meer ab.

Dorthin wendet sich nun unser Blick. Denn in jener Richtung müßten wir ganze Bergketten hintereinander sehen und jenseits davon ganz Mexiko. Wie hat sich das alles in einer kurzen Frühlingsnacht gewandelt! Die Berge sind verschwunden,

Mexiko ist verschlungen! An ihrer Stelle die Wasserwüste, die kahle, unendliche.

Wir sehen uns an, entsetzt. Da sind wir nun, gestrandet, ohne Lebensmittel, ohne Süßwasser, auf diesem engen, kahlen Fels – keine Hoffnung bleibt uns mehr. Grausam enttäuscht werfen wir uns auf die Erde und warten auf den Tod.

An Bord der *Virginia*, 4. Juni

Was ist in den folgenden Tagen geschehen? Ich habe keine Erinnerung mehr daran. Vermutlich habe ich schließlich das Bewußtsein verloren: erst an Bord des Schiffes, das uns gerettet hat, bin ich wieder zu mir gekommen. Das einzige, was ich weiß, ist, daß wir ganze zehn Tage auf jener Insel verbracht haben müssen und daß zwei von uns, Williamson und Rowling, vor Durst und Hunger gestorben sind. Von den fünfzehn Menschen, die meine Villa im Zeitpunkt der Sintflut beherbergt hat, bleiben bloß noch neun: mein Sohn Hans, mein Mündel Helene, mein Chauffeur Simonat, der wegen des Verlustes seines Wagens untröstlich ist, Anna Raleigh und ihre beiden Mädchen, die Ärzte Bathurst und Moreno, und schließlich ich, der ich mich beeile, diese Zeilen zur Erbauung späterer Geschlechter zu Papier zu bringen – womit ich bereits zugegeben habe, daß es deren wieder geben wird.

Die *Virginia*, die uns trägt, ist ein sozusagen gemischtes Schiff – halb Dampfschiff, halb Segelschiff – von ungefähr zweitausend Tonnen, das dem Warentransport dient. Es ist ein recht betagtes Schiff, und seine Geschwindigkeit ist eher mittelmäßig. Der Kapitän heißt Morris und befehligt zwanzig Matrosen. Kapitän und Mannschaft sind ausnahmslos Engländer.

Die *Virginia* hat Melbourne mit Ballast vor etwas mehr als einem Monat mit dem Bestimmungsort Rosario verlassen. Kein Zwischenfall hat ihre Reise gestört, ausgenommen in der Nacht vom 24. zum 25. Mai, als eine Anzahl von unglaublich hohen Grundwellen – die aber zum Glück ihrer Länge wegen ungefährlich waren – das Schiff packten. So eigenartig diese unerklärlichen Wellen auch waren, konnte der Kapitän doch nicht ahnen, welche Sintflut in demselben Moment in seiner Nähe vor sich ging. Wie erstaunt war er, als er an der Stelle, wo er Rosario hätte finden sollen, nichts als Wasser antraf. Auch von Mexiko fand sich nicht eine Spur. Von der mexikanischen Küste war bloß eine kleine Insel übrig geblieben. Eine Schaluppe der *Virginia* wurde zu dem Inselchen hinübergeschickt, auf dem die Besatzung dann elf leblose Körper entdeckte. Zwei waren offensichtlich tot. Die andern neun wurden auf die Schaluppe getragen und zur *Virginia* gebracht. Auf diese Weise sind wir gerettet worden.

Ein Zwischenraum von acht Monaten trennt den bisherigen Bericht von diesen nächsten Zeilen. Ich datiere sie mit Januar oder Februar, denn es ist mir völlig unmöglich, genauere Angaben zu machen, da ich kein verläßliches Zeitgefühl mehr besitze.

Diese acht Monate stellen die schlimmste Zeit all unserer Prüfungen dar. Es ist die Zeit, in der wir unterschiedlich immer grausamer behandelt worden sind, die Zeit, in der uns unser ganzes Elend so richtig bewußt geworden ist.

Nachdem sie uns aufgenommen hatte, setzte die *Virginia* ihre Route weiter nach Osten fort, so schnell es ihr möglich war. Als ich auf dem Schiff wieder zu mir kam, war die Insel, auf der wir beinahe alle umgekommen wären, schon längst am Horizont verschwunden. Wie das Besteck besagte, das der Kapitän bei wolkenlosem Himmel nahm, mußten wir uns genau an der Stelle befinden, wo Mexiko hätte sein sollen. Doch von Mexiko war keine Spur mehr zu sehen – nicht mehr, als man von den Bergen im Mittelpunkt sehen konnte, als ich ohnmächtig dalag; nicht mehr auch, als man von irgendeinem Stück Erde entdecken konnte, so weit das Auge reichte; nach allen Seiten hin gab es nichts als die Unendlichkeit des Meeres . . .

In dieser Feststellung lag etwas wirklich Betäubendes. Wir hatten einen Moment lang das Gefühl, den Verstand zu verlieren. Wie denn? Ganz Mexiko einfach versunken!... Wir tauschten entsetzte Blicke, während wir uns fragten, wie weit diese fürchterliche Sintflut sich erstreckt haben mochte...

Der Kapitän wollte es genau wissen: er änderte seinen Kurs und drehte nach Norden ab. Wenn es Mexiko nicht mehr gab, so war es doch undenkbar, daß der ganze amerikanische Kontinent ebenfalls versunken sein sollte.

Und dennoch war es so. Umsonst segelten wir volle zehn Tage nach Norden – wir trafen auf kein Land. Und obgleich wir immer wieder die Richtung änderten: von Land nirgendwo eine Spur, auch nicht, als wir fast einen Monat lang nach Süden fuhren. So widersinnig uns die Erkenntnis auch schien, wir waren gezwungen, sie zuzugeben: jawohl, der ganze amerikanische Kontinent war in den Wellen des Ozeans verschwunden!

Waren wir denn bloß gerettet worden, um ein zweites Mal die Schrecken der Todesangst kennenzulernen? Wir hatten wahrlich langsam Grund, es anzunehmen. Ohne an die Vorräte zu denken, die uns eines Tages ausgehen mußten, gab es eine viel größere Gefahr: was sollte aus uns werden, wenn die Kohle ausging und das Schiff nur noch dahintrieb? Ungefähr so mußte das Herz eines verblutenden Tieres zu schlagen aufhören. Deshalb ließ der Kapitän am 14. Juli – wir befanden uns ungefähr da, wo früher Buenos Aires liegen mußte – die Feuer ausgehen und die Segel setzen. Sobald dieser Befehl ausgeführt war, versammelte er die

Mannschaft sowie die Passagiere der *Virginia* und erläuterte uns in wenigen Worten die Lage. Dann bat er uns, ernsthaft darüber nachzudenken und unsere Idee am folgenden Tage bei einem Kriegsrat vorzubringen.

Ich weiß nicht, ob einer meiner Unglücksgenossen auf eine mehr oder weniger großartige Idee gekommen wäre. Ich für mein Teil zögerte, ich gestehe es, weil ich gar nicht sicher war, was in unserer Lage der beste Ausweg wäre – als gerade in jener Nacht ein Sturm losbrach und uns die ganze Entscheidung aus der Hand nahm. Wir mußten westwärts fliehen, der Sturm jagte uns vor sich her, und wir mußten befürchten, jeden Augenblick vom entfesselten Meer verschlungen zu werden.

Der Orkan dauerte fünfunddreißig Tage, ohne eine Minute nachzulassen oder gar einzuschlafen. Wir begannen zu fürchten, das Unwetter werde nie mehr aufhören – als am 19. August das schöne Wetter so unmittelbar einsetzte, wie es uns im Stich gelassen hatte. Der Kapitän benutzte die Gelegenheit und nahm sogleich das Besteck: die Berechnung ergab für unsere Position 40° nördlicher Breite und 114° östlicher Länge – die Koordinaten von Peking!

Wir hatten also bereits Polynesien und vielleicht auch Australien passiert, ohne uns dessen bewußt zu sein; und da, wo wir zurzeit segelten, hatte vorher die Hauptstadt eines Reiches von vierhundert Millionen Seelen gestanden!

Hatte Asien also dasselbe Schicksal ereilt wie Amerika?

Bald waren wir davon überzeugt. Die *Virginia* erreichte auf ihrem Südwestkurs das tibetische Hochland, dann das Gebiet des Himalaja. Hier hätten wir die höchsten Berge des gesamten Erdballs erblicken müssen. Nun: nach allen Richtungen hin ragte nichts über den Meeresspiegel herauf. Es fing beinahe an so auszusehen, als gäbe es auf der ganzen Welt kein anderes Stückchen trockenen Landes mehr als jenes kleine Inselchen, das unsere Rettung gewesen – als seien wir die einzigen Überlebenden der Sintflut, die letzten Bewohner der Erde auf dem bewegten Leichentuch des Meeres!

Wenn dem so war, dann würden auch wir bald einmal zugrunde gehen. Trotz strengster Rationierung gingen die Lebensmittel an Bord schon zur Neige, und es bestand für uns keine Hoffnung mehr, sie wieder zu erneuern ...

Ich kürze den Bericht über diese schreckliche Seefahrt ab. Um sie in allen Einzelheiten wiederzugeben, müßte ich im Geiste Tag für Tag noch einmal alles durchmachen, und das triebe mich zum Wahnsinn. So seltsam und furchtbar auch die Ereignisse waren, die dieser Fahrt vorausgingen oder nach ihr kamen, so bejammernswert mir auch die Zukunft – eine Zukunft, die ich nicht mehr erleben würde – erschien, so sollten wir doch noch während dieser verfluchten Fahrt das Maximum an Entsetzen kennenlernen. Ach, diese nicht endenwollende

Fahrt auf einem unendlich scheinenden Meere! Jeden Tag darauf gefaßt sein, irgendwo anlegen zu können – und jeden Tag das Ende der Reise weiter hinausgeschoben zu sehen! Über Karten gebeugt dahinzuleben – über Karten, auf denen Menschen kurvenreiche Küstenlinien eingezeichnet hatten, und dann immer wieder feststellen zu müssen, daß nichts, aber auch gar nichts übriggeblieben war von all dem, was die Menschen für ewig feststehend angesehen hatten! Sich sagen zu müssen, daß die Erde von unzählbaren Lebewesen wimmelte, daß Millionen von Menschen und Myriaden von Tieren diese Erde nach allen Richtungen durchlaufen oder die Luft bevölkert hatten – und daß nun alle auf einmal tot sind, daß all das Leben ausgeblasen wurde, als wäre es ein winziges Flämmchen im Wind! Überall andere Menschenkinder zu suchen – umsonst zu suchen! Und dann nach und nach zur Überzeugung zu kommen, daß es um einen herum sonst nichts Lebendes mehr gibt, sich nach und nach der fürchterlichen Einsamkeit bewußt zu werden, allein zu sein im erbarmungslosen All! . . .

Ist es mir wohl gelungen, die passenden Worte für den Ausdruck unserer Todesangst zu finden? Ich weiß es nicht. Denn in keiner Sprache der Welt kann es Worte geben, die dieser nie dagewesenen Situation gerecht würden.

Nachdem wir auch dort das Meer erkundet hatten, wo früher die Halbinsel Indiens gewesen war, nahmen wir für zehn Tage Kurs nach Norden,

dann nach Westen. Ohne daß unsere Lage sich im geringsten verändert hätte, fuhren wir über die Kette des Urals, der jetzt zu einem Teil des Meeresbodens geworden war. Und dann fuhren wir über die Stelle, wo früher Europa lag. Wir nahmen

Kurs nach Süden, bis zu zwanzig Grad südlicher Breite, und, müde von unserer zwecklosen Irrfahrt, wieder nach Norden, über die nun versunkenen Pyrenäen sowie über eine riesige Fläche Wasser, die Afrika und Spanien bedeckte. Wir begannen uns tatsächlich an das Entsetzen zu gewöhnen. Wir verfolgten unseren Lauf genau auf den Karten und zeigten dann mit dem Finger: ›Hier war einmal Moskau... Warschau... Berlin... Wien... Rom... Tunis... Timbuktu... St. Louis... Oran... Madrid...‹, alles mit ständig wachsender Gleichgültigkeit, denn die Gewohnheit hatte uns abgestumpft, und wir fühlten beim Aussprechen dieser in Tat und Wahrheit so tragischen Namen nicht mehr das geringste.

Ich aber hatte den Becher meiner Leiden noch nicht bis zur Neige geleert. Am Tage, als Kapitän Morris zu mir sagte – es war so um den 11. Dezember herum –: »Hier stand Paris...«, glaubte ich, man reiße mir das Herz aus der Brust. Meinetwegen mochte das ganze All versinken, aber doch nicht mein Frankreich – mein Paris, das mein Land verkörperte!...

Neben mir konnte ich einen Mann schluchzen hören: ich drehte mich um... es war Simonat, der weinte.

Für vier weitere Tage fuhren wir stetig nordwärts; als wir auf der Höhe von Edinburgh waren, nahmen wir Kurs nach Südwesten und suchten Irland; dann ging's wieder ostwärts... Wir irrten auf gut Glück herum, denn es spielte wirklich keine Rolle mehr: die eine Richtung war so gut wie die andere ...

Wir fuhren über London, dessen feuchtes Grab von der ganzen Schiffsbesatzung salutiert wurde. Fünf Tage darauf segelten wir über Danzig, als der Kapitän – wiederum aufs Geratewohl – wenden ließ, so daß wir wieder eine südwestliche Richtung einschlugen. Der Steuermann gehorchte apathisch. Was machte es ihm schon aus? Nach allen Richtungen war es ja dieselbe Geschichte ... Als wir den neunten Tag diesen Kurs eingehalten hatten, bekamen wir unser letztes Stückchen Schiffszwieback.

Während wir uns noch hohlwangig anstarrten, befahl Kapitän Morris auf einmal, die Kessel zu heizen. Was mochte ihm durch den Kopf gehen? Ich weiß es heute noch nicht. Doch sein Befehl wurde ausgeführt: das Schiff gewann Fahrt ...

Zwei Tage darauf nagte der Hunger bereits recht böse an uns. Und am darauffolgenden Tag weigerten sich die meisten, überhaupt aufzustehen; bloß noch der Kapitän, Simonat, einige wenige Matrosen und ich hatten die Kraft, das Schiff auf seinem Kurs zu halten.

Am fünften Fasttage sah man fast keine Steuerleute und Mechaniker mehr. Wenn das noch vierundzwanzig Stunden so weiterging, würde keiner mehr die Kraft haben, auf seinen Beinen zu stehen.

Wir waren nun seit über zwölf Monaten quer

durch die Meere gesegelt. Es mußte so um den 8. Januar herum sein. – Ich sage: ›es mußte . . .‹, weil ich es einfach nicht genauer sagen kann; denn der Kalender hat bei uns an Wichtigkeit verloren.

Jedenfalls, es war an jenem Tag, als ich das Ruder hielt und mich ganz und gar auf das Beobachten des vor uns liegenden Horizontes konzentrierte – und da schien mir, ich könne im Westen irgend etwas unterscheiden. Ich dachte, ich sei das Opfer einer Halluzination, und rieb mir die Augen. Nein, ich hatte mich nicht getäuscht!

Ich stimmte ein wildes Gebrüll an, klammerte mich am Ruder fest und schrie dann:

»Land auf Steuerbord voraus!«

Welchen Zauber diese Worte wirkten! Alle, die da überall im Sterben gelegen hatten, sprangen erstaunlich lebhaft auf die Füße, und ihre hageren Gesichter zeigten sich an der Steuerbordreling.

»Wirklich, es ist Land!« stellte Kapitän Morris verblüfft fest, nachdem er den am Horizont auftauchenden Schatten beobachtet hatte.

Eine halbe Stunde später war kein Zweifel mehr möglich. Land – mitten im Ozean, Land, das auf keiner Karte zu finden war. Und wir hatten alle Gegenden abgesucht, wo früher Kontinente gewesen waren!

Gegen drei Uhr nachmittags hoben sich die Einzelheiten der Küste, die uns den Weg versperrte, schon klar hervor. Und wieder meldete sich die

Verzweiflung. Denn diese Küste glich keiner der Küsten, wie wir sie früher gekannt hatten. Vor uns lag ein absolut kahles, wüstes Eiland.

Die Erde, die wir vor der Sintflut bewohnt hatten, war von sattem Grün gewesen. Und keiner von uns hatte je eine derart verlassene, derart kahle Gegend gesehen, wo nicht doch noch etwa ein paar Sträucher, ein paar Moosbänke oder doch mindestens ein paar Büschel Flechten auf den Steinen zu sehen gewesen wären. Hier nun gab es nicht einmal das. Wir konnten bloß einen schwärzlichen Felsabsturz erkennen, an dessen Fuß ein Chaos von Felsblöcken lag. Keine Pflanze, kein Gräslein, nichts! Es war eine im wahrsten Sinne gottverlassene Insel.

Während zweier Tage fuhren wir dieser Felswand entlang, ohne auch nur die kleinste Spalte darin entdecken zu können. Erst gegen Abend des zweiten Tages entdeckten wir schließlich eine große Bucht, die guten Schutz gegen den Wind vom Meer her bot. Dort fuhren wir hinein und gingen vor Anker.

In Rettungsbooten erreichten wir das feste Land, und dort war unsere erste Beschäftigung das Nahrungsammeln. Denn der Strand wimmelte von Hunderten von Schildkröten, und Millionen Muscheln lagen herum. In den Felsspalten gab es Krabben, Hummer und Langusten in Hülle und Fülle, dazu natürlich Fische in unerhörten Mengen. Offenbar würde das so dicht bevölkerte Meer uns – in

Ermangelung anderer Hilfsquellen – auf unbeschränkte Zeit unseren Unterhalt garantieren.

Als wir uns gesättigt hatten, fanden wir einen Einschnitt in der Felswand, der uns ermöglichte, den Fels zu erklimmen. Oben angekommen, erblickten wir ein weites Gebiet. Der Anblick des Strandes hatte uns nicht getäuscht: nach allen Seiten gab es nur kahle Felsen, auf denen etwa getrockneter Tang und Algen zu erkennen waren, aber kein einziges Hälmchen Gras, nichts Lebendes, weder auf dem Lande noch in der Luft. Und überall waren kleine Seen zu erkennen, eher Teiche sogar, die in der Sonne glänzten. Wir wollten uns an einem von ihnen erfrischen – das Wasser war salzig!

Das erstaunte uns zwar nicht. Diese Tatsache bestätigte uns in der Annahme, daß dieses unbekannte Land erst gestern geboren und aus den Meerestiefen in einer einzigen Evolution aufgestiegen war. Das erklärte seine Öde, seine totale Einsamkeit. Es erklärte auch diese sonderbare, überall gleichmäßig verteilte Schlammschicht, die durch die Verdunstung nun langsam zu Staub wurde... Am folgenden Mittag ergab die Messung einen Punkt auf 17° 20' nördlicher Breite und 23° 55' westlicher Länge. Wir trugen ihn auf der Karte ein. Da konnten wir auch erkennen, daß da vorher der offene Atlantik gewesen war; das Land befand sich also in der Nähe des Punktes, wo früher Kap Verde gewesen. Jedenfalls erstreckte sich nun das Land nach Westen und das Meer nach Osten, bis zum Horizont.

So unfreundlich und ungastlich der Kontinent, auf den wir den Fuß gesetzt hatten, auch war, wir waren auf alle Fälle gezwungen, uns damit zufriedenzugeben. Darum löschten wir die ganze Ladung der *Virginia* sogleich. Wir trugen alles, was sie enthielt, wahllos oben auf den Felsen. Vorher hatten wir das Schiff solide mit vier Ankern befestigt, die bei fünfzehn Faden Tiefe den Meerboden erreichten. In dieser ruhigen Bucht lief die *Virginia* so keine Gefahr, und wir konnten sie unbesorgt sich selbst überlassen.

Sobald wir die ganze Ladung an Land gebracht hatten, konnte unser neues Leben beginnen. Vor allem mußten wir ...

Als der Zartog Sofr an diesem Punkt seiner Übersetzung war, mußte er die Arbeit unterbrechen. Das Manuskript wies hier eine erste Lücke auf, den vielen Seiten nach fehlte wahrscheinlich Wichtiges; dieser Lücke folgten übrigens noch mehr und noch wichtigere, soweit er das beurteilen konnte. Ohne Zweifel war eine große Menge der Manuskriptblätter durch Feuchtigkeit zerstört worden – der Behälter hatte also nicht dicht gehalten. Es gab von dieser Stelle an nur noch mehr oder weniger ausführliche Fragmente, der übrige Text war für immer zerstört. Sie folgten sich in etwa dieser Reihe:

...beginnen uns ans Klima zu gewöhnen.

Wie lange ist es wohl her, seit wir an dieser Küste vor Anker gegangen sind? Ich weiß nichts mehr davon. Ich habe Dr. Moreno gefragt, der einen Kalender über die verflossenen Tage nachführt. Er hat mir gesagt: »Sechs Monate ...«; dann fügte er hinzu: »... auf einige Tage genau«, denn auch er befürchtet, er könnte sich täuschen.

So weit ist es mit uns also gekommen! Es hat bloß sechs Monate gebraucht – und schon können wir uns nicht mehr auf unsere Zeitmessung verlassen. Das ist ja eine schöne Aussicht!

Unsere Nachlässigkeit ist jedoch nicht erstaunlich. Wir brauchen nämlich unsere ganze Kraft hier, um unser Leben zu erhalten. Dem gilt alle unsere Aufmerksamkeit. Die Ernährung ist ein Problem, das den ganzen Tag in Anspruch nimmt. Was essen wir? Nun, Fische, wenn wir welche finden. Das wird nämlich von Tag zu Tag schwieriger, denn unsere unaufhörliche Jagd auf sie macht sie scheu. Wir essen ferner Schildkröteneier und einige genießbare Algen. Abends sind wir zwar satt, aber auch erschöpft und denken nur noch ans Schlafen. Aus den Segeln der *Virginia* haben wir Zelte aufgestellt. Ich stelle mir vor, daß wir in Bälde eine etwas solidere Unterkunft werden bauen müssen.

Hie und da erlegen wir einen Vogel: die Luft ist doch nicht so verwaist, wie wir ursprünglich angenommen haben. Wir kennen bis jetzt etwa zehn verschiedene Arten auf unserem neuen Kontinent.

Es sind hauptsächlich Langstreckenflieger: Schwalben, Albatrosse, Kormorane und einige mehr. Es ist anzunehmen, daß sie auf diesem Lande ohne Vegetation zu wenig Nahrung finden, denn sie fliegen ständig im Kreise um unser Lager und hoffen auf Reste unserer elenden Mahlzeiten. Hie und da finden wir auch etwa einen, der vor Hunger umgekommen ist, was uns wiederum Pulver und Blei spart.

Glücklicherweise besteht eine Möglichkeit, unsere Lage etwas zu bessern: wir haben im Bauch der *Virginia* einen Sack Korn entdeckt, von dem wir die Hälfte ausgesät haben. Es wird uns bedeutend besser gehen, wenn einmal das Korn gewachsen ist. Doch wird es wachsen? Den Boden bedeckt eine dicke Alluvialschicht, ein sandhaltiger Schlamm, der durch zersetzte Algen angereichert ist. So mittelmäßig der Humus auch sein mag, so ist es doch immerhin Humus. Als wir hier landeten, war er noch mit Salz getränkt. Doch seit den diluvialen Regengüssen ist er ziemlich ausgewaschen worden. Alle Vertiefungen weisen jetzt Süßwasser auf.

Immerhin ist die Alluvialdecke noch nicht ganz salzfrei, außer auf der ganz dünnen Oberschicht: die Bäche und Flüsse, die gegenwärtig im Entstehen sind, haben einen stark brackigen Geschmack, was beweist, daß die unteren Alluvialschichten immer noch mit Salz gesättigt sind.

Damit wir das Korn aussäen und die andere Hälfte als Reserve zurückbehalten konnten, mußte es beinahe zu einem heftigen Streit kommen: die eine Gruppe der Schiffsbesatzung wollte sofort Brot daraus backen. Wir waren gezwungen ...

... die wir an Bord der *Virginia* hatten. Diese beiden Kaninchen haben sich ins Landinnere geflüchtet, und wir haben sie nicht wiedergesehen. Möglicherweise haben sie sogar für sich Nahrung zu finden vermocht. Wird die Erde also, uns unbewußt, hervorbringen, was ...

... zwei Jahre mindestens, seit wir hier sind! ... Das Korn ist prächtig gediehen. Wir haben übergenug Brot zu essen, und unsere Äcker werden immer größer. Doch was für einen Kampf wir dabei gegen die Vögel ausfechten! Sie haben sich seltsamerweise unerhört vermehrt, und rings um unsere Kulturen ...

Trotz den Todesfällen, die ich oben erwähnt habe, ist unser kleiner Stamm nicht kleiner geworden, ganz im Gegenteil. Mein Sohn und mein Mündel haben drei Kinder, und eine jede der drei übrigen Haushaltungen hat ebenso viele. Diese ganze Schar von Kindern gedeiht vorzüglich und platzt fast vor Gesundheit. Offenbar besitzt die menschliche Rasse mehr Energie, mehr Vitalität, seit sie zahlenmäßig so zusammengeschrumpft ist. Doch wie viele Gründe ...

... zehn Jahre hier und wußten immer noch nichts von diesem Kontinent. Wir kannten ihn höchstens in einem Umkreis von wenigen Kilometern von unserem Landungsplatz aus. Dr. Bathurst fand schließlich, unsere Trägheit sei himmelschreiend, und auf seine Anregung hin riggten wir die *Virginia* wieder auf, was fast sechs Monate in Anspruch nahm, und dann haben wir eine Erkundungsreise unternommen. Seit vorgestern sind wir wieder in unserer Siedlung. Die Reise hat viel länger gedauert, als wir eigentlich meinten, doch wir wollten eben, daß wir umfassende Kenntnisse des Kontinents mit nach Hause brächten.

Wir haben also den ganzen Kontinent, der uns trägt, umfahren, und wir glauben, er sei außer unserer kleinen Insel der einzige noch bestehende feste Boden dieser Erde. Die Küstenpartien sind uns überall gleich hart, gleich wild vorgekommen.

Unsere Kreuzfahrt haben wir durch mehrere Exkursionen ins Landinnere unterbrochen: Wir hofften dabei vor allem noch Spuren der Azoren und von Madeira zu entdecken, die ja vor der Sintflut schon vom Atlantischen Ozean umspült wurden und die infolgedessen eigentlich einen Teil des neuen Kontinents bilden müßten. Wir haben aber nicht die allerkleinste Spur von ihnen entdecken können. Alles, was wir darüber feststellen konnten, war, daß gerade dieses Gebiet von Grund auf durcheinandergeworfen wurde und daß eine dicke Lavaschicht es bedeckte. Die Inseln sind wahrscheinlich Schauplatz der heftigsten vulkanischen Ereignisse gewesen.

Eigenartig ist es ja schon: wir haben zwar nicht entdecken können, was wir suchten, dafür aber haben wir entdeckt, was wir nicht suchten! Auf der Höhe der einstigen Azoren sind wir auf Spuren menschlichen Schaffens gestoßen. Die Funde sind halb von einer Lavaschicht bedeckt. Doch kann diese Spur menschlicher Kultur nicht von den Bewohnern der Azoren stammen, unseren Zeitgenossen von gestern. Die Funde bestanden aus Säulenresten und Töpfereischerben, von einer Beschaffenheit, wie wir sie nie zuvor gesehen hatten. Nach eingehender Untersuchung gab Dr. Moreno der Vermutung Ausdruck, es müsse sich um Überreste des antiken Atlantis handeln, die durch vulkanische Eruption zutage gefördert wurden.

Vielleicht hat Dr. Moreno recht. Das legendäre Atlantis müßte – falls es je vorhanden war – ungefähr an der Stelle unseres heutigen Kontinents gelegen haben. Daß an derselben Stelle des Erdballs drei menschliche Kulturen sich befunden haben sollen, ohne daß die eine aus der andern hervorgegangen ist, wäre in diesem Falle ein einzig dastehendes Phänomen.

Wie dem auch sei, ich muß gestehen, daß das

Problem mich kalt läßt: wir haben gerade genug an der Gegenwart, ohne uns noch um die Vergangenheit zu kümmern.

Sobald wir unsere Siedlung wieder erreichten, ist uns aufgefallen, daß wir uns in einer – im Vergleich zum übrigen Lande – begünstigten Gegend niedergelassen haben. Das liegt einzig und allein an der grünen Farbe – früher so weitverbreitet –, die hier nicht mehr völlig fehlt, während auf dem ganzen übrigen Kontinent kein Iota davon zu erblicken ist. Das war uns bis dato nie so richtig aufgefallen, ist aber unleugbar so. Gras, das es zur Zeit unserer Landung nicht gab, sprießt nun überall um uns her. Es sind zwar nur die gemeinsten Arten, die hier wachsen. Sehr wahrscheinlich haben die Vögel den Samen hergeschleppt.

Aus dem, was ich eben sagte, darf nun aber nicht geschlossen werden, daß es außer diesen von früher stammenden Sorten keine Vcgetation gäbe. Durch irgendeine unerklärliche Anpassung gibt es heute wieder eine rudimentäre, vielversprechende Vegetation überall auf dem Kontinent:

Die Meerpflanzen, die sich auf dem neuen Kontinent befanden, als er aus den Wellen stieg, sind zum größten Teil durch die Sonne vernichtet worden. Einige wenige hingegen haben in den Teichen und Tümpeln, die nicht mit der Zeit ausgetrocknet sind, bestehen können. Doch dann sind Bäche und Flüsse entstanden, die für die Existenz von Tang und Algen nur dann förderlich waren, solange sie Salz enthielten. Sobald jedoch die oberste Erdschicht sowie die darunterliegenden ihren Salzgehalt verloren, wurden sie nach und nach zerstört. Nur eine verschwindend geringe Zahl unter ihnen vermochte sich den neuen Lebensbedingungen anzupassen und gedieh dann auch im Süßwasser. Doch das Phänomen bleibt dort nicht stehen: einige von diesen Pflanzen haben sich auch auf dem Trockenen weiterentwickeln können, erst an den Flußufern, dann nach und nach sogar im Innern des Landes.

Wir haben diese Metamorphose am lebenden Objekt feststellen können und haben uns überzeugt, wie sehr das Aussehen sich mit den physiologischen Lebensbedingungen zugleich zu verändern vermag. Schon wachsen einige Halme scheu zum Himmel auf, und wir sehen voraus, daß eines Tages eine ganze Flora in allen Spielarten neu erstehen wird, daß sich zwischen den neuen und den überlieferten Arten ein heißer Kampf entspinnen wird.

Was ich soeben über die Flora feststellte, trifft auch auf die Fauna zu. In der Nähe der Wasserläufe kann man ehemals ans Meer gebundene Tiere sehen, die sich in der Metamorphose zum Landtier befinden. Die Luft schwirrt von fliegenden Fischen, die schon mehr einem Vogel ähneln als einem Fisch, denn ihre Flügel sind übermäßig gewachsen und ihr einwärts gekrümmter Schwanz ermöglicht ihnen . . .

Das letzte Fragment war vollständig und stellte den Schluß des Manuskripts dar:

... uralt. Kapitän Morris ist tot. Dr. Bathurst ist fünfundsechzig, Dr. Moreno sechzig, und ich bin achtundsechzig. Bald werden wir alle mit dem Leben abgeschlossen haben. Vorher jedoch wollen wir nichtsdestoweniger das ins Auge gefaßte Ziel erreichen und, soweit es in unserer Macht steht, den kommenden Generationen in dem Kampf, der sie erwartet, zu Hilfe kommen.

Doch werden sie überhaupt je diesen Tag erleben, die kommenden Generationen?

Ich bin versucht, mit Ja zu antworten, da ich ja nur die Vermehrung meines Stammes anzusehen brauche: die Kinderzahl hat sich vervielfacht, denn in dem gesunden Klima dieses Landes, das keine wilden Tiere kennt, werden die Menschen alt. Unsere Kolonie ist heute dreimal größer geworden.

Anderseits möchte ich wieder mit Nein antworten, wenn ich an den geistigen Zerfall meiner Leidensgenossen denke.

Unsere kleine Schar von Schiffbrüchigen befand sich immerhin in einer außerordentlich günstigen Lage, so daß sie aus dem menschlichen Wissen Vorteil hätte ziehen können: Die kleine Gruppe besaß einen ganz besonders energischen Mann – Kapitän Morris selig –, zwei überdurchschnittlich kultivierte Menschen – mein Sohn und ich – und zwei ausgesprochene Gelehrte – Dr. Bathurst und Dr. Moreno. Aus diesen Elementen hätte sich etwas aufbauen lassen. Wir haben nichts aufgebaut. Der

Kampf ums tägliche Leben war von Anfang an – und ist es heute wie je – unsere einzige Sorge. Wie ganz zu Beginn verwenden wir unsere ganze Zeit auf die Nahrungssuche, und abends fallen wir erschöpft in einen tiefen Schlaf.

Es ist leider nur allzu gewiß, daß die Menschheit, deren einzige Vertreter wir sind, auf dem Wege der rapiden Regression ist und sich wieder zum primitiven Urtyp hin entwickelt. Bei den Matrosen der *Virginia*, die ja schon vorher unkultivierte Leute waren, sind die Merkmale des Animalischen schon viel deutlicher feststellbar. Mein Sohn und ich haben beide längst vergessen, was wir einst wußten. Dr. Bathurst und Dr. Moreno haben ihr Gehirn ebenfalls brachliegen lassen. Man darf schon sagen: unser geistiges Leben ist abgeschafft.

Wie gut, daß wir – es ist schon viele Jahre her – den ganzen Kontinent umsegelt haben! Heute hätten wir dazu den Mut nicht mehr ... Und übrigens ist Kapitän Morris gestorben, der die Expedition angeführt hat –, und gestorben vor Altersschwäche ist auch die *Virginia*, die uns hierhertrug.

In der ersten Zeit unseres Hierseins hatten einige der Unsrigen es unternommen, Häuser zu bauen. Diese nie fertiggestellten Konstruktionen liegen in Ruinen. Heute schlafen wir alle zu jeder Jahreszeit im Freien.

Seit langer Zeit ist von den Kleidern, die wir einst trugen, nichts übriggeblieben. Einige Jahre lang haben wir kunstvoll gewobene Algenstoffe als Ersatz getragen – und kunstvoll gewoben waren sie bloß zu Beginn; dann wurden sie gröber und gröber. Schließlich sind auch die uns verleidet, da sie bei diesem milden Klima überhaupt unnötig waren. Jetzt leben wir nackt wie jene, die wir einst ›Wilde‹ schimpften ...

Essen, essen – das ist unser unaufhörliches Sinnen, unsere ausschließliche Beschäftigung.

Immerhin: wir haben doch noch einige Endchen vergangener Ideen und Gefühle bewahrt. Mein Sohn Hans, jetzt ein gereifter Großvater, hat seine zärtlichen Gefühle noch nicht ganz verloren, und mein Exchauffeur, Modeste Simonat, erinnert sich sogar noch dunkel daran, daß ich einst sein Herr war.

Doch mit diesen Menschen, mit uns, werden diese vagen Andeutungen, daß wir einst Menschen waren – denn wir sind es eigentlich schon nicht mehr –, für immer von der Erde verschwinden. Die Wesen der Zukunft, die hier Geborenen nämlich, haben ja nie eine andere Existenz gekannt. Die Menschheit wird auf diese nun auch schon Erwachsenen beschränkt sein – ich habe einige im Blickfeld, während ich dies schreibe –, die weder lesen noch rechnen, ja kaum reden können, auf die Kinder mit ihren spitzen Zähnchen, die aus nichts zu bestehen scheinen als aus einem unersättlichen Bauch. Und nach diesen werden wieder neue Kinderherden kommen, die wieder Erwachsene sein werden, die wieder Kinder haben – und wieder und wieder – und immer animalischere, die sich von ihren denkfähigen Vorfahren ständig weiter entfernen.

Ich glaube sie zu erkennen, diese Menschen der Zukunft, Wesen ohne artikulierte Sprache, mit verlöschter Intelligenz, mit einem von groben Haaren bedeckten Körper ... ich kann sie sehen, wie sie durch diese düstere Wüste irren ...

Nun ja, wir wollen uns anstrengen, daß es nicht so herauskommt. Wir wollen alles in unserer Macht Stehende versuchen, daß die Errungenschaften der Menschheit, zu der wir noch gehörten, nicht auf ewig verlorengehen. Dr. Bathurst, Dr. Moreno und ich wollen unser eingeschlafenes Gehirn wachrütteln, es zwingen, sich an all das zu erinnern, was es einst beherrschte. Wir wollen uns in die Arbeit teilen und auf diesem Papier, mit dieser Tinte – sie stammen beide noch von der *Virginia* – alles, was wir über die verschiedenen Wissenschaften zusammentragen können, niederschreiben, damit später die Menschen, falls sie durchhalten und falls sie, nach einer kürzeren oder längeren Zeit der Primitivität, plötzlich wieder Durst nach Erleuchtung haben sollten, die Zusammenfassung finden und lesen, die ihre Urahnen verfaßten. Und mögen sie dann das Gedächtnis dieser Ahnen segnen, die sich aufs Geratewohl zusammentaten, um den Leidensweg ihrer Menschenbrüder, die sie ja nie kennen werden, etwas zu verkürzen!

Es sind jetzt nahezu fünfzehn Jahre vergangen, seit die obigen Zeilen verfaßt wurden. Dr. Bathurst und Dr. Moreno sind nicht mehr. Von all denen, die einst hier landeten, bin ich, einer der ältesten, allein noch am Leben. Doch der Tod wird mich ereilen, wenn meine Stunde geschlagen hat. Ich spüre, wie er von meinen schon erkalteten Beinen zu meinem Herzen aufsteigt, das sehr bald stehenbleiben wird.

Unsere Aufgabe ist beendet. Ich habe die Manuskripte, die eine Zusammenfassung der menschlichen Wissenschaft bergen, in eine eiserne Kiste gelegt, die noch von der *Virginia* stammt. Dann habe ich sie tief im Boden vergraben. Daneben werde ich diese wenigen Seiten in einem Aluminiumbehälter der Erde übergeben.

Findet wohl jemals einer diese der Erde anvertraute Hinterlassenschaft? Wird überhaupt jemals einer danach suchen? ...

Das bleibt dem Schicksal überlassen. Und nun Gott befohlen! ...

Je länger der Zartog Sofr an diesem unglaublichen Dokument übersetzte, desto mehr packte sein Herz eiskaltes Entsetzen.

Wie? Stammte die Rasse der Andart'-Iten-Schu von jenen Menschen ab, die nach langen Monaten der Irrfahrt auf den Weltmeeren an diesem Punkte der Küste ihre Seefahrt beendeten, wo heute Basidra stand?

Dann hatten diese elenden Wesen einst zu einer ruhmreichen Menschheit gehört, verglichen mit der die jetzige einem stammelnden Kleinkind ähnlich war! Was hatte es gebraucht, um all diese Wissenschaft auf immer zu begraben, was hatte es gebraucht, um all diese mächtigen Völker in Vergessenheit geraten zu lassen? Weniger als nichts: bloß einen kleinen Schauder der Erdrinde.

Ein nicht wiedergutzumachendes Unglück war es schon, daß die erwähnten Dokumente zusammen mit der eisernen Kiste, die sie enthielt, zerstört wurden! Doch so schade es darum war, gab es doch nicht die geringste Hoffnung mehr, sie zu finden, da die Erdarbeiter für die Konstruktion der Stadtfundamente den Boden um und um aufgewühlt hatten. Ohne Zweifel mußte auch das Eisen sich im Laufe der Zeit zersetzt haben, wogegen der Aluminiumbehälter dem Zahn der Zeit siegreich Widerstand geleistet hatte.

Im übrigen gab das dem Optimismus Sofrs den Rest. Wenn auch das Manuskript keinerlei technische Einzelheiten verriet, so floß es doch über von allgemeinen Hinweisen und bewies entscheidend, daß die Menschheit in früheren Zeiten auf dem Wege der Wahrheit entschieden weiter fortgeschritten war, als dies seither der Fall gewesen. Alles war darin enthalten, nicht nur die Ideen, die Sofr darüber gehegt hatte, sondern auch andere, die er nicht einmal zu erdenken gewagt hatte – sogar die Ausdeutung des Wortes *Hedom*, das bis jetzt eine derartige Polemik ausgelöst hatte... Hedom war nichts anderes als die Verbiegung von *Edem* – und Edem wiederum die Verbiegung von *Adam* – und dieser Adam war vermutlich wiederum die Verbiegung eines anderen Ausdrucks, der noch älter war.

Hedom, Edem, Adam – was sind sie anderes als das ewige Symbol des ersten Menschen, dessen Ankunft auf Erden damit ebenfalls erklärt ist. Sofr hatte also unrecht gehabt, als er diesen Vorfahr abgestritten hatte, dessen Existenz sich sogar aus diesem Manuskript nachweisen ließ. Und das Volk hatte wieder einmal recht, das seinen Ursprung auf Adam zurückführte. Aber sowohl in diesem Punkt wie in allen übrigen hatten die Andart'-Iten-Schu nichts erfunden. Sie waren es zufrieden, zu wiederholen, was ihnen überliefert war.

Und vielleicht hatten die Zeitgenossen des Autors dieser Geschichte auch nichts erfunden. Vielleicht hatten auch sie nur nachschaffend gewirkt auf dem Wege, den andere menschliche Kulturen vor ihnen auf Erden gegangen waren. Das Dokument berichtete doch von einem Volk, das es ›die Atlantiden‹ nannte? Gerade diese beinahe unbeweisbaren Spuren der Atlantiden in der marinen Ablagerung hatten Sofrs Forschung gekrönt. Wie weit war wohl diese Nation des Altertums gekommen in der Erkenntnis der Wahrheit, als der Einbruch des Ozeans sie von der festen Erde fegte?

Wie diese Erkenntnis auch gelautet haben mochte, es blieb nach der Katastrophe nichts von ihrem Werke erhalten, und der Mensch hatte seinen Aufstieg zum Licht ganz unten wieder beginnen müssen.

Vielleicht würde es den Andart'-Iten-Schu eines Tages gleich ergehen? Vielleicht auch der Kultur nach ihnen, bis eines Tages...

Doch würde der Tag je dämmern, an dem der unstillbare Hunger des Menschen nach Erkenntnis erfüllt wurde? Würde der Tag je dämmern, an dem der Mensch, nachdem er die steile Klippe erklommen hatte, sich auf dem endlich bezwungenen Gipfel würde ausruhen können?

Diese Gedanken gingen dem Zartog Sofr durch den Kopf, während er sich über das ehrwürdige Dokument beugte.

Aus diesem Bericht von jenseits des Grabes konnte er sich das furchtbare Drama des Weltalls ausmalen, das sich immer wieder abzuspielen schien. Sein Herz war schwer von Mitleid, es blutete angesichts der unzähligen Leiden derer, die vor ihm auf der Welt gewesen; es wurde fast erdrückt unter dem Gewicht der vergeblichen Anstrengungen, die seit undenklichen Zeiten unternommen wurden. Und langsam und schmerzlich gewann der Zartog Sofr-Aï-Sr die tiefe Überzeugung, daß alles immer wieder von neuem beginnen muß.

Jules Verne im Diogenes Verlag

Hauptwerke ungekürzt, originalgetreu, mit allen Illustrationen der französischen Erstausgabe in Diogenes Taschenbüchern

Reise um die Erde in achtzig Tagen
Roman. Aus dem Französischen von Erich Fivian. detebe 20126

Fünf Wochen im Ballon
Roman. Deutsch von Felix Gasbarra. detebe 20241

Von der Erde zum Mond
Roman. Deutsch von Ute Haffmans. detebe 20242

Reise um den Mond
Roman. Deutsch von Ute Haffmans. detebe 20243

Zwanzigtausend Meilen unter Meer
Roman in zwei Bänden. Deutsch von Peter Laneus und Peter G. Hubler. detebe 20244 + 20245

Reise zum Mittelpunkt der Erde
Roman. Deutsch von Hansjürgen Wille und Barbara Klau. detebe 20246

Der Kurier des Zaren
Roman in zwei Bänden. Deutsch von Karl Wittlinger. detebe 20401 + 20402

Die fünfhundert Millionen der Begum
Roman. Deutsch von Erich Fivian. detebe 20403

Die Kinder des Kapitäns Grant
Roman in zwei Bänden. Deutsch von Walter Gerull. detebe 20404 + 20405

Die Erfindung des Verderbens
Roman. Deutsch von Karl Wittlinger. detebe 20406

Die Leiden eines Chinesen in China
Roman. Deutsch von Erich Fivian. detebe 20407

Das Karpathenschloß
Roman. Deutsch von Hansjürgen Wille und Barbara Klau. detebe 20408

Die Gestrandeten
Roman in zwei Bänden. Deutsch von Karl Wittlinger. detebe 20409 + 20410

Der ewige Adam
Geschichten. Deutsch von Erich Fivian. detebe 20411

Robur der Eroberer
Roman. Deutsch von Peter Laneus. detebe 20412

Zwei Jahre Ferien
Roman. Deutsch von Erika Gebühr. detebe 20440

Als Sonderbände erschienen:

Die großen Seefahrer und Entdecker
Eine Geschichte der Entdeckung und Erforschung der Erde im 18. und 19. Jahrhundert. Mit zahlreichen Stichen und Karten. Deutsch von Claudia Schmölders

Das erstaunliche Abenteuer der ›Expedition Barsac‹
Roman aus dem Nachlaß. Deutsche Erstausgabe. Übersetzung von Eva Rechel-Mertens

Phantastische und Science-Fiction-Literatur im Diogenes Verlag

● **John Bellairs**
Das Haus, das tickte. Roman. Aus dem Amerikanischen von Alexander Schmitz. Mit Zeichnungen von Edward Gorey
detebe 20368

● **Ambrose Bierce**
Die Spottdrossel. Ausgewählte Erzählungen und Fabeln. Auswahl und Vorwort von Mary Hottinger. Aus dem Amerikanischen von Joachim Uhlmann, Günter Eichel und Maria von Schweinitz. Mit Zeichnungen von Tomi Ungerer. detebe 20234

● **Ray Bradbury**
Die Mars-Chroniken. Roman in Erzählungen. Deutsch von Thomas Schlück
detebe 20863
Der illustrierte Mann. Erzählungen. Deutsch von Peter Naujack. detebe 20365
Fahrenheit 451. Roman. Deutsch von Fritz Güttinger. detebe 20862
Die goldenen Äpfel der Sonne. Erzählungen
Deutsch von Margarete Bormann
detebe 20864
Medizin für Melancholie. Erzählungen
Deutsch von Margarete Bormann
detebe 20865
Das Böse kommt auf leisen Sohlen. Roman
Deutsch von Norbert Wölfl. detebe 20866

● **Fredric Brown**
Flitterwochen in der Hölle. SF- & Schauergeschichten. Aus dem Amerikanischen von B. A. Egger. Mit Illustrationen von Peter Neugebauer. detebe 20600

● **Karel Čapek**
Der Krieg mit den Molchen. Roman. Deutsch von Eliška Glaserová. detebe 20805

● **Wilkie Collins**
Ein schauerliches fremdes Bett. Gruselgeschichten. Aus dem Englischen von Elizabeth Gilbert und Peter Naujack. Zeichnungen von Bob van den Born. detebe 20589

● **Guy Cullingford**
Post mortem. Roman. Aus dem Englischen von Helmut Degner und Peter Naujack
detebe 20369

● **Alexandre Dumas Père**
Horror in Fontenay. Roman. Aus dem Nachlaß herausgegeben von Alan Hull Walton
Deutsch von Alexander Schmitz
detebe 20367

● **Lord Dunsany**
Smetters erzählt Mordgeschichten. Fünf Kriminalgeschichten. Aus dem Englischen von Elisabeth Schnack. Zeichnungen von Paul Flora. detebe 20597
Jorkens borgt sich einen Whisky. Zehn Clubgeschichten. Deutsch von Elisabeth Schnack
Zeichnungen von Paul Flora. detebe 20598

● **David Ely**
Aus! Eine Atomkatastrophengeschichte. Aus dem Amerikanischen von Felix Gasbarra
detebe 20036

● **Egon Friedell**
Die Rückkehr der Zeitmaschine. Phantastische Novelle. detebe 20177

● **Felix Gasbarra**
Schule der Planeten. Roman. detebe 20549

● **Gespenster**
Englische Gespenstergeschichten von Daniel Defoe bis Elizabeth Bowen. Herausgegeben von Mary Hottinger. Mit 13 Zeichnungen von Paul Flora. Diogenes Evergreens. Auch als detebe 20497

● **Mehr Gespenster**
Die besten Gespenstergeschichten aus England, Schottland und Irland. Herausgegeben von Mary Hottinger. Diogenes Evergreens
Auch als detebe 21027

- **Noch mehr Gespenster**
Die besten Gespenstergeschichten aus aller Welt, von Balzac bis Čechov. Herausgegeben von Dolly Dolittle. Diogenes Evergreens

- **Klassische und moderne Gruselgeschichten**
Von Poe bis Hemingway. Herausgegeben von Mary Hottinger. Mit Zeichnungen von Paul Flora. Ein Diogenes Sonderband

- **Rider Haggard**
Sie. Roman. Aus dem Englischen von Helmut Degner. detebe 20236
König Salomons Schatzkammern. Roman Deutsch von V. H. Schmied. detebe 20920

- **W. F. Harvey**
Die Bestie mit den fünf Fingern. Gruselgeschichten. Aus dem Englischen von Günter Eichel und Peter Naujack. Mit Zeichnungen von Peter Neugebauer. detebe 20599

- **Patricia Highsmith**
Der Schneckenforscher. Gesammelte Geschichten. Vorwort von Graham Greene Aus dem Amerikanischen von Anne Uhde detebe 20347
Leise, leise im Wind. Erzählungen. Deutsch von Anne Uhde. detebe 21012

- **Joris-Karl Huysmans**
Gegen den Strich. Roman. Aus dem Französischen von Hans Jacob. Einführung von Robert Baldick. Essay von Paul Valéry detebe 20921

- **Gerald Kersh**
Mann ohne Gesicht. Phantastische Geschichten. Aus dem Englischen von Peter Naujack detebe 20366

- **Klassische Science-Fiction-Geschichten**
Von Voltaire bis H. G. Wells. Ein Diogenes Sonderband

- **Sheridan Le Fanu**
Carmilla, der weibliche Vampir. Vampirgeschichte. Aus dem Englischen von Helmut Degner. detebe 20596

- **W. Somerset Maugham**
Der Magier. Ein parapsychologischer Roman. Aus dem Englischen von Melanie Steinmetz und Ute Haffmans. detebe 20165

- **Peter Naujack (Hrsg.)**
Science-Fiction-Geschichten. Von Robert Heinlein bis Isaac Asimov. Übersetzt und mit einem Nachwort des Herausgebers. Ein Diogenes Sonderband

- **Edgar A. Poe**
Der Untergang des Hauses Usher. Ausgewählte Erzählungen und sämtliche Detektivgeschichten. Aus dem Amerikanischen von Gisela Etzel. Herausgegeben und mit einem Vorwort von Mary Hottinger. detebe 20233

- **Herbert Rosendorfer**
Der Ruinenbaumeister. Roman detebe 20251

- **Saki**
Die offene Tür. Ausgewählte Erzählungen. Aus dem Englischen von Günter Eichel. Mit einem Nachwort von Thomas Bodmer und Zeichnungen von Edward Gorey detebe 20115

- **Hermann Harry Schmitz**
Buch der Katastrophen. Tragikomische Geschichten. Vorwort von Otto Jägersberg Holzstichmontagen von Horst Hussel detebe 20548

- **Bram Stoker**
Draculas Gast. Sechs Gruselgeschichten. Aus dem Englischen von Erich Fivian und H. Haas. Mit Zeichnungen von Peter Neugebauer. detebe 20135

- **Roland Topor**
Der Mieter. Roman. Aus dem Französischen von Wolfram Schäfer. detebe 20358

- **Jules Verne**
Werke
in 19 Bänden. Diverse Übersetzer. detebe

- **H. G. Wells**
Der Krieg der Welten. Roman. Aus dem Englischen von G. A. Crüwell und Claudia Schmölders. detebe 20171
Die Zeitmaschine. Eine Erfindung. Deutsch von Peter Naujack. detebe 20172

- **Urs Widmer**
Die gelben Männer. Roman. detebe 20575

D

05 025 74- 81 91